Anna Nerkagi

Weiße Rentierflechte

Zu diesem Buch

Aljoschka träumt von seinem ganz persönlichen Glück, von jener Frau, der er sich versprochen hat. Doch die ist fortgegangen, und im Schnee und Eis Nordsibiriens gebietet die Tradition der Nenzen, die Gemeinschaft über alles zu stellen. Er muss heiraten, eine andere. In dem kleinen Lager mitten in der Tundra, umgeben von Rentierherden, kämpft nicht nur Aljoschka mit seinem Schicksal. Da ist der alte Petko, den seine Tochter verlassen hat, und Wanu, hilflos angesichts der Trauer seines Freundes. Und doch finden sie alle Trost in unerwarteten Momenten, Halt in der Wärme des Feuers, im Schnauben der Tiere und in einem ruhigen Gespräch. Der erste übersetzte Roman einer nenzischen Autorin erzählt von der Suche nach dem Sinn, der Last des Schnees und von einer zarten, tragischen Liebe.

»Nerkagi liefert faszinierende Einblicke in den Alltag ihres besonderen Volkes. Poetisch erzählt sie vom tragischen Generationenkonflikt. Man taucht in eine vollkommen andere Welt ein.« *Süddeutsche Zeitung*

Die Autorin

Anna Nerkagi (*1951 in der Baidarata-Tundra, Nordwestsibirien/Russland) gehört zur Minderheit der nomadisch lebenden Nenzen, die als Rentierzüchter unter klimatisch schwierigen Bedingungen leben. Mit sechs Jahren wurde sie von den sowjetischen Behörden von ihren Eltern getrennt und in einem Internat schulisch ausgebildet. Sie studierte Erkundungsgeologie am Industrieinstitut Tjumen, 1980 kehrte sie zur nomadischen Lebensweise zurück. 1990 gründete sie eine Schule für Nenzen-Kinder in der Baidarata-Tundra, wo sie seither lehrt und lebt.

Der Übersetzer

Rolf Junghanns, geboren 1952, ist Übersetzer und arbeitet als freiberuflicher Sprachmittler für Russisch und Französisch in Karlsruhe.

Mehr über die Autorin und ihr Werk auf *www.unionsverlag.com*

Anna Nerkagi

Weiße Rentierflechte

Roman

Aus dem Russischen
von Rolf Junghanns

Unionsverlag

Die deutsche Erstausgabe erschien 2021 im Verlag Faber & Faber, Leipzig.

Mit einem kleinen ABC des nenzischen Lebens ab Seite 166.

Im Internet
Aktuelle Informationen, Dokumente und Materialien
zu Anna Nerkagi und diesem Buch
www.unionsverlag.com

Unionsverlag Taschenbuch 999

Neptunstrasse 20, CH-8032 Zürich
Telefon +41 44 283 20 00
mail@unionsverlag.ch

Reihengestaltung: Heinz Unternährer
Umschlagfoto: longtaildog (iStock)
Umschlaggestaltung: Peter Löffelholz
Druck und Bindung: CPI – Clausen & Bosse, Leck
ISBN 978-3-293-20999-2

Der Unionsverlag wird vom Bundesamt für Kultur mit einem
Verlagsförderungs-Strukturbeitrag für die Jahre 2021–2024 unterstützt.

Die Hochzeit des jungen Nachbarn war für Petko wie Salz auf eine alte, schon verheilte Wunde. Diese Hochzeit war ein Schritt, wie ihn das Leben verlangt. Auch der allerschlimmste Kummer darf den Lauf des Lebens nicht aufhalten, genauso wie ein großer Stein, der in einen Fluss geworfen wird, den Flusslauf nicht umkehrt. Das Wasser umfließt den Stein und nimmt seinen Lauf wieder in die vorbestimmte Richtung.

Vor einem Jahr war Petkos Frau, die noch gar nicht so alte Lamdo, in die ewige Nacht gegangen. Nun gab es niemanden mehr, der morgens den **Teetisch** der Familie aufstellte, die **Fellschuhe** flickte, das Feuer hütete. Wenn eine Frau stirbt, trägt sie die Hälfte des Lebens mit sich davon. Und nach und nach offenbart sich dem Mann, dass die, mit der er seine Tage geteilt hat, auch einen Teil der Seele mit sich nimmt.

Ihr Wohnzelt, der **Tschum,** war mitsamt den Stangen und den Fellen der Außenhaut auf Schlitten gepackt worden, die man an den Drei Bäumen abstellte, dem Ort, an dem die Nenzen schon vor Jahrhunderten nicht benötigte Schlitten zurückließen. Der alte Petko lebte von nun an in der freien Hälfte des Tschums seines alten Freundes, des Nenzen Wanu. Er lebte auf der anderen Seite des Feuers, wie die Alten sagen. Was heißt: Er lebte nicht im eigenen Tschum.

Irgendwo, in irgendeiner Ortschaft, lebten Petkos zwei Töchter. Die älteste war längst weggegangen, Petko erinnerte sich nicht einmal daran, wann das gewesen war. Die jüngere war aber oft zu Besuch gekommen. Ach, wie sehr Petko und seine Frau es mochten, wenn die Tochter im Sommer zu ihnen kam. Wie zwei alte Vögel umturtelten sie die Junge von allen Seiten. So wie Elternvögel ihrem einzigen Nestling das Gefieder putzen, so kleideten Vater und Mutter ihr Kind in die besten Felle, die sie auf ihren **Schlitten** nur finden konnten. Aber jedes Mal fuhr die Tochter davon, wie ein zartes Vögelchen, das den Winter fürchtet und sich zurückzieht ins Warme.

Die Frau Lamdo war im Winter gestorben, an einem sehr kalten Tag – vielleicht war das Tochtervögelchen deswegen nicht zur Beisetzung gekommen.

Und der junge Nachbar, eben jener junge Mann, der heute geheiratet hat – wie sehr er ihr Brautvögelchen bewundert hatte. Als unbeholfene Kinder spielten die beiden zusammen, gemeinsam wuchsen sie auf, und einmal hatte Petko bemerkt, wie sie aus einem alten Watstiefel eine kleine Spielzeugwiege gebastelt hatten und sie schaukelten.

Und noch eine Erinnerung hatte Petko. Als die Tochter wieder einmal gekommen war, im Frühjahr, war ihr Bett eine ganze weiße Nacht über leer geblieben. Als sie zurückkam, glühten ihre Wangen wie reife rote Moltebeeren. Mutter und Vater fragten sie aber nichts … sie brachten den Mut dazu nicht auf, waren verlegen.

Und jedes Mal, wenn sich die Tochter hinten auf das Gespann gesetzt hatte, um wieder davonzufahren in die Ferne, und Aljoschkas Hand das Gespann berührte – welcher Schmerz stand da in seinen Augen.

Und dann wollte eine unerklärliche, bedrückende Kränkung nicht von Petko lassen über all die Tage, da sich das kleine Nomadenlager auf die Hochzeit vorbereitete – ein Geschehen, das man schwerlich eine Hochzeit nennen konnte. So heiratete man nicht. Es hatte Zeiten gegeben, da die Kochkessel der nenzischen Familien vor Leere gähnten und im Leben kein Platz war für Vergnügungen. Der Alte erinnerte sich an reiche und arme Hochzeiten. Ob arm, ob reich – das Heiligste an der Feier sind die Gäste. Je mehr Gäste, desto besser – umso mehr gute Worte werden ausgesprochen und umso größer ist das Glück für die neu geschaffene Familie.

Auf dieser Hochzeit heute gab es keine Gäste, so hatte es der junge Nachbar gewollt. An kein einziges Nomadenlager sandte man ein Wort über die Hochzeit, weder nahe noch ferne Verwandte waren eingeladen worden. Es war eine Sünde: Nicht einmal zwei Kälber – eines aus dem Lager des Bräutigams und eines aus dem Lager der Braut – waren geschlachtet worden, die **Heiligen Schlitten** wurden nicht mit Blut geweiht. Selbst im Tschum der Braut gab es keine Feier. Man setzte sich nur an den Tisch wie zu einem gewöhnlichen Teetrinken, ohne ein gutes Wort leerte man ein Gläschen. Die Braut hatte man ins Lager des Bräutigams gebracht nicht wie eine Frau – Gebieterin des Tschums und des Lebens –, sondern wie eine Fuhre Holz. Ohne Lieder, ohne Freude, müde, verbittert angesichts Aljoschkas unbegreiflichen Starrsinns.

Die Mutter Aljoschkas, die in der letzten Zeit sehr gealtert war, lebte in all diesen seltsamen Tagen wie in einem Traum. Die **Frau** konnte nicht im geringsten verstehen, was vor sich ging. War das eine Hochzeit? Oder hatten die schon ergrauten Männer und Frauen sich dem Willen des Sohns gefügt, waren zu Puppen geworden, zu willenlosem Kinderspielzeug, mit dem er nach seinem Belieben hantieren konnte? Die Eltern der Braut hatten gespürt: Hier lief es nicht, wie es sollte, und hatten den weiten Weg vorgeschoben, um nicht mit zum Lager des Bräutigams fahren zu müssen. Und als der **Gespannzug** mit der Braut zum Losfahren fertig war, Aljoschkas Mutter den **Leitstock** schon zur Abfahrt bereithielt, damit sich alle zugleich in Bewegung setzten, drehte sie sich zur Mutter der Braut um, ihrer Altersgenossin. Und da überkam sie der Drang, so schnell wie nur möglich loszufahren, weg von hier – wie ein Tier mit seiner Beute, die es sich nicht entreißen lassen wollte. Und solange sie fuhren, musste sie sich immer nach hinten umschauen.

»War das so richtig? … Musste das so sein?« überlegte die Frau. Tief in ihrem Innersten misstraute sie dem **Großen Leben,** aber leben musste man, und so fuhr sie weiter ohne umzukehren, wie auch eine alte Wölfin nicht umkehren würde, wenn sie im Wolfsbau von hungrigen, ausgemergelten Welpen erwartet wird.

Als sie dann schließlich angekommen waren und wenigstens zum Schein ein heiliges Ritual vollzogen werden musste – das der Einführung der künftigen Herrin in ihren neuen Tschum, in ein Leben, in das das man leicht eintreten, aber schlecht verlassen kann, ergriff die Frau kraftvoll, kräftiger als nötig, die Hand der jungen Schwiegertochter und verharrte dann still vor dem Eingangsvorhang des Tschums. Und da überkam die Frau eine Angst, die ihre Seele heiß durchflutete: Würde dies zum Guten führen? Würde es diesem Mädchen wohlergehen in ihrem Tschum, wohlergehen mit dem Sohn? Sollte man nicht umdenken? Vielleicht hat der Sohn recht? Er war ja schließlich nicht sechzehn Jahre alt, sondern schon sechsundzwanzig – ein Mann, ganz und gar erwachsen, in seinem Alter müsste er im Tschum nicht nur ein Kind haben, sondern schon zwei oder drei. Und er hatte ja einen Kopf auf den Schultern und keine **Bülte.** Vielleicht ist die Wahrheit ihres alten Lebens, in dem es nicht immer satt zu essen gab, tot, so wie alles einmal stirbt? Und eine neue, ganz andere Wahrheit ist aufgekommen? Jede Zeit hat ihr Gesicht und damit auch ihre eigene Wahrheit. Doch die Frau gab sich einen Ruck: Wer lange denkt, kommt nicht vom Fleck. Es ist zu spät zum Nachdenken. Die Wahrheit des Lebens ist die alte geblieben, die Menschen sind die alten – niemandem ist ein dritter Arm gewachsen oder ein zusätzliches Bein. Und auch nur ein Herz haben wir, also gibt es auch nur eine Lebenswahrheit und ihr Sinn ist so, wie er war: Lebe und arbeite ehrlich.

Alles würde gut werden. Die alten Männer und Frauen müssen nicht jammern, sie brauchen es nicht den einfältigen **Seetauchern** nachzutun, die am Ufer heulen, wenn Regen aufzieht. Es wird nicht regnen, die Sonne kommt gleich hervor.

Ohne die Hand des verlegenen Mädchens loszulassen, trat die Frau als Erste in den Tschum. Als sie das Mädchen schon fast ins Zelt hineingezogen hatte, verharrte sie für einen Augenblick und fand nicht gleich die Kraft, die alten Worte zu sprechen, die einst ihre Schwiegermutter an sie gerichtet hatte:

»Dies ist jetzt dein Tschum. Hier wirst du leben.« Ohne die Hand des Mädchens loszulassen, führte sie sie zum **Bett** und ließ sie sich setzen.

Mit den Fasern ihres Herzens verspürte sie, wie abweisend und kalt ein fremder Tschum sein kann. Die Worte der Schwiegermutter mochten noch so liebevoll gesagt sein, junge Mädchen nehmen sie auf ihre Weise auf.

Mit geübten Händen entfachte die Frau rasch das Feuer und zerkleinerte das Fleisch. Mit dem Fleisch füllte sie den rußgeschwärzten Kessel randvoll und hängte ihn über das Feuer. Die ganze Zeit über, während ihre Hände die gewohnte Arbeit verrichteten, taten Herz und Verstand ihre ganz eigene Arbeit. Der Verstand flüsterte ihr zudringlich und zänkisch zu: »Ach, was werden die Tundrabewohner über die Hochzeit deines Sohnes lachen. Die Frauen werden tratschen und ihr Gerede wird in der Tundra schnell wie vom Schneesturm breitgetragen: ›Oh je! Die Mutter des Bräutigams hat das Fleisch für den Kessel selbst kleingeschnitten, hat mit sündigen Händen das reine Feuer des neuen Lebens selbst entfacht. Wie eine Handlangerin hat sie alles selbst gemacht.‹ Auf normalen Hochzeiten werden alle diese Dinge von einer Kochfrau mäuschenflink erledigt. Weder für die Braut noch für die Mutter des Bräutigams ziemt es sich zu arbeiten. Das ist eine Sünde, weder einer armen noch einer reichen Hochzeit gereicht dies zur Ehre.«

»Nicht so schlimm«, erwiderte das Herz vorsichtig, zaghaft. »Ja … es ist eine Schande, aber ich habe meinen Sohn verheiratet. Ist das etwa schlecht? Ich werde mich nicht verzweifelt quälen müssen wie eine Vogelmutter, die ihr Nest leer und zerstört sieht. Unser Nest wird nicht leer sein, ein neues, starkes Leben wird hier entstehen und die Frauen, die jetzt klatschen und tratschen, werden mit der Zeit kommen und sich an den Tisch der Schwiegertochter und des Sohnes setzen.«

Als das Fleisch gar war und der Sohn in den Tschum kam, huschte die Frau schnell ins Nachbarzelt hinüber, besorgt, der Sohn könnte dies bemerken. Man musste die Nachbarn der Gemeinschaft an den Tisch bitten. Der Sohn ist kein Fremder für sie und sie sind keine Fremden. Vielleicht lässt sich das Herz des Sohnes erweichen. Und nicht Fremde, sondern die vertrauten alten Leute werden die Frau zu ihm setzen, mit der er keine Spielchen spielen, sondern sein ganzes Leben verbringen sollte.

Die Alten erwarteten sie schon. Sie saßen beieinander, **schnupften Tabak** seufzten und stöhnten, so wie die Eisenten rufen, und sprachen leise miteinander. Die Frau setzte sich gleich beim Eingang des Tschums auf den Rand des Bretterfußbodens, schwieg eine Weile, wie das einer Frau der Anstand gebietet, und bat dann: »Kommt, dass wir sie zueinander setzen.«

Ohne eine Antwort abzuwarten, ging sie hinaus. Sie war sich sicher, dass sie kommen und sie alle zusammen den Sohn überzeugen würden, dass es so sein musste. So taten es die Nenzen immer. Die Frau wurde neben den Mann gesetzt, Knie an Knie mit ihm, um Teil von ihm zu werden. Darin liegt die Wahrheit des Lebens.

Die Alten kamen. Aljoschka schaute sie finster an, ohne ein Wort von sich zu geben. Die Erwachsenen erschienen ihm wie dickköpfige Kinder, die nicht die Folgen des Spiels begriffen, das sie angezettelt hatten. Er schwieg schon seit einigen Tagen. Die ganz lauten und die ganz leisen Worte – sie sind alle leer. Es gibt kein einziges Wort, mit dem man die Liebe ausdrücken kann. Worte sind Staub. Wenn die Menschen mehr schweigen würden – wie gut und wie lange würden sie dann lieben. Im Schweigen liegt ja eine besondere Zärtlichkeit und Leidensfähigkeit. Die Leiden sind das Blut der Liebe.

Mit vor Erregung zitternden Händen führte die Mutter die Braut und setzte sie an den Platz, den die nenzische Frau nur ein einziges Mal im Leben einnimmt – nicht auf die Fußbodenbretter, auf denen ihr beständiger Platz an allen Lebenstagen sein würde, sondern neben den Bräutigam, auf die Bettstatt. Aus dem Augenwinkel heraus bemerkte die Mutter, wie sich der Mund des Sohnes vor Widerwillen verzog, und wieder fürchtete sie um diese Hochzeit.

Ohne sich etwas anmerken zu lassen, goss sie in die Tassen der Alten Tee, setzte sich selbst an den Tisch, sprang aber gleich wieder auf, um etwas trockenes Reisig ins Feuer zu werfen. Ihr schien, dass, sobald sie aufhörte sich zu bewegen, der Sohn sogleich aufstehen und die Schultern wie Flügel recken würde, mit starker Hand den Tisch wegschieben und entschieden sagen würde: »Genug, ich habe nur Spaß gemacht … ich will nicht heiraten.« Er würde aufstehen und sie würde nicht die Kraft haben, ihn wieder zum Sitzen zu bringen.

Weder der starke Tee noch das köstliche Fleisch und auch nicht das geleerte Gläschen vermochten die sich dahinquälende Hochzeit aufzulockern. Die alten Männer saßen zwar mit aller Würde da, imposant wie zwei miteinander verwachsene Felsen, sie fühlten sich aber wie hilflose Kinder, die nichts verstehen können. Sie schwiegen wie zwei Herbstvögel, beängstigt, ein Unheil für ihr Nest herbeizurufen.

Nach einer kräftigen Bouillon wurde ein zweites Glas getrunken, ohne sich zu entschließen, die Gläser zu erheben, wie es sich an einem solchen Tag gebührte. Auch Aljoschka trank sein Glas aus, wobei er vor sich hinstarrte, als umgäben ihn nicht Menschen, sondern die Schatten längst Dahingegangener. Von jemandem Worte zu erwarten und selbst etwas zu sagen – lächerlich und widersinnig. Eine ohnmächtige Verbitterung loderte in ihm – aufstehen, den Tisch umwerfen, die ehrwürdigen Alten davonjagen, das Unterste zu oberst kehren – den Tschum und alles ringsum, mit dem die Menschen die Armseligkeit des Lebens und der Seele verdecken wollten.

Sollte er den Alten etwa den Liebenden vorspielen in ihrem alten Leben? Das hier ist eine Beerdigung und keine Hochzeit. Heute beerdigt er das, was in ihm lebte, verborgen vor anderen, süß, quälend und freudvoll – das Liebste und Strahlendste, das er in seinem Leben erfahren hat.

Er beerdigt seine Liebe. Keiner wage auf dieser Beerdigung fröhlich zu sein und zu lachen. Keiner! Und es geht auch keinen etwas an, wie er diese Beerdigungshochzeit begeht. Das ist sein Leben und es liegt in seiner Hand, alles so zu tun, wie er es möchte. Er lässt sich nicht vorschreiben, wie er zu heiraten hat – nicht von Menschen und auch von keinem alten Brauch. Aljoschka wollte losweinen, den Tränen freien Lauf geben, die heiß in der Seele brannten. Nicht, damit man ihn bemitleidet … man muss sich schon selbst helfen. Er ist jetzt allein … Die Menschen zertreten die Blumen auf der Erde, ohne auf die gebrochenen Stängel und die zertretenen Blüten zu achten. So bemerken sie auch nicht, wie sie die Liebe abtöten. Ein Moment der Feigheit, ein kleiner Selbstbetrug – und die Liebe ist dahin.

Die Alten blieben noch ein Weilchen sitzen. Sobald die Frau den Tisch wegräumte, schickten sie sich an zu gehen, nahmen aber noch eine Prise Schnupftabak, um die Zeit noch etwas hinauszuziehen und um die arme Frau nicht so lange mit ihrem Sohn allein zu lassen. Als erster erhob sich Wanu mit strengem Blick auf Aljoschka, hielt am Ausgang inne, winkte dann aber nur ab und ging hinaus. Petko eilte ihm nach.

Aljoschka schaute auf den hilflos gekrümmten Rücken des hinaushastenden Petko und wünschte sich sehr, dass er nicht davonginge, sondern noch dabliebe – der Vater derjenigen, die ihm das Herz so schwer machte. Petko könnte ihm ein Trauerlied über seine Tochter singen, ihm, Aljoschka, zum Trotz. Sie würden sich zusammen betrinken, und das beweinen, was ihnen zugestoßen war. Der eine heiratet ohne Liebe, der andere muss vergebens auf die Tochter warten, den einzigen Menschen, der Wärme in seine alten Tage bringen könnte.

Petko wollte es nicht gelingen, den Vorhang am Eingang zu greifen; seine Hände gehorchten ihm nicht, sein Kopf stieß gegen die Stangen des Tschums. Als er sich zurechtgefunden hatte, blickte er zurück und in seinen Augen blitzte ein Vorwurf auf, so als hätte er ganz leise, bei sich, gesagt: »Schäm dich!«

Aljoschka biss die Zähne zusammen. Viele Tage und Jahre werden vergehen, aber die Erinnerung an diese Augen voll ungeweinter Tränen wird ihm bleiben. Vom Alkohol war ihm schwindlig, das Blut rauschte ihm in den Ohren. Er lag, auf das Kopfkissen zurückgelehnt, und wusste nicht, wie nun weiter, was tun? Er zündete sich eine Zigarette an, bemüht, nicht auf das Mädchen zu schauen, das am Feuer saß. Sie saß, den gekrümmten Rücken ihm zugewandt, auf dem zwei lange schwarze

Zöpfe lagen mit Kupferschmuck und eingeflochtenen Perlenketten aus alten Zeiten.

»Da sitzt sie«, dachte Aljoschka bösartig, ohne Mitgefühl für sie, wie sie dahockte in der ewigen Haltung der Nenzenfrau, die sich teilnahmslos in sich zurückgezogen hat. Es sah gerade so aus, als hätten sie schon ein langes und schweres Leben in Zwietracht hinter sich, beide erschöpft und zermartert, und nun, am Ende bitterer Tage, die durch keine Reue wieder gutzumachen sind, säße seine Frau am Feuer, das nie ihre Seele gewärmt hat, und vergrübe ihre Trauer und ihren Hass in der Asche.

Jetzt muss er sich beruhigen, über alles nachdenken. Ruhig und mit klarem Kopf, vor allem aber: ohne Bosheit. Auf einem solchen Weg wie dem durchs Leben ist Boshaftigkeit kein zuverlässiger Wanderstab. Haben ihm die Menschen des Nomadenlagers denn etwas angetan? Sie sind ihm auf der ganzen Welt die Nächsten, niemand ist ihm näher als sie. Nicht nur einen Winter und nicht nur einen Hungerfrühling hat er mit ihnen zusammen überstanden, nicht nur ein- oder zweimal musste großer Kummer überwunden werden. Sie hatten ihnen auch beigestanden, über den Tod des Vaters hinwegzukommen. Und dass er nun ohne Liebe heiratete, das wird die Sonne morgen früh nicht daran hindern aufzugehen. Man muss auch die Wahrheit der anderen verstehen.

◆

Vor einem Monat hatte die Mutter beim Morgentee, ungewöhnlich hart, anders als Frauen sonst sprechen, gesagt: »Sohn, ich bin alt geworden.«

Aljoschka hatte geschwiegen und sich über seine Untertasse gebeugt, seine breiten Schultern sackten herab. Der Mutter war klar, dass ihm nicht die Schultern schmerzten, fuhr aber trotzdem fort: »Der Mensch hat nie für sich allein gelebt. Und auch du brauchst eine Frau! Sie muss nicht schön sein, wenn nur ihre Arme und Beine nicht krumm sind, sie Feuer machen kann, die Fellschuhe trocknen, das Loch im Ärmel flicken. Wenn sie das alles kann, kann man mit ihr zusammenleben.«

Wenn es die Mutter bei diesen Worten belassen hätte, so hätte Aljoschka ihren Worten überhaupt keine besondere Bedeutung beigemessen. Das gleiche, nur kürzer, hatte sie schon vor einem Jahr gesagt. Diesmal nun wollte die Mutter wohl nicht nur einfach daherreden. Und so fügte sie nach einer Pause hinzu: »Und dann … du weißt schon …«

Aljoschka schaute auf sie und hielt inne. Und auch sie verstummte kurz, denn sie verstand, dass der Sohn einen Schmerz in sich trug – auf diesen wunden Punkt einzuschlagen war hart.

»Auf die Tochter des alten Petko wartest du vergebens. Solche wie sie kommen nicht zurück.«

Der Sohn hatte diese Worte von der Mutter erwartet. Irgendwann einmal musste ihm jemand dies sagen. Und trotzdem, auch der Mutter darf man nicht zeigen, wie stark der Schmerz ist. Was eine Frau nicht so alles von sich gibt. Viele Menschen sprechen einfach nur, um nicht zu schweigen. Er stellte Tasse und Untertasse beiseite, lehnte sich zurück, denn er spürte, wie der Schmerz wieder an sein Herz rührte, der Schmerz, den er schon gut kannte, der Teil seiner Seele geworden war. Der Schmerz war schon zu einer eigenartigen Krankheit ausgewachsen. Die Liebe wandelt sich zu einer Krankheit der Seele, und keine Medizin gibt es gegen diese Krankheit außer … dem Tod.

Sie wird nicht kommen … Er wusste das schon längst, wusste es schon, bevor Worte gesagt wurden. Seit jener Zeit, da **Ilne** weggefahren war, sind nicht sieben Tage, sondern sieben lange Jahre verflossen, und sieben Hoffnungen, licht und rein, sind in ihm gestorben. Aber in jedem Frühjahr erstanden aufs Neue sieben Hoffnungen. Kam der Herbst wieder übers Land und färbten sich die Blätter an den Sträuchern und Bäumen altersgelb, klang der Schmerz wieder ab. Aljoschka konnte nichts dagegen machen. Immerzu lebte er im Glauben, dass ein Herbst kommen würde, in dem die Blätter entgegen den Naturgesetzen nicht verwelken und sterben. Und es kommt die zurück, die ihm sein Herz genommen hat, ohne ihm ihres zu geben. Hier aber hörte er immer nur: heiraten, eine ganz einfache Frau finden, sie sollte nur die Augen nicht hinten am Kopf haben und ihre Arme und Beine sollten nicht zu krumm sein.

Als sie allein war, stand die Mutter eine Weile unbeweglich vor dem Feuer. Das Leben hatte sie gelehrt: Wenn es darauf ankommt, muss sie wie ein Mann sein. Ihr Mann war gestorben, die hungrigen Kinder hatte er aber nicht mit sich genommen, und das Feuer verlosch nicht zu der Stunde, da das Familienoberhaupt davongegangen war. Zudem hatte der Mann auch jene Arbeit hinterlassen, die nicht mit Axt, Messer oder Gewehr zu erledigen war – dem Leben den richtigen Lauf zu geben, so dass es nicht über Ufer tritt oder austrocknet wie eine Pfütze im Frühling, sondern immer im richtigen Fluss bleibt.

Trotz seiner sechsundzwanzig Jahre war der Sohn noch immer kein Mann, auch wenn bei ihm die Barthaare längst schon sprossen. Die Pflichten des Mannes werden erst dann seinen Geist und seine Seele erfüllen, wenn in der Frauenecke des Tschums eine Birkenrindenwiege hängt und von dort immer wieder forderndes, unnachgiebiges Kindergeschrei ertönt. Wenn jeden Morgen Kinder ihre Ärmchen zum Tisch recken werden – dann zeigt sich der Mann als Oberhaupt der Familie. Der Sohn muss verheiratet werden, selbst wenn er sich mit Händen und Füßen wehrt. Das Herz zählt nicht. Das Herz des Menschen ist doch sehr dumm.

Diesen Entschluss hatte die alte Frau gefasst, und nun erst schürte sie die flackernden Kohlestücken zusammen und blies das Feuer an. Dieser einzig richtige Entschluss gab ihr das Recht, dem GROSSEN GEBIETER über die Menschenschicksale in die Augen zu schauen. Und dieser Gebieter war in ihrem Bewusstsein immer das Feuer gewesen und wird es auch ewig bleiben.

Jetzt hatte sie diesen Entschluss der SEELE DES TSCHUMS mitzuteilen. Sie trat vom Feuer zurück, das die wieder und wieder geflickten, verrußten und verräucherten **Njuks**, die Felle der Tschumabdeckung, hell erleuchtete. Behutsam strich sie nacheinander über die drei stärksten der kräftigen Stangen des Tschums. Sie sind heilig. Auf ihnen lastet nicht nur die Schwere aller anderen Stangen und der Njuks. Sie tragen die Last der Vergangenheit. Je älter ein Mensch ist, desto teurer ist ihm seine Vergangenheit. Und diese alten Stangen bewahren stillschweigend, wie eine Art Geheimnis, die Schatten und Seelen der Dahingegangenen. Und nach ihrem Tod werden sie auch ihre Worte und Gedanken bewahren und somit ihre Seele.

Für heute kannten die Stangen ihre Entscheidung. In den langen Schneesturmnächten werden sie keine Furcht vor dem Tod kennen. Der Sohn wird für das Schicksal seines Tschums einstehen müssen. Die Zeit läuft davon, das wird er selbst einsehen müssen, er muss verheiratet werden. Am Abend ging sie zu den Nachbarn, und am nächsten Tag war die Gemeinschaft der Alten des Nomadenlagers von dem einen Gedanken erfüllt – an welches Ende der Tundra man fahren sollte, in welchem Nomadenlager eine Frau zu suchen wäre. Es sollte eine Frau sein, nicht zu teuer und auch nicht ganz billig. Sie sollte etwas auf dem Leib tragen, sollte geschickte, fleißige Hände haben, die zupacken können. Ihre Arbeit sollte ihr beim ersten Mal gelingen. Wenn sie Fellschuhe oder Fellkutten näht, sollte die Naht nicht wie eine Spur von Krähenfüßen aussehen. Wo kann man eine solche Frau finden?

Am nächsten Morgen ging Wanu fröhlich und aufgekratzt zu Aljoschka und fragte ihn ohne Umschweife: »Wo suchen wir dir die Frau? Was meinst du?«

Aljoschka verzog die Mundwinkel ablehnend: »Mutter soll suchen. Sie braucht die Frau, nicht ich.«

Wanu runzelte die Stirn, um gleich darauf zu lächeln. Er dachte sich, es sei am besten, Aljoschkas Häme nicht zu beachten.

»In der Tundra findet man viele gute Frauen. Es gab immer gute und schlechte Frauen, aber gute gibt es mehr.«

Ohne dass er es wollte, zuckte Aljoschka wieder nur ironisch mit den Mundwinkeln. Die älteren Leute sind wie Kinder, für sie ist eine Frau, die nicht nähen und Feuer machen kann, eine schlechte Frau.

»Was machen wir? Wo werden wir die Frau suchen?« wiederholte

Wanu seine Frage mit dem gleichen guten und reinen Lächeln, wobei er genussvoll eine Prise Tabak vom Fingernagel schnupfte.

Aljoschka antwortete nicht. Er streckte seine Hand zur Tabaksdose des Nachbarn und nahm eine kleine Prise. Damit bedeutete er, dass er nicht zu einer Antwort gedrängt werden wollte. Er hatte manches Mal gesehen, wie alte Nenzen dies taten, wenn sie mit der Antwort zögerten oder sie dem Gesprächspartner ihre Achtung bezeigen wollten. Der Mann, der vor ihm stand, war der Achtung wert. Aber er sollte jetzt nicht so lächeln wie ein einfältiges Kind. Aljoschka würde jetzt gern ganz tief aufseufzen, wie es die Alten tun, sich mitten in den Schnee setzen und dem Alten ohne Zurückhaltung erklären, welche unerträgliche Last ihm Jahr um Jahr aufs Herz drückt – je länger, desto schwerer. Und Wanu sollte Aljoschkas Schmerzensbeichte hart wie ein Mann abnehmen. Und danach sollte er, in der Seele bewegt und ihm nähergekommen, nicht naiv fragen, wo man die Frau suchen solle.

»Du schweigst lange.«

Aljoschka hob den Blick. Seine Seele war bereit, das erste Wort seiner Beichte auszusprechen … aber die Augen des Nachbarn erschreckten ihn unangenehm – ruhig blickten sie, sogar mit leichter Kühle. Überhaupt nicht so, wie die Augen eines Menschen sein sollten, der entschlossen ist, die Beichte eines anderen entgegenzunehmen. Eine Beichte – das ist immer Schmerz, selten Freude und Glück; einen Schmerz hinzunehmen ist schwer, ihn mit anderen zu teilen aber …

»Ja, ich schweige lange. Es ist ein schweres Wort.«

»Schwer – das macht nichts. Mir wird es nicht wehtun – wenn du es nicht gerade wie einen Stein herausschleuderst.«

Aljoschka schwankte. Die Augen des Menschen sind kein spiegelglatter See, auf dem ein innerer Sturm Wellen schlägt. Und doch – in was kann man Vertrauen setzen, wenn nicht in die Augen? Wo zeigen sich die Stärke und die Schwäche des Menschen – in seinen Augen. – Und doch … Hat denn wer gesagt, dass ein Mensch ohne Schmerzen lebt, ohne Geheimnis in der Seele und ohne geheimen Winkel, der ihm heilig ist und zu dem er selbst Auserwählten keinen Zutritt gibt? Sollte er jetzt seine ihm liebsten, geheimsten Gedanken und Gefühle aus sich herausreißen? Blutende Wunden und unerträglicher Schmerz wären sicher der Preis – warum sollte er? Wozu seine Gedanken und Gefühle unter das Urteil eines anderen stellen?

Um möglichst schnell aus diesem Gespräch herauszukommen, das sich lang und stockend hingezogen hatte und das Aljoschka im Grunde als unnütz erschien, schnupfte er hastig und linkisch die Prise zu Ende, richtete sich auf, nachdem er sich fast schon auf den Schlitten gesetzt hatte, und sprach so ruhig wie nur möglich: »Das soll meine Mutter sagen. Ihr fällt das Sprechen leichter, ich kann es nicht.«

Wanu ging davon – bitter waren ihm die Worte des jungen Nachbarn.

Was sind das für Zeiten: Du kommst zu einem Menschen mit einem Feuer, das ihm die Seele erwärmen soll – er aber sieht in deinen Händen einen Knüppel. Der Junge hat kaum gelebt, führt sich aber so auf, wie wenn man einen Gast zum Eingang des Tschums führt … und ihn wieder wegschickt, statt ihn einzulassen. So werden wir uns also jeder an seinem Feuer wärmen, statt gemeinsame Feuer anzuzünden.

An solchen gemeinsamen Lebensfeuern wärmte man sich in seiner Jugendzeit. Aus kleinen, verrußten Kesselchen füllte man einen großen Kessel, der viele, sehr viele Familien vor dem Hungertod bewahrte.

Am Feuer gibt es aber auch Menschen mit erbärmlichem Geiz. Ihre Kessel sind bis obenhin gefüllt, aber sie jagen Erfrierende davon, die in schweren Zeiten nichts zu essen haben. Alte Nenzen sprachen vor nicht allzu langer Zeit noch so: Kannst du einem Unglücklichen kein Feuer zum Wärmen bieten, hast du kein Stück Fleisch, und ist auch das letzte Quäntchen Tabak aufgebraucht, dann hadere nicht – du hast immer noch ein gutes Wort, das die Kraft des Feuers hat, satt macht wie ein Stück Fleisch und stark ist wie eine gute Prise Tabak.

Sobald ein Kind auf eigenen Beinen stand, zu verstehen begann, wozu die Sonne am Himmel steht, brachte man ihm bei, solche Gebote zu verstehen und zu achten. Was lehrt man unsere Kinder hingegen heute? Sich zu verkriechen, sich von den anderen abzusondern wie ein wildes Tier. Doch das Leben der Menschen ist keine Jagd und das Verhalten der Tiere der Wildnis passt dafür nicht als Vorbild.

Lange konnte Wanu sich nicht beruhigen. Was er auch anfing, immer wieder stand das Gesicht des jungen Nachbarn vor seinen Augen. Man musste nicht besonders hellsichtig und weise sein, um vieles zu sehen. Warum steht der benachbarte Tschum mit Müh und Not? Wo er doch einst aufragte wie ein starker Baum mit kräftigen, gesunden Wurzeln. Seine eigenen Söhne, die im Sommer immer zu ihm kommen – wieso scheinen sie an einer eigenartigen Vogelkrankheit zu leiden? Sie haben Flügel, das Gefieder ist in Ordnung, aber fliegen können sie nicht. Nimmt einer von ihnen ein Lasso in die Hände, kann er weder die Schlingen richtig legen noch es richtig werfen. Eine Axt gibt man ihm lieber nicht in die Hand, damit er, statt den Baum zu fällen, sich nicht die eigenen Beine abschlägt.

Am Abend kam der Rat der Alten wieder zusammen und sein Beschluss war gewichtig: Verheiraten.

◆

Aljoschka erinnerte sich daran, wie beharrlich sie ihrem Beschluss nachgingen. Ihn selbst fragte man nach nichts, gerade so, als würden sie keinen Menschen verheiraten, sondern als bereite man die Paarung eines Rüden mit einer jungen Hündin vor, um einen reinrassigen Welpen zu bekommen. Und er versuchte nicht, sie aufzuhalten, denn er wusste, dass die Nenzen immer so vorgegangen waren. Das ist ein Gesetz aus alten Zeiten und wird sich sobald nicht ändern. Ob man strauchelt, kriecht oder kraxelt – man muss vorankommen. Der Schlitten des Lebens kann ächzen, in Schieflage geraten, gegen Stock und Stein stoßen, wie auch immer – er muss vorankommen. Deshalb saß jetzt auch das Mädchen am Ofen, das eine Frau werden sollte. Sie sollte dem Feuer und dem Tschum das Leben geben. Was soll man sagen … Die Menschen des Nomadenlagers haben klug gehandelt. Aber was sollte er, Aljoschka, nun machen?

Die Menschen der Gemeinschaft haben ein langes Leben hinter sich. Und er? Hat nichts als Flausen. Besah man es genau, hat er jetzt die Richtung verloren. Wie ein Fuchs, der seiner eigenen Spur nachläuft, war er in einem ausweglosen Kreis gefangen und fand nicht heraus. Wo sollte er denn eigentlich hin? Und wozu?

Leise wurde am Eingang der Vorhang gelüftet und die Mutter schlüpfte wie ein Schatten hinein. Ihr Gesicht strahlte Ruhe aus. Sie trat zu ihm, beugte sich herab und bat sanft: »Steh auf, ich mache euch das Bett.«

»Das Bett? Ach ja …« Aljoschka wollte schon einen unschönen, bösen Fluch von sich geben. »Das Bett … was gibt es da wieder für ein ärgerliches Geheimnis, angeblich wichtig. Ein Bett ist ein Bett, da muss man doch nicht nach spitzen Steinen suchen oder nach herausragenden Nägeln. Was soll da schon Besonderes zu machen sein?« dachte Aljoschka aufgebracht bei sich, statt aufzustehen. Die Sanftheit im Blick und in der Stimme der Mutter erschien ihm aufgesetzt, scheinheilig.

Abrupt sprang er auf und bemerkte, dass er nicht wusste, wohin mit sich. Demütig stehen und warten, bis die Mutter das Bett zurechtgemacht hat – das Grab seiner Liebe? Abwarten, um an der eigenen Verzweiflung zu ersticken? Jetzt gleich, sofort muss er allen zeigen, dass … nein, nein und nochmal nein! … er lässt sich nicht mit Gewalt ins Bett zwingen. Jetzt eben hat er verstanden, wie unsagbar teuer ihm seine hoffnungslose Liebe zu dieser Frau ist, so weit weg von hier sie auch sein mag. Und die Mutter – wie kann ihr Herz kein Mitgefühl mit ihm haben … Kränkung und Tränen schnürten ihm die Kehle ab. Er langte nach dem Schöpfer, ließ Wasser mit Eisstücken hineinlaufen und trank in großen Schlucken, und trinkend verspürte er, wie in seinem Innersten eine entschlossene, böse Kraft aufkam. Solange noch die Mutter mit aller Sorgfalt dieses Bett richtete, mit dem er wie eine Fliege im Spinnennetz gefangen werden sollte, würde er sich und sein Gefühl verteidigen können. Die Zeit ist gekommen, sich zu beweisen. Über Liebe und Treue ist leicht zu reden und nachzudenken, solange einem nicht ein Bett bereitet wird mit einer Frau darin. – Ja, das Leben ist gewaltig und stark, ich aber bin ihm gegenüber ein blinder Welpe ohne Verstand. Und doch will ich im Leben und im Bett mit der Frau zusammensein, die ich selbst will! Ich liebe sie und will sie!

Vorsichtig legte Aljoschka den Schöpfer zurück, wobei er stark an sich halten musste, ihn nicht hinzuschleudern, und ging an der Braut vorbei nach draußen. Hätte sich die Mutter umgewandt und das Gesicht des Sohnes erblickt, hätten ihre Hände sofort von selbst innegehalten. Aber ihre freudige Stimmung hinderte sie daran, das Gesicht und die Seele des Sohnes zu erkennen …

Das Leben hat viele Nächte, diese Nacht aber kommt nur einmal …

Ein Vogelweibchen kehrt aus der Ferne zum heimischen See zurück, auf die altvertraute Bülte im Moor, mit seinem warmen Leib schmiegt es sich an das winzige Fleckchen Heimaterde und beginnt, ein Nestchen zu flechten und ihm die Nestwärme zu geben. Es zupft aus seinem Federkleid die feinsten Federn aus, solche, die am besten wärmen. Erst wenn es das Nest damit ausgepolstert hat, ruft es den Auserwählten zur Liebe.

Und das Nest der Liebe der Menschen? Wie trist und zerbrechlich man es baut. Hastig, geizend, oft auch schamvoll, ohne sich um die Liebe zu sorgen – »sie wird's aushalten, geht schon nicht unter.« – Und ob! Die Liebe entflieht samt ihrer wunderbaren Seele und zurück bleibt nur ein klappriges Gerippe. Warum lernen die Menschen nicht bei ihren geflügelten Freunden, wie man ein Nest der Liebe baut?

Es gibt aber auch unter den Vögeln unbedarfte Wesen. So zerzaust das Seetaucherweibchen zuerst die mit Moos bedeckte Bülte und tritt dann in aller Schnelle eine Kuhle zurecht – und das ist ihr ganzes Nest. Um später am Seeufer bitterliche Klagelaute von sich zu geben, wenn der

Wind ihr armseliges Nest auseinandergeweht hat. Oder aber um vom Männchen voller Zorn gehackt zu werden, wenn die durch nichts geschützte Bülte von einem Räuber verwüstet wurde.

Mögen Hand und Herz die Bettstatt des Sohnes nicht so wie ein Nest des Seetauchers herrichten. Mögen hier die Treue des Adlers und die Zärtlichkeit des weißen Schwans einziehen. Der böse Wind des Neids möge das Nest nicht auseinanderreißen, der aasfresserische Rabe halte sich fern und zerhacke nicht das Glück des Sohnes. Dem Sohn sei nicht beschieden, im Herbst des Lebens den Trauergesang des einsamen Seetauchers anzustimmen.

Über dem Hersagen ihres lichten Gebets bemerkte die Frau gar nicht, wie sie das Bett hergerichtet hatte. Am Kopfende lag nun, Freude des Begehrens ausstrahlend, ein jungfräulich reines Kissen aus dem Fell eines **Rentierbullen.** Seine unberührte Wolle war nicht weiß, sondern schwarz wie die Winternacht. Eine ebensolche Felldecke, weich und anschmiegsam, wartete auf den Moment, da ungeduldig-sehnsuchtsvolle Hände die Nacktheit der Liebe verhüllen wollen.

Verschwiegen wandte die Mutter ihre Augen vom Bett ab und trat zum Mädchen. Sie reichte ihr die Hand und diese legte ihre heiß glühenden, zitternden Finger hinein. Die Frau bettete sie und bedeckte sie leicht mit der Decke. Ganz zudecken würde sie dann der Mann. Die Frau senkte den neuen Kattunvorhang herab, die Hälfte auf der Seite des Sohnes ließ sie halb offen.

Jetzt musste noch der Sohn kommen. Um ihn zu erwarten, hockte sie sich zum Feuer und fachte es mit geübten Händen an. Jetzt waren sie nicht mehr einsam, ihnen drohte nicht mehr, wie Hunde zu sterben. Eine einsame und schmachvolle Zeit des Alters würde sie nicht niederbeugen, Verlassenheit würde die Seele nicht bedrücken. Wo Kinder sind, ist auch kein Tod. Wenn der Mann eine Frau kauft, kauft er das Leben.

Doch der Sohn kam nicht zurück. Die Mutter befürchtete, ihn beim Hinausschauen nicht entdecken zu können, und so blieb sie beim Herd sitzen, obwohl das Feuer längst erloschen war. Nur zwischen einigen Kohlestücken war noch ein Flämmchen munter, und an einer Stelle strahlte aus dem grauen Aschehäufchen ein feiner Lichtstrahl hervor – er war wie ein Hoffnungsschimmer für die alte Frau.

… Er hatte das Lager hinter sich gelassen und bald konnte er es durch den dichten Wald hindurch nicht mehr sehen. Müde lehnte sich Aljoschka mit dem Rücken an einen großen Stein, der mit rauem, braunem Moos überzogen war. Und gleich verspürte er, dass er nicht weiter gehen konnte. Ja, und wo sollte er noch hin? Und wozu? Schon dieser kurze Weg, den er eingeschlagen hatte, war unsinnig. Nachdem er aus dem Tschum herausgestürmt war, war er weitergeprescht, einfach drauflos, wohin ihn die Beine eben trugen. Als quälend unsinnig erschien Aljoschka auch sein gesamtes Leben. Geboren, seinen Weg genommen einfach aufs Geratewohl – und in die Irre gelaufen. Wonach sucht der Mensch auf seinem Lebensweg? Nach dem Glück?! Das Glück ist wie ein Fuchs. Du erblickst ihn, kannst nicht einmal das Gewehr ergreifen – schon ist er davon und sein Schwanz blitzt hinter dem nächsten Busch hervor. Du nimmst den Schwanz ins Visier – und da zeigt sich der Fuchs schon als ein ferner Schein hoch oben auf dem Berg. Ihm nachzujagen führt zu nichts, auch mit dem schnellsten und stärksten Gespann nicht. Man betrügt sich nur selbst und hetzt die Rentiere ab. – Wieso hatte er diese simple Weisheit nicht schon früher verstanden? Er hat sein Glück verloren, hat es nicht einfangen können, und nur mit ihr, die von ihrer Heimaterde weggegangen war, wollte er zusammensein, das Leben verbringen. Mit den Augen hatte sie sich ihm versprochen, so wie der Fuchs mit dem Schwanz wedelt.

Er hatte den straff angezogenen Gürtel gelöst und sich hingelegt mit dem Gesicht zur Erde. Müde schluchzte er auf und sog dabei den kräftigen Geruch wilden Rosmarins ein. In der noch kurzen Nacht war das Kraut warm geblieben. Es stach die Wangen und den Hals nicht, kitzelte nur ganz sanft, nicht wie abgestorbene Krautstängel, die die Wintertage überdauert haben, sondern als wären es die Finger der Liebsten, die das Gesicht liebkosten. Die Finger der Liebsten und ein weiches Ehebett ... In einer Nacht haben ihm zwei Mütter ein Bett der Liebe bereitet. In welches sollte er sich legen, er, der mit sechsundzwanzig Jahren noch keiner Frau nahe gekommen war? Auf welche Mutter sollte er hören? Auf die, die ihm im Tschum sorgsam mit liebevoller, müder Hand eine tiefe Bettfalle bereitet hat und mit ganzer Seele daran glaubte, dass es ihm gut darin sein würde? Oder auf die, an deren Brust er sich jetzt gebettet hat und die ihn ebenso betrog – sanfte Hände einer Liebenden waren es ja nicht, nur ödes, welkes Kraut, verharscht in Eiseskälte, und wenn er sich noch etwas weiter hinabbeugte, würde es ihn schon schmerzvoll kratzen.

Was sollte er weiter tun? Wie ein rotznäsiger Junge von der Frau wegzulaufen – war das nicht eine Flucht vor sich selbst? Woran kann man sich halten im Leben? Wie betrügt man sich selbst? War das, was geschehen ist, vielleicht doch nicht so schlimm, als dass man hysterisch die Flucht ergreift?

Das Glück ist wie ein listiger Fuchs schnell entflohen, nicht jeder erprobte Jäger vermag es zu fangen, mit Fallen nicht und auch nicht mit Kugeln. Trotz alledem leben die Menschen und verbringen sie ihre Tage und keiner stöhnt vor Schmerz wie er ... Sollte er vielleicht doch zurückgehen und die Frau annehmen, die sie ausfindig gemacht, gekauft, hergebracht und gebettet haben? Vielleicht wissen sie doch etwas, von dem er nichts weiß ...

Aljoschka hatte sich umgedreht, das Gesicht zum Himmel, und beobachtete nun angestrengt die in den Farben des Regenbogens strahlenden Wolken, die den Himmel drapierten wie farbenfrohe Tücher, von der leichten Hand einer nenzischen Meisterin zwanglos ausgebreitet. Die Augen ermatteten schnell. Er schloss sie. Den Himmel zu betrachten ist so, als wollte man versuchen, etwas vom morgigen Tag zu erspähen. Aber was sollte ihm der nächste Tag, wenn er nicht wusste, wie er heute leben, wie er der Mutter und den Nachbarn im Lager in die Augen schauen sollte? Denn er kann ja nicht abgeschieden leben, nicht leben wie ein **Sirtja** im Dunkel eines Berges, es geht nur gemeinsam mit der Gemeinschaft. Er ist nichts als nur ein Wassertropfen in einem Fluss. Und wie sollte dieser Tropfen nicht wissen, wie stark und unbezwingbar die Strömung des Flusses ist? Und wie sollte da dieser kleine Tropfen den Lauf des Wassers bestimmen wollen …

Und doch … Ein winziges, reines Tröpfchen Hoffnung in der Seele des Menschen kann bewirken, dass ein Ozean entsteht. Was wäre, wenn er wieder glauben würde … glauben, wie er es schon manches Mal getan hat? Daran glauben, dass alles gut und klug eingerichtet ist auf der Erde und somit auch in seinem, Aljoschkas Leben. So viele Jahre hatte er still nur bei sich geglaubt, lebte immer wieder auf und war glücklich mit seinem Glauben. Warum sollte er denn in diesem Frühjahr aufhören zu warten? Vielleicht hält der Mensch sich dadurch am Leben, dass er an etwas wieder und wieder von Neuem glauben kann?

Es gibt keinen Fluss ohne Quelle, keine Blume ohne Wurzel und sein Gefühl kann nicht während eines Abends und einer Nacht sterben. Er muss warten. Der Mutter sagen: Wie ihr die Frau gebracht habt, so bringt sie wieder zurück. Niemand hat sie angerührt. Sie ist heil und unversehrt.

Mit Leichtigkeit erhob sich Aljoschka. Groß, schlank und mit kräftigen, ausladenden Schultern gab er das Bild eines Mannes ab, der nicht zu bezwingen ist und den auch die Weisheit seiner Mitmenschen nicht beugen kann. Er hatte seine eigene Weisheit und seinen eigenen Gott – die Liebe.

◆

Petko hatte nicht gedacht, dass die Hochzeit des jungen Nachbarn ihn so aufwühlen würde. Wie eine Eule, die auf eine unvorsichtige Maus harrt, hockte er bis zum Morgengrauen auf seinem Bett. Er schnupfte eine Tabakprise nach der anderen und suchte mit aller Kraft, das ungute Gefühl der Kränkung in sich zu unterdrücken. Nicht die Menschen, sondern der Sturm des Lebens hatte seinen Tschum von der Erde weggefegt. Wenn die Kränkung sich erst einmal in seiner Seele einnistet, wird er sie nie wieder loswerden.

Sieben Jahre waren vergangen, seitdem die Tochter zum letzten Mal bei den Eltern zu Besuch gewesen war, und jeder neue Tag dieser sieben langen Jahre hatte sein Haar grauer und den Schmerz stärker werden lassen.

In der Nacht war sein Hund gestorben, ohne eine Klage, vielleicht sogar ohne quälenden Schmerz. Im Dunkel, noch vor Tagesanbruch, hatte der Alte den Körper des Hundes neben sich ertastet und war vor Schreck erstarrt – der Körper war erkaltet, der Kopf hing schwer herab, mit leicht gebleckten Zähnen. Lange konnte Petko in seinem Herzen diesen Tod nicht verstehen, nicht annehmen. Mit zitternden Fingern strich er über den Kopf seines toten Freundes und schluchzte leise. Aus seinem Leben ging davon, was die Reste, die letzten Krumen seines Glücks waren. Sie gingen alle einen Weg – in die Richtung der ewigen Nacht. Es war an der Zeit, auch selbst zu gehen, bevor man noch zur Last würde für sich selbst und die anderen. Das Leben ist gelebt. Man sollte beizeiten gehen und still, ohne die anderen zu erschrecken. Der Tod wird sich über ihn beugen, wie eine Mutter über ihr Kind. Zu Beginn des Lebens beugt sich die **Göttin Jaminja** über das Neugeborene, um in seinem reinen Gesicht Spuren von Vorbestimmung und Größe auszumachen und sein Schicksal zu bestimmen. Und JAMINJA lächelt entweder oder verzieht das Gesicht ablehnend.

Diese Gedanken ließen ihn die Kränkung vergessen. Er hatte nicht recht gehabt. Wenn man seine Suppe aufgegessen hat, darf man nicht mit seinem Löffel in einen fremden Kessel langen. Der Alte hob die Tabaksdose hoch, rüttelte sie, beschaute sie bei Licht und schüttelte den Kopf.

»Zu wenig Tabak«, flüsterte er bei sich und schüttelte wieder den Kopf, »schlecht«.

»Warum schläfst du nicht?« flüsterte es von jenseits des Feuers.

Wanu machte sich von den auf ihm liegenden **Jaguschkas** frei, zog schnell eine leichte **Maliza** über und setzte sich zu den Füßen seines Freundes.

»Hast du die ganze Zeit so gesessen? Ohne zu schlafen?«

»Wenn ich tot bin, dann kann ich schlafen. Ich habe nachgedacht.«

»Aber du lebst. Da schau!« Er blickte nach oben. Zum **Rauchloch** des Tschums hinein schaute der Himmel, lebendig und blau. Dann wies Wanu auf den leicht gelüfteten Vorhang am Eingang. Von draußen drang in den Tschum das feine Rauschen der Grashalme herein, das zwitschernde Geplauder der kleinen Vögel auf den nahen Büschen, ihr Pfeifen und ihre einfachen Liedchen. Halblaut bellten die Hunde einander wohlwollend zu. Die morgendliche Welt war selig rein und spendete Wärme.

»Hörst du, überall ist Leben.«

Petko lauschte demütig, schlug sogar die Kapuze der Maliza zurück. Dann aber lächelte er gerade so, als hätte der Freund ihn ablenken wollen, wie man es mit kleinen Kindern tut, denen man ein blitzendes, schepperndes Spielzeug zeigt; er verzog den Schnauzbart und schüttelte den Kopf: »Ach … nein, das ist nicht unser Leben. Erinnerst du dich an den alten Tachanu? Er lebte allein in seinem kleinen Tschum. Das Alter, so sagte er, ist nur dann ein Leben, wenn dich deine Kinder lieben. Lieben sie dich nicht, dann ist das Alter wie ein Sarg, dessen Deckel man vor lauter Hast nicht festgenagelt hat.«

»Schlimme Worte gibst du von dir.«

»Es tut mir leid, dass sie meine Tochter nicht hört. Die Erde ist aber so groß und weit, dass ich sie mit meinen morschen Knochen nicht ausmessen kann, sonst wäre ich zu ihr gegangen.«

Darauf erwiderte Wanu nichts. Er nahm die Tabaksdose aus den Händen des Freundes und setzte sich neben ihn auf dessen bescheidenes Bett. Wie oft hatte er sich schon so zu ihm gesetzt und ihn mit seiner Schulter gewärmt, statt auf die Kraft der Worte zu setzen.

»Weißt du, weshalb der Seetaucher heult?« fragte Petko unvermittelt.

»Nein«, entgegnete Wanu.

»Der Seetaucher heult der Vergangenheit nach. Wenn er mitten am helllichten Tag am Ufer sein grässliches, trübseliges Geheul anstimmt, dann setzt er den Menschen sehr damit zu.«

In die Augen des Alten kam Bewegung. Er richtete seinen gekrümmten Rücken auf und schaute mit belebtem Blick vor sich und fuhr fort: »Als die Erde noch ihre alte Ordnung hatte und alles Lebendige einem Gesetz gehorchte – dem Gesetz der Sonne, lebte am Seeufer eine Seetaucherfamilie – Vater, Mutter, Kinder. Der alte Seetaucher war reich, hatte so viele Rentiere und Schlitten, dass sie nicht zu zählen waren. Oft stand er, die Beine weit auseinander, inmitten seiner Rentiere, und nicht nur sein Gesicht, sondern auch der Leib war von Fett und Stolz aufgedunsen.

Die Kinder der Seetaucher lebten ziellos in den Tag hinein. Von morgens bis abends badeten sie im See, bespritzten einander mit Wasser und krakeelten herum.

Jeden Abend, sobald die Sonne vom Himmel herabsank, fing der alte Seetaucher ein Rentier ein und die Familie begann zu prassen und zu schlemmen. Um das widerlich zerfleischte Rentier herum balgten sich die Seetaucher-Kinder um die leckersten Fettstücken und fetzten dabei einander die Federn aus. Ihrer Mutter zerkratzten sie mit ihren Krallen die Augen, damit sie es nicht wagte, das Fleisch anzurühren, ehe sie sich nicht selbst satt gefressen hatten. Morgens war vom Rentier nichts mehr übrig, nicht einmal ein einziger Blutstropfen.

Wenn die Sonne morgens am Himmel aufstieg, war ihr Gedanke: ›Wie ehrlich doch die Seetaucher leben, sie vergießen kein Blut und leben von ehrlicher Arbeit.‹ Und der Schwarm der Seetaucher wuchs immer weiter.

Der Vater Seetaucher stand ganze Tage inmitten seiner Rentierherde, so als würde er sie vor Räubern behüten, doch in Wahrheit schaute er sich mit gierigen, blutunterlaufenen Augen das nächste Opfer aus. – So lebten die Seetaucher und ahnten nicht, dass einmal jemand ihre nächtlichen Gelage bemerken könnte. Dies tat schließlich der letzte, unauffällige Sonnenstrahl, der nicht so schnell wie seine Brüder heimwärts in den goldenen Tschum eilte. Er schaute sich auf dem Heimweg noch einmal um und bemerkte, wie boshaft die Augen der Seetaucher glänzten. Dies konnte er nicht ertragen und so berichtete er der Sonne von der traurigen Wahrheit des Lebens der Seetaucher. Die Sonne geriet in Zorn. Mit heißem Atem blies sie auf die Erde, bis der Erdboden unerträglich heiß wurde wie glühende Kohle. Angsterfüllt stürzten die Seetaucher zum Wasser, um sich zu retten. Die Herden von Tausenden Rentieren wurden durch die Hitze vom Entsetzen gepackt, so dass sie über ihre Herren hinwegstampften und ihnen die Knochen brachen. Die Seetaucher brachen in Jammern aus und sind seit dieser Zeit für immer auf dem Wasser geblieben. Aus Angst vor der Sonne heulen sie am Ufer bis auf den heutigen Tag.«

Die Vergangenheit liegt im Dunkeln und wer weiß, ob in ganz alten Zeiten vielleicht auch der Mensch die Gesetze der Arbeit und der Güte nicht achtete, so lebte wie der Seetaucher und ihn heute die dunkle, blutrünstige Vergangenheit zurücklockt. Trauer überschwemmt ihm die Seele, und so schluchzt er am Ufer des Lebens; wie es der Seetaucher tut.

»Ich habe nicht wie der Seetaucher gelebt und ich will nicht … will nicht, dass mein Weinen wie das Weinen des Seetauchers ist. Sag mir doch … was soll ich tun, dass ich niemandem zur Last falle, wenn ich weine über das, was ich verloren habe?«

Wanu antwortete nicht gleich. Er saß da mit gesenktem Kopf und hörte im Geiste das schaurige Geheul des Seetauchers, dieses dickleibigen Vogels mit einem messerscharfen Schnabel. Der Vogel stößt bei sonnenhellem Tag unvermittelt ein durchdringendes, niederdrückendes Jammern aus, das weder Kinder noch Erwachsene mögen.

Wanu gingen auch Gedanken durch den Sinn über die Vögel überhaupt, über die Reinheit und Ernsthaftigkeit ihrer Welt, die dem Himmel so nah ist. Beim Anblick ihrer im Herbst verlassenen Nester, zu denen in der Dämmerung nun weder Männchen noch Weibchen heranfliegen, drängen sich keine quälenden Gedanken auf, anders als bei verlassenen Wohnstätten der Menschen, die oft von Dramen zeugen. In den Nestern findet sich kein Unrat und kein Schmutz, nur vom Wind herbeigewehte Blüten, gelb und rot verfärbte Blätter, Grashalme und Tannennadeln, und mit ihnen zusammen ruht hier die Trauer und die Hoffnung der Erde. Ganz zeitig im Frühjahr erwacht in den Nestern der allererste Sonnenstrahl.

Wanu war sich sicher: Sobald es auf der Erde keine Vogelnester mehr gäbe, diese kleinen Heiligtümer, wäre dies auch das Ende der Nester der Menschen. Nicht irgendwer muss für das Schicksal der großen und kleinen Nester einstehen, sondern der Mensch muss sich um sie sorgen, um seine eigenen wie um die der Vögel.

Wanus nachdenklich gesenkter Kopf war seit langem schon mit reichlich Grau besprenkelt und nichts zwang ihn, mit seiner Antwort zu hasten. Sein Freund Petko verstand sein Schweigen. Als er seinen Kopf wieder hob, lag Trauer in seinen Augen, Trauer so bitter wie die Wahrheit.

»Wenn jemand zu deinem Weinen Seetauchergeheul sagt, dem reiße ich die Zunge heraus.«

Wanu erhob sich und ging in seine Hälfte des Tschums hinüber. Wie gut ist es mitzufühlen, sich mitzufreuen, seine Seele zu klären mit einer Beichte vor sich selbst. An die Stelle schlechter treten gute, besondere Gedanken, die nicht jede Stunde oder jeden Tag kommen – aber leider auch nicht jeder Seele.

Mit dem Anbruch der warmen Tage räumte Aljoschkas Mutter den eisernen Ofen weg. Er frisst viel Holz und seine Wärme ist nicht die, wie sie ein offenes Feuer gibt. Es ist, als wohnt man mit jemandem zusammen und sieht sein Gesicht nicht, spürt nicht seinen Atem und seine Stimme klingt nur von fern.

Das befreite F E U E R brannte munter, atmete frei und unersättlich und strahlte seiner Herrin ausgelassen in die Augen. Die kupfern-rote Sonne des Polarfrühlings sandte durch das Rauchloch Bündel goldener Strahlen in den Tschum hinein, im Wechselspiel mit dem Rauch zitterten die Strahlen wie Spinnennetze im Herbst.

In der Freude liegt eine große Kraft. Die Frau erwachte am Morgen mit einem Lächeln. Schnell hatte sie das Feuer entzündet. Sie wollte Wärme – je mehr, desto besser. Während die Schwiegertochter das Bett beiseiteräumte, brühte sie Tee auf, polierte die Tassen mit einem sauberen Tuch und schnitt gesalzenen Fisch auf. Sie tat dies rasch, gewandt und mühelos. Es war ein besonderer Morgen. Die Kinder sollten ein Fest haben. Und ein Wort – das Wort von ihr, der Mutter. Sie stellte das Tischchen auf, verteilte die Tassen, goss Tee ein und setzte sich.

Solange der Sohn seine **Untertasse mit Tee** noch nicht in die Hände genommen hatte, machte sie sich kribbelig am Feuer zu schaffen, obwohl dort nichts zu richten war. Aber so war es nun einmal der Brauch zwischen ihnen – wer stünde ihr bei, wenn ein wichtiges Wort zu sagen ist, wenn nicht das Feuer? Vor seinem heiligen Antlitz spricht es sich leichter.

»Kinder …«, begann sie und hielt inne, denn kaum dass sie das erste Wort gesagt hatte, zischte das Feuer neben ihr. Ein müdes Holzscheit loderte kurz auf, um sogleich seufzend zu verlöschen. Verwundert wandte sich die Frau ihm zu.

Wovor warnte das Feuer und gebot zu schweigen? Es war doch alles gut. Nichts Schlimmes war passiert, kein Grund zum Zischen, Freude war angesagt. Die Frau wollte ihrem Feuer keinen Glauben schenken.

»Kinder«, setzte sie erneut an und verstummte wieder, aber nicht für lange, »jetzt beginnt euer Leben. Der Tschum ist noch gut. Die Njuk-Felle haben keine großen Löcher, nur kleine ... Die sind wichtig für den Tschum. Durch sie schaut die Sonne herein. Sohn, deine Brüder sind davongelaufen, wie kleine Hasen. Sie brauchen den Tschum nicht. Er ist dein.«

Aljoschka erwiderte nichts. Was sollten diese Worte? Ein Tschum ist ein Tschum, und ganz egal, wie er ist, man muss leben. Der Mensch kann nicht in Erdhöhlen leben. Und was ist so besonders an diesem Tschum? Tschums gibt es viele, welche mit Löchern, welche ohne. Als hätte die Mutter seine Gedanken erraten, sprach sie entschieden und warmherzig weiter: »Es ist ein guter Tschum. Er ist stark. Der Vater hat ihn gebaut.« Ihre Worte lösten bei ihr unwillkürlich lebendige und freudige Erinnerungen aus, die sie aber schnell beiseiteschob. Es war nicht die Zeit für Erinnerungen, jetzt musste gesprochen werden.

»Du, Schwiegertochter, merke dir: Der Mann kommt von der Jagd – im Tschum bei dir muss es warm sein. Kommt der Mann ohne Beute – dann muss es im Tschum unbedingt warm sein.«

Sie schwieg, damit sich die Schwiegertochter das erste Gebot einprägte, das sie als Frau, Ehefrau und Mutter zu befolgen hat. Das ist ihre wichtigste Aufgabe auf der Erde.

Die jungen Leute saßen mit gesenkten Köpfen und vergaßen fast den Tee und das Essen. Die Worte flogen nicht nur an ihren Ohren vorbei, sondern auch an ihrem Verstand. Flogen vorbei, wie Blätter im Herbstwind, berührten ihre Seelen nicht. Beide dachten an die vergangene Nacht, die für beide leer geblieben war. Nicht nur liebeleer war sie geblieben, selbst einfaches Mitgefühl hatte gefehlt.

Die alte Frau sah auf das Geschehene mit dem Blick aus einer Welt, in der die Werte schon festgelegt sind, dem Menschen schon klar ist, dass man das Leben nicht vom Anfang her beginnen sollte, sondern besser vom Ende. Sie sprach leise und warmherzig und hörte dabei aufmerksam auf das Flüstern des Feuers hinter ihrem Rücken.

»Rentiere als eure Erhalter und Ernährer habt ihr genügend. Es sind nicht sehr viele, aber auch nicht zu wenige. Als der Vater und ich unser gemeinsames Leben begannen, hatten wir nur ein Leittier für uns beide. Aber unseren Tschum fuhren wir schon damals selbst von Lagerplatz zu Lagerplatz. Man muss immer auf eigenen Füßen stehen. Sehr wichtig ist, sein Feuer immer voranzutragen. Darauf war Vater immer stolz. Seinen Stolz gebe ich an dich weiter.«

Die Mutter sah Aljoschka direkt in die Augen, und Aljoschka wurde unter ihrem Blick unsicher – er sah, dass sein neues Leben so begann, dass er den Stolz des Vaters in der Weise, wie ihn die Mutter bewahrt hatte, nicht weitertragen konnte – diese Last auf sich zu nehmen stand nicht in seinen Kräften.

Er stellte seine leere Tasse weit weg von sich und wollte sich auf die Kissen zurücklehnen, wieder fühlte er sich wie in der Nacht. Unnütz in allem, fremd. Die ernste Freude der Mutter betraf ihn nicht. Er wollte der Unterhaltung aus dem Wege gehen, müde die Augen schließen und schweigen, doch stattdessen sagte er: »Mutter, du sprichst, als würdest du sterben.«

»Das Leben liegt jetzt in euren Händen. Darum spreche ich so. Ich werde sein wie die da …« und deutete mit den Augen auf die kleine Alte, die auf einem Kissen saß. Solange sich Aljoschka zurückerinnern konnte, thronte sie da, in unerschütterlicher Ruhe, ungerührt von Freude oder Trauer im Tschum. Es war nicht daran zu glauben, dass sie gütig und weise war. Ganz gleich wie – als es Aljoschka noch nicht gab, war sie da, und wenn es keinen Aljoschka mehr geben wird – sie wird weiter da sein, diese **kleine grauhaarige Alte** mit dem sonderbaren Gesicht aus Fell, bekleidet mit vielen Jaguschkas, eine über der anderen.

Er fühlte sich bedrückt und niedergeschlagen. Wie lang und wunderbar scheint das vor dir liegende Leben zu sein – bis du es zu leben beginnst. Er seufzte leise. Die Mutter beachtete seinen Seufzer aber nicht. Vor ihren Augen stand wieder die Nacht, in der sie vergebens auf den Sohn gewartet hatte, schließlich verängstigt und hilflos vom schon verloschenen Feuer gegangen war und sich in ihr Bett gelegt hatte, ohne Schlaf zu finden. Die alten Gedanken bedrängten sie wieder: Ihr Sohn von sechsundzwanzig Jahren will nicht heiraten. Hatte es früher etwa so etwas gegeben? Die Menschen hatten sich an das Leben geklammert, gleichgültig welches, ein Hungerleben, ein Leben in Armut – Hauptsache leben! Und keine Arbeit hatte sie abgeschreckt. Aber die jungen Leute von heute?

Aljoschka war erst kurz vor Tagesanbruch zurückgekommen. Ohne die Augen zu öffnen und ihn zu beobachten, hatte die Mutter verspürt, dass er zurückgekommen war – noch aufgebrachter, als er gegangen war. Er hatte sich nicht bemüht, leise hereinzukommen, war zu seinem Bett gegangen und hatte sich mit allem, was er anhatte, hineinfallen lassen. Die Stiefel hatte er nicht abgelegt, den Eingangsvorhang offen gelassen. Nein, das war kein Familienoberhaupt und kein Mann. Er war einer, der das Leben als Spiel ansah. Vor solchen waren die Nenzen immer auf der Hut. Doch er war ihr Sohn. In dem Spiel, das er ihr auferlegt hatte, musste sie, die Mutter, die Stärkere sein.

So hatte sie auch den Seufzer des Sohnes nicht beachtet und weitergesprochen, nun an die Schwiegertochter gewandt: »Mädchen, du bist jetzt meine Tochter geworden. Du wirst deinen Mann jetzt selbst einkleiden. Du hast geschickte Hände, ich sehe das. Du gehörst zu den Frauen, die eine Arbeit gleich beim ersten Mal richtig erledigen. Und noch etwas möchte ich dir sagen. Versuch nicht, mehr zu sein als dein Mann, richte dich immer nach ihm. Das Leben ist ein langer Nomadenzug, und den Weg wählt immer der Mann.«

Aljoschka lehnte sich zurück, senkte die Lider über seine unruhigen Augen und wartete ab, dass die Mutter aufhörte zu sprechen und den

Tisch wegräumte. Über den Tisch des Vaters hinwegzusteigen, dazu konnte er sich nicht entschließen.

Wenn das Leben ein Nomadenzug ist, was ist dann die Liebe? Und warum fügt die Liebe der Seele Schmerzen zu? Warum diese Schwermut? Immer wieder schwermütig – morgens, tagsüber, nachts. Warum brauchte er ausgerechnet diese Frau? War sie denn besser als die hier, bezaubernder? – Nein.

Nachdem sie behände die erkaltete Suppe und das Geschirr vom Tisch geräumt hatte, wollte die Frau so schnell wie möglich allein sein. Und so bat sie die Schwiegertochter, im Wald Dürrholz zu sammeln. Als die Schritte der Kinder nicht mehr zu hören waren, blieb sie ratlos mitten im Tschum stehen. Sie spürte, dass sie jetzt gleich etwas tun musste.

Wenn es zu alten Zeiten im Tschum einen Kranken gab und man nicht wusste, wie man ihn heilen sollte, suchte man nach dem Schamanen. Aber wer half jetzt? Die Zeiten hatten sich geändert, die Schamanen hatten schon lange ihre Trommeln ins Verborgene gebracht und mit ihnen auch ihre Stärke und ihr schwer zu erlangendes Vermögen, den Menschen in die Seele zu schauen und die Krankheit aus dem Körper zu vertreiben.

Wer konnte helfen? Die Frau schaute aufs Feuer und verspürte, dass es seine Kraft und seinen heiligen Charakter bewahrt hatte. Sie musste mit dem Feuer sprechen. Vielleicht war es noch zu früh dazu, war die Zeit dafür noch nicht gekommen? Sie wollte sich jedes Mal vorbereiten, sich mit ihrer Seele einfühlen in ein solches Gespräch, um vor dem Angesicht des G R O S S E N F E U E R S nicht vor Scham zu erröten. Sie wollte nicht wie ein Kind hilflos daherplappern, aber auch nicht zahnlos brabbeln. Ein Wort an das Feuer ist ein Wort aus der Seele. Das erste und letzte. Es ist wie Geburt oder Tod – nur einmal im Leben wird es gegeben.

Und nicht jeder entschließt sich zu diesem Wort, so wie es nicht jeden eilig zum Tode drängt. Das F E U E R ist kein Mensch. Einem Menschen kann man eine Sünde gestehen, der Mensch verzeiht, der Mensch lässt sich betrügen und nimmt den Betrug als Wahrheit hin, der Mensch lässt sich loben und antwortet darauf mit geschmeicheltem Lachen. – Ein überhastetes Gespräch mit dem Feuer kann bitter ausgehen, kann aber auch ein glückliches Ende nehmen.

Die Frau trat zum FEUER hin … und die Beine wollten ihr den Dienst versagen. Jetzt aber zurückzugehen, ohne es anzusprechen – das bedeutete Geringschätzung und Unglauben. Angstvoll durchsuchte sie die Feuerstelle. Brannte noch irgendwo ein Holzstückchen? Ein Feuer für ein Gespräch anzufachen ist etwas anderes als für das Teekochen.

Aus der grauen Asche befreite sie ein Stück Holzkohle, aus dem auf einer Seite kaum merklich ein Flämmchen züngelte. Sie beließ dieses Kohlestück in der Mitte wie ein lebendiges, glühendes Herz und schob ihm behutsam noch zwei Kohlestückchen zu, die metallisch tönend aneinanderstießen. Und wie die drei eng beieinanderlagen, ließen sie eine kleine bläuliche Flamme auflodern. Über die Lippen der Frau huschte ein zaghaftes Lächeln: Wollte es wirklich brennen?

Das dürre Trockenholz flammte ohne Rauch auf. Die Frau mühte sich, nicht in Hast und Eile zu verfallen, und legte dünne, harzige Scheite nach. Gleichmäßig loderte nun eine hohe Flamme. Demütig legte sie ihre plötzlich ertaubten Arme auf die Knie und ließ sich an dem Ort nieder, an dem ihr Leben begonnen hatte und wo es später, wenn es an der Zeit sein sollte, einmal enden würde.

»Ich komme zu Dir mit einem Wort«, sprach sie leise, aber entschlossen, denn sie wusste, dass nun in ihrer Seele und in ihrer Stimme kein Platz mehr war für Zweifel. »Es ist heute das letzte Mal, dass ich dich angezündet habe. Das letzte Mal, dass meine Hände deinen Körper berühren und meine Augen deinen Blick suchen.«

Die Frau unterdrückte das Zittern ihrer Hände und beobachtete aufmerksam die Flamme. Sie wusste, dass sie schon keine Scheite mehr nachlegen durfte. Das FEUER wusste Bescheid, war selbst Herr über sich. Es konnte verlöschen, auch wenn noch Holz da war. Es konnte brennen, selbst ohne ein Stückchen Kohle. Sein Wille entschied.

Mit gesenktem Kopf, nur die Wärme und das Licht des Feuers auf ihrem Gesicht spürend, fuhr die Frau fort, nun in ihrem Herzen schon sicherer geworden: »Ich werde keine Träne auf dein Antlitz fallen lassen. Ich werde nicht klagen und nicht verwünschen. Die Hände einer anderen Frau werden dich von nun an hüten. Deshalb bin ich hier … aber nicht nur deshalb«, korrigierte sie sich eilends und änderte ihre Haltung, kniete sich nieder und senkte ihren Kopf noch tiefer. Das FEUER verlangte Ehrfurcht. »Ich verneige mich vor dir.«

»Ich höre!« erwiderte das Feuer. Doch war dies nicht das Feuer, das die alte Frau kannte, nicht das, welches der Wille ihrer Hände allmorgendlich entflammte. Es war die GROSSE WURZEL DES LEBENS. Vor ihr verbeugten sich die stolzesten, heißblütigsten Köpfe, die zu allen Zeiten für sich nicht einfach nur Wärme und Wohlergehen erflehten. Unfassbar groß war die Macht des Feuers über den Menschen. Nicht mit Launen und Drohungen, wie es andere getan hatten, sprach sie nun; mit leiser, trauriger Stimme trug sie zaghaft ihre Bitte vor, befürchtend, sie könnte in Schmerz und Verzweiflung sinken.

»Wenn vom ewigen Eis die GROSSE KÄLTE herüberkommt, um meinen Sohn zu prüfen, verlass ihn nicht.«

Mit einem heißen Auflodern antwortete das Feuer.

»Wenn sich ein übler Mensch an den Tisch meines Sohnes setzt, sich satt gegessen hat und dir ins Gesicht spuckt, ich flehe dich an, übertrage deinen Zorn nicht auf meinen Sohn.«

Das FEUER brannte gleichmäßig. Viele Beichten, Gebete, Freuden, Vergebungen und Tode hatte das FEUER gesehen und angenommen. Und es erhörte auch die alte Frau.

»Wenn die unerbittliche Kälte des Lebens das Herz meines Sohnes in Eis verwandelt, dann spare nicht mit deinen Kräften und lass dieses Eis schmelzen.«

Mit einem erneuten Emporschlagen antwortete das FEUER. Die Scheite brannten nicht wie sonst oberhalb, sondern mit einem reinen inneren Glühen, das ein besonderes, goldenes Licht aufstrahlen ließ.

»Wenn mein Sohn den Verstand verliert und dein Herz mit Füßen tritt, verzeih ihm. Wenn der Sohn meines Sohnes sich zu dir setzt, dann nimm ihn an.«

So bat die alte Frau und Mutter und mit jeder neuen Bitte beugte sie ihren altersgrauen Kopf tiefer hinab, wurde ihre Stimme leiser und beruhigte sich ihre kranke Seele. Das FEUER brannte. Die Scheite waren durchgebrannt, das FEUER hielt aber an – seltsam war es, eine Flamme zu sehen, die aus dem Nichts heraus leuchtete. Dies war die Kraft und der Wille des FEUERS.

Dankbar lächelte die Frau über dieses Wunder, und die Freude, die sie empfand, durchströmte sie mit jedem Herzschlag. Ihr Wort war erhört worden. Es war nicht wie ein kalter Stein in die Erde hinabgefahren und nicht wie ein schwarzer Rabe aufgeflogen, die GROSSE SEELE hatte das Wort angenommen. Nun aber unterdrückte sie das zittrige Lächeln ihrer Lippen, hob ihren Kopf, um mit fester Stimme entschieden zu verkünden: »Wenn aber mein Sohn dir den Tod wünscht … dann verbrenne ihn!« – wonach sie lange schwieg, ihre herabhängenden mageren Schultern waren in einem Krampf gefangen, als hätte ihr diese letzte Bitte einen heftigen, unerträglichen Schmerz zugefügt.

Über beiden Tschums wallte kaum merklich ein leichtes, bläulich schimmerndes Rauchwölkchen. Dieses Bild erinnerte Petko daran, wie er nach der Beisetzung ins Lager zurückgekommen war und nach dem Rauch über seinem Tschum gesucht hatte. Die Hunde hatten die Eingangsklappe des Tschums beiseitegedrückt und aus dem Spalt schlugen ihm Kälte und dumpfe Stille entgegen und die Einsamkeit, die ihn noch immer umfing.

Heute hatte sich Petko nirgendwohin auf den Weg gemacht – wohin sollte er auch fahren. Die Tage zogen vorüber und entschwanden wie eine stille, verhaltene Schlittenfahrt, bei der der Fahrtwind und die altbekannten Orte besänftigend wirkten. Wenn der Freund ihn fragte, wohin er gefahren war, konnte er nicht gleich sagen, an welchen Stellen er vorbeigefahren war. Es lief immer wieder darauf hinaus, dass sein Weg zu ein und demselben Ziel führte – in die Vergangenheit, und dieser Weg hatte, so weit man auch fahren mochte, kein Ende. Bis zum heutigen Morgen war Petko ohne Sorge um seine alten Tage. Er wusste, er hatte eine Zuflucht, musste nicht im Freien schlafen. Er hatte ein Feuer, und war es auch nicht sein eigenes, so spendete es doch großzügig Wärme. Er hatte nur seinem Tod entgegenzuleben, still, ohne anderen zuzusetzen; besser war, dass er die anderen nicht ohne Anlass an sich und seinen Kummer erinnerte.

Heute jedoch konnte er nichts mit sich anfangen. Die Herde kam an, doch dies brachte ihm kein Fünkchen Trost. Er erhob sich nicht von seinem Schlitten wie sonst, ging nicht mit dem Lasso umher, als wollte er Rentiere für das Gespann auswählen. Als Aljoschka und Wanu davonfuhren, um ihre Dinge zu erledigen, setzte er sich auf den Schlitten und blieb den halben Tag lang sitzen, ohne sich aufzuraffen, in den Tschum zu gehen und Tee zu trinken.

Vom langen Sitzen begann ihm der Rücken zu schmerzen und es verlangte ihn sehr nach heißem Tee. Zum Hineingehen in den Tschum konnte er sich aber nicht entschließen. Ohne zu wissen wozu, begann er zwischen den Schlitten umherzulaufen, bückte sich immer wieder nach unten, um mal Zugstränge, mal Zaumzeug aufzuheben. Immer wieder schaute er auf den Eingang des Tschums und schämte sich, es sich selbst einzugestehen: Rief ihn nicht etwa die Herrin des Tschums zum Teetrinken? Nun dämmerte es schon, die Frau war wohl eingeschlafen. Die Umrisse der fern liegenden Berge begannen zu verschwimmen, am Himmel zogen dunkle schwere Wolken auf, sie drückten auf ihn, so wie eine Müdigkeit auf einen herabfällt, und er wollte nur noch eines – schlafen.

Schnell wurde es Abend und er wurde mehr und mehr von Unruhe erfüllt. Ihm schien, dass sich nicht nur die Menschen von ihm abgewendet hatten, sondern überhaupt alles Lebendige. Als Kind, während der Nomadenzüge, wenn die Gespannzüge schon losgefahren waren, war er immer wieder allein hinter den anderen zurückgeblieben, und hatte ihnen lange nachgeschaut, wie sie weiter und weiter davonzogen und schon verschwanden. Ihn hatte das zwar geängstigt, zugleich war er aber fröhlich gewesen. Fröhlich, weil er wusste: Sie mochten wegfahren, doch er würde sie mit seinem leichten, kleinen Schlitten, dem zwei alte, aber flinke Rentierbullen vorgespannt waren, unbedingt einholen. Angst hatte es ihm gemacht, weil er fürchtete sich zu verirren. Jetzt waren es nicht die Gespannzüge, die davoneilten, das Leben selbst fuhr ihm davon und er konnte nicht mehr wie einst in der Kindheit losjagen und es einholen.

Als es schon ganz und gar dunkel geworden war, zog es ihn sehr ans Feuer. Das Sitzen hielt er nicht mehr aus und so stand er schnell auf und begann wieder, wie schon tagsüber, zwischen den Schlitten umherzulaufen. Jetzt zogen die aufgegebenen alten Sachen, die niemand mehr brauchte, unwiderstehlich seinen Blick an. Ein Stück von einem Rentierfell entdeckte er, niemandem mehr nütze, weggeworfen; die Hälften eines zerbrochenen Leitstocks, früher ein gutes Stück gewesen, aus Birkenholz, ließ sich aber nicht mehr kleben. Wenn die Nomaden mit ihren Tschums davonziehen, fallen diese Dinge der Erde anheim.

... Ja, und den Alten, der niemanden mehr hatte, der ihn einkleidete und bekochte, und der keine Rentiere mehr hüten konnte – auch ihn musste man wegwerfen. Petko hielt im Laufen inne, als hätte er sich selbst erblickt – unnütz im Schnee liegend. Aber so war es doch – er und diese alten Sachen, sie hatten das gleiche Schicksal. Darüber musste er nachdenken.

Er kehrte um und setzte sich auf den Schlitten, wobei er die Schöße seiner Maliza unter sich so schob und die Beine so stellte, dass ihn die Kälte nicht zu sehr angriff. Er krümmte sich zusammen, beugte sich nach vorn und erstarrte in dieser Haltung, um vor sich auf den Schnee zu starren. Er musste jetzt über die Menschen nachdenken, seine Lagergefährten. Darüber, wie sie jetzt, da er zu nichts mehr nütze war, mit ihm umgehen würden.

Wieder war Petko völlig niedergeschlagen und versuchte zu verstehen, welche Stellung er im Lager inmitten gesunder, kraftvoller Menschen hatte. Wie einem alten Rentierbullen, der mit abgewetzten, kranken Läufen am Ende der Herde vor sich hin trottet und immerzu vom Hirtenhund gebissen wird, so würde es auch ihm ergehen.

Bis jetzt hatte der Kummer den Alten niedergedrückt, und so hatte er nicht recht um sich geschaut und auch nicht über sich selbst nachgedacht, sich keinen Spiegel vorgehalten. Und in diesem Moment, da er zum ersten Mal die zwei einsamen Tschums mit ihren abendlichen Rauchwölkchen wahrnahm, wurde ihm mit einem Schlag spürbar bewusst: Seinen Tschum gab es nicht mehr auf dieser Erde – das war so wahr, wie auch seine Frau Lamdo jetzt nicht mehr am Feuer saß, ihn nicht mehr erwartete, so wie die anderen Frauen in den beiden Tschums ihre Männer erwarteten. Was war das nur für ein Dasein?!

Der Alte schaute entsetzt um sich. Er war allein, ja ganz allein saß er auf seinem Schlitten, die Beine angezogen, um sie am Körper zu wärmen. War es aber etwa richtig, so zu hocken? So sitzen doch nur Waisenkinder, denen eine fremde Tante die Fellstiefel weggenommen hatte, damit sie die Sohlen nicht einfach so im Schnee abwetzten, sie die Stiefel nicht nass machten und vor der Zeit abnutzten.

»Mein Tschum … weg«, stöhnte der Alte kaum hörbar in drei kurzen Worten, so als hätte ein Unsichtbarer seinem Herzen drei Schläge versetzt. Und drei Mal erstarrte das Herz, rappelte sich danach wieder auf, überwand den Schmerz, um weiter zu pochen, unregelmäßig allerdings, als würde es stolpern. Etwas später hob Petko den Kopf und schaute wieder auf die Rauchfähnchen. Ein unklarer Aufruhr erfasste ihn allmählich. Ihm ging auf, dass er aufstehen und seinen Tschum beweinen musste, wie es einem Menschen geziemt und wie die Nenzen seit alters her den Abschied vom Wertvollsten beweinten. Dies müsste er zuallererst machen und erst danach darüber nachdenken, was er von den Menschen zu erwarten hatte – einen Knüppel oder Barmherzigkeit. Aber erst einmal müsste er sich von der Vergangenheit verabschieden und auch von der Frau und der Tochter. Unsere Toten sind tot nur für Fremde, für uns sind sie am Leben.

Doch jetzt war die Zeit gekommen, von ihnen Abschied zu nehmen, ihnen zu vergeben, damit sie ihm vergaben. Die Hände langten wie von selbst zum **Gürtel.** Das eisige Metall verbrannte ihm die Finger, aber noch stärker brannte es in der Seele. Noch hatte er ihn nicht abgenommen, noch trug er ihn. Ein Mann, der im Kummer seinen Gürtel nicht abnahm, hoffte noch auf das Leben. Doch es war genug …

Er nahm den Gürtel ab und legte ihn sorgsam auf den Schlitten. Von nun an würde er ihn nie mehr umbinden, würde er den Rücken nicht mehr stolz recken wie zuvor, wenn er sich gut gegürtet fühlte, würde den Kopf nicht mehr hoch tragen. Sein Herz schlug jetzt heftig und die Brust wurde ihm eng. Der schwere Gürtel ließ müde seine schmückenden Kettchen klirren, als seufzte er. Schluss nun … Der Mann, der diesen Gürtel getragen hatte – es gibt ihn nicht mehr. Keine Hand würde morgens mehr nach dem Gürtel langen. Wenn er stürbe, würde man den Gürtel neben ihn legen.

Petko zog die Maliza zurecht, strich seinen Bart glatt. Er wollte nicht völlig vernachlässigt und heruntergekommen vor die Vergangenheit treten. Möglichst ruhig muss man vor sein Unglück, sein Leben und die Menschen treten. Aber erst einmal heißt es sich verabschieden …

Lange stand Petko unbeweglich. Von heute an würde man ihn nur noch »Alter« heißen, ein anderer Name stand ihm nicht mehr zu. Der Name, den man ihm für das Leben gegeben hatte, war dahingegangen. Eigentlich war es noch etwas früh, unter den Schutz und in den Schatten des Titels »Alter« zu treten. Aber das Leben selbst hatte es so gefügt. Wahrscheinlich war es für das Leben notwendig, dass die Männer vor der Zeit den Gürtel ablegten, sich zurückzogen und zu Alten wurden.

So – das war es. Er hatte sich von allem verabschiedet und zugleich auch von der Hoffnung, diesem seltsamen und unerklärlichen Wesen. Vielleicht würde plötzlich noch einmal etwas Bedeutsames geschehen, würde es einen Lichtblick geben, und er würde seinen Tschum wieder aufstellen und neue, feste Wurzeln ins Leben und in die Erde schlagen? – Nein, durchtrennte, zerschundene Wurzeln wachsen nicht wieder an, das wusste er jetzt zu gut. Er steckte seine Arme in die Ärmel der Maliza und setzte sich wieder auf den Schlitten. Er war sich jetzt über sich selbst klar geworden und hatte auch seinen Platz und seinen Namen bestimmt. Aber die Nachbarn im Lager, wie standen sie zu ihm?

In Gedanken reihte er sie vor sich auf, die jungen und die alten. Mit ihnen hatte er sein Leben gelebt, aber jetzt, da er nicht mehr so war wie sie, wie standen sie zu ihm? Jetzt war sicherlich eine besondere Zeit, Schulden wurden aufgenommen und Schulden wurden zurückgegeben. Gerade jetzt könnte jemand eine alte, schon fast vergessene Kränkung ausgraben und ihm einen Stein in den Rücken werfen. Ein anderer könnte vielleicht aus dem Berg alter Erinnerungen eine ihm einstmals zugefallene Freude hervorholen, die er lange wie eine Reliquie bewahrt hatte, und könnte ihm diese mit Mitgefühl oder einer Tasse heißen Tees vergelten. Wieder jemand könnte sich als Stütze anbieten, wenn ihm die Beine wegknickten, ein anderer könnte ihm hinterherspucken, wieder ein anderer ihm die Tränen trocknen.

Die Vergangenheit ist kein Märchen und kein **Heldenlied,** nicht jedes gefallene Wort und nicht jeden einzelnen Tag behält man in der Erinnerung und auch nicht die Jahre bleiben haften, sie hinterlassen Bitterkeit im Gedächtnis, aber dies und das blitzt unvermittelt auf und spendet dem Herzen etwas Wärme. Manches Mal ist es schrecklich und unheimlich, die Türen in die Vergangenheit zu öffnen, so als stiege man in ein Grab. Aber es gibt auch freudige Momente. Schwierig ist es, anstrengend, sein eigener Richter zu sein, und trotzdem musste er mit sich selbst ins Gericht gehen, um Antwort auf die Frage zu finden, wie er die Menschen sehen musste.

Nachdem der Alte die Schöße seiner Maliza, die ihm kaum Wärme spendete, wieder unter sich gestopft hatte, trat er einen eigentümlichen Weg an: Es zog ihn in die Vergangenheit, um über sich zu urteilen. Wie ein müder Wandersmann, der in den Unbilden der Witterung vom Weg abgekommen ist, tastete er sich mit seinem einfachen Wanderstab von einer Erinnerung zur anderen vor, wärmte sich an den einen, näherte sich zaghaft den anderen. So ging er den holprigen Weg durch die Vergangenheit und rechnete die Kränkungen auf, ausgeteilte und eingesteckte, und auch die Freuden, mit anderen geteilt oder aber für sich behalten wie einen heimlich allein verzehrten Leckerbissen. Die ganze Nacht hindurch ging er so.

... Einmal hatte Petko seine ausgelegten Fallen nachgesehen und war auf dem Heimweg. Um den Weg zu verkürzen, fuhr er nicht durch die Senke, in der ein Weg gebahnt war, sondern über den Berg. Schnee war in jenem Herbst ganz wenig gefallen und, wenn im darauffolgenden Winter Schnee fiel, lag er nicht lange. Nun stürmte es aus zwei Richtungen – von den Bergen herab und aus Richtung der Sonne, der Schnee wurde hin und her getrieben und kam nicht zum Liegen.

Auf dem Berg war der Schnee frisch und unberührt, Polarfüchse oder Hasen hatten keine Spuren hinterlassen, nur weiter drinnen zwischen den Büschen schlängelten sich immer wieder Schnüre hastiger Wachteltritte, akkurat in einer Linie wie die Stiche einer guten Näherin. Polarfüchse gab es in jenem Winter so gut wie keine oder, genauer gesagt, der Fuchs ging nicht auf die Köder – er war satt von dem, was er selbst gejagt hatte. Nicht jeder Mann brachte Beute heim in den Tschum, allenfalls noch die erfahrensten, die schon seit eh und je listiger waren als das listigste Tier. Auf einem flachen Anstieg tauchte von rechts eine Schlittenspur auf, die vom Schneetreiben leicht verweht war, aber die Spuren von vier Rentieren waren deutlich zu erkennen. Das Leittier war unbeständig gelaufen, es hatte sichtlich Schabernack getrieben, weil es eine nicht besonders feste Hand gespürt hatte. Mal hatte es Tempo gemacht und war dabei unweigerlich nach links ausgebrochen, um dem Schlittenführer einen Streich zu spielen. Dann wieder war es träge gelaufen, mit lächerlichen Trippelschritten. Kurz: Es machte, was es wollte. Einmal war es sogar stehengeblieben und zweimal hatte es mit einem Huf im Schnee herumgestochert.

Die Spuren zu lesen war zum Lachen, tat aber auch etwas weh, und wer da gefahren war, ließ sich leicht erraten. Es war der junge Nachbar. Nicht weit von hier, in der Flusssenke, standen seine Fallen. Die Jagdzeit war schon zu Ende, aber er hatte noch kein einziges Mal Jagdbeute heimgebracht. Die Polarfüchse machten einen Bogen um seine Fallen. Das machten sie freilich nicht nur bei Aljoschkas Fallen. Niemand konnte eine gute Jagd vorweisen und sich eines satten Winters rühmen. Aber Petko tat es leid um den Jungen, ist doch die Jagd für einen Mann sein Stolz und sein Brot.

Bald zeigte sich auf einer kleinen, künstlich angelegten Anhöhe die erste Falle. Sie war leer. Petko hielt an, holte unter dem Sitzfell den Schneeklopfer hervor und ging zur Falle. Er hielt inne, stand eine Weile schweigend über ihr, zu einem Kopfschütteln konnte er sich aber nicht entschließen. Den Kindern wurde in der Schule vieles beigebracht: wie man ein Papier liest und in dessen Seele schaut, eigenartige Spiele wurden gespielt. Aber das Leben zu meistern – wie man sich und die Familie ernährt – das lehrte man nicht. Als ob die Kinder ihr Leben mit Spielen bestreiten würden.

Vorsichtig, um nicht zu viele Spuren zu hinterlassen, zog Petko unter der harten Kruste des Harschschnees die bereifte Falle hervor und schlug sie auf den Schnee. Das eiserne Tier schnellte hoch, schlug gierig seine Zähne aufeinander, um dann wieder zu erstarren. Petko betrieb nun etwas Hokuspokus, und bald war die Falle wieder gespannt und getarnt, aber es war nun ein ganz anderes Bild. Um die Falle herum waren, wie zufällig weggeschleudert, kleine Stückchen des Köders verteilt, auf dem Schnee waren auffällige Bluttropfen zu sehen. Es schien einfach zu sein: Täusche das Tier und du wirst satt. Aber mitunter ist das Tier schlauer als der Mensch.

Er schloss das Tarnen der Falle mit einigen energischen Bewegungen des Schneeklopfers ab, um seine Spuren einzuebnen, wonach er weiterfuhr. Während der Fahrt sah er auch die anderen Fallen, fuhr aber nicht an sie heran, der Schnee dort war unberührt. Nur bei der zehnten Falle bemerkte er eine deutliche Spur, von der die Jäger sagten »dagestanden, nachgedacht und davongeprescht« – schlechte Zeiten für den Jäger. Als sich schließlich bei der nächsten Falle zeigte, dass der gewitzte Polarfuchs auch hier gestanden und nachgedacht hatte, um schließlich wieder davonzupreschen, da hielt Petko seinen Schlitten an. Er konnte das Verlangen nach einer Prise Schnupftabak nicht bändigen und wollte nachsinnen. Sollten denn nur die Polarfüchse darüber nachdenken, was mit der Falle war, und er, Petko, nicht? Aljoschka hatte sich ja schließlich nicht ins Bett gelegt, um darauf zu warten, dass das Jagdglück von selbst zu ihm in den Tschum hereinspazierte. Ein paar Mal hatte Petko bemerkt, wie der Junge seine Augen vor ihm verbarg und mit seinem Rücken das leergebliebene Vorderteil des Schlittens verdeckte. So sollte es nicht weiter sein müssen. Mit seinen Augen und seinem Herzen hatte er nach seinem Jagdglück gesucht – warum sollte es ihm nicht zufallen?! Brauchte man für das Jagdglück nicht Augen und Herz?

Petko ließ sich auf dem Schlitten nieder und schnupfte eine Prise Tabak. Wie auch immer, ihn bedrückte das dumpfe Gefühl, schuld daran zu sein, dass die Fallen des Jungen den ganzen Winter über nutzlos herumgestanden hatten, ohne ein Tier zu schnappen. Wie könnte er helfen? Er sog die letzte Prise Tabak entschlossen ins Nasenloch und stand ohne weiteres Nachdenken auf. Mit nicht mehr und nicht weniger als zwei erbeuteten Polarfüchsen war er jetzt auf dem Heimweg. Einen der beiden Füchse packte er am Schwanz, nahm sich noch den Schneeklopfer und ging bedächtig zur Falle hin.

Dieser Weg war nicht weit, doch die Zeit des Laufens reichte dem angejahrten Mann, um sich daran zu erinnern, wie ihn sein Vater einst in die Gesetze und Fertigkeiten der Jagd eingeweiht hatte. Das waren keine besonderen Lektionen gewesen, er hatte den Sohn einfach mit sich mitgenommen, sobald seine Arme kräftig genug waren, um sich am Gürtel des Vaters festzuhalten und nicht hinzufallen. Der Vater war misstrauisch gegen unmäßiges Jagdglück gewesen, er hatte in solchen Fällen die Stirn gerunzelt, wenn er die gefangenen Polarfüchse auf den Schlitten legte. Dabei sprach er jedes Mal vorwurfsvoll mit jemandem: »Ein Nenze braucht nicht mehr, als in seinen Magen passt, **Njawe.**«

Wer dieser »Njawe« war, verstand Petko damals nicht, aber mit zunehmendem Alter wurde auch ihm zweifelhaftes Glück anrüchig, nicht nur bei der Jagd, sondern in allen Dingen.

Nun stand Petko über der Falle, die, wie schon die anderen, ungeschickt, ohne List präpariert war. Die Menschen sind verschieden. Mancher bringt es fertig, über die Falle eines anderen ein schlechtes Wort zu sagen, aber das tun nur wenige. Petko beließ das Fangeisen in der angelegten Grube, lockerte nur den Harsch über ihr etwas auf und legte dann zwischen die eisernen Kiefer die noch warme Pfote des Polarfuchses.

»Halt ihn schön fest«, murmelte er bei sich und lächelte. Die Freude des jungen Nachbarn würde riesig sein und dabei würde er nicht bemerken, dass der Fuchs gleich tot gewesen war und keine Spuren eines Befreiungskampfes nicht zu sehen waren. Das hier war kein armseliges Almosen und kein hingeworfener Knochen. Hoffentlich würde Aljoschkas Hand künftig geschickter sein und er es zu Erfolg, zu Brot auf dem Tisch und zu einem vollen Kessel bringen.

Einstmals, als der Jäger sich auf den Pfad der Auseinandersetzung mit der Großen Natur begeben hatte, schloss er mit ihr eine Übereinkunft und gelobte, nicht mehr Tiere zu erlegen als nötig. Und so entstand ein Gebetsspruch. Nicht jeder Jäger kannte ihn heutzutage noch, er war in Vergessenheit geraten. Man wusste nur, dass der Spruch nicht mit dumpfem Geflüster geraunt, nicht mit krakeelendem Gekrächze oder in überstürzendem Triumph herausposaunt wird – man spricht ihn beseelt. Auch nicht ängstlich wird er gesprochen, nicht kriecherisch und schwanzwedelnd, denn die Seele ist kein Schwanz, mit ihr wedelt man nicht, wie sehr dies vielleicht auch mancher wünschen mochte. Und jeder war und ist sich gewahr, dass die Jagd kein Abschlachten und kein Versteckspiel mit dem Tier und mit dem eigenen Gewissen ist, sondern ein Kampf. Ein ehrenhafter Kampf unter Gleichen. Gelingt es dem Polarfuchs, den Köder aufzufressen, ohne dass auch nur ein Fetzchen seines Fells zwischen den Schlageisen zurückbleibt, dann rühme der Jäger die Listigkeit des Fuchses und sende ihm keine Verwünschung nach.

Seit ewigen Zeiten hielten die Nenzen nichts von Jägern, die mit einer Büchse jagen. Wer schwache Arme und Beine und einen armseligen Geist hat, der bringt das Tier mit einem Schuss zur Strecke, ohne ihm nachgesetzt, es überlistet und sich so eine wahre Freude verschafft zu haben. Einem solchen Jäger gab man nicht die Hand, man lud ihn nicht zu Tisch – man spuckte ihm nach. Der Wolf genoss eine höhere Achtung als ein solcher Mordgeselle.

An vieles erinnerte sich der alte Jäger, als er sein Werk mit Freude betrachtete. Er bestäubte das in der Kälte erstarrende Tier noch ein wenig mit Schnee. Das Weitere würde das Schneetreiben erledigen, das hier immer ganze Arbeit leistete.

Petko hat noch heute das Gesicht des Jungen vor Augen, wie dieser drei oder vier Tage später mit seinem Gespann ins Lager kam – wie sehr der Junge sich mühte, sein Lächeln zu verbergen, und es doch nicht konnte. Als Petko und Wanu an Aljoschkas Schlitten herantraten, auf dem hinten der Petko wohlbekannte Polarfuchs lag, da huschte immer wieder das Lächeln über Aljoschkas schönes Gesicht. – Viele Winter folgten. Das Jagdglück ließ Aljoschka nicht im Stich.

»Wie lange das her ist«, dachte der Alte mit Wehmut und rieb seine klammen Finger aneinander. Die Nacht war schon lange hereingebrochen, es war dunkel auf der Erde und hell am Himmel. Dort oben herrschte ein ganz eigenes Getriebe. Langsam und schwerfällig, wie schwer beladene Schlitten, wanderten Wolken vorüber – geheimnisvolle Nomaden des Himmels. Männer, Frauen und Kinder leben dort. Vielleicht ist auch seine Frau Lamdo unter ihnen. Zum Morgen hin würden die himmlischen Herden ihr Ziel erreichen, sie würde ihren Tschum aufstellen und ein einsames Feuer entzünden.

Petko stand auf, ging bei den Schlitten umher, um sich seine eingeschlafen Beine etwas zu vertreten. Ihm war überhaupt nicht nach Schlaf. Nach seiner Fahrt ins Vergangene war er mit sich im Reinen. Er hatte seinen nenzischen Landsleuten nie etwas Schlechtes gewünscht oder angetan. Und trotzdem ... er musste doch, leise und unmerklich, dass es niemandem ins Auge fiel, in etwas stärker sein als sie. Das Leben ist ein geheimer, tief verborgener Kampf für einen selbst und mit sich selbst. Wann hört ein Fluss auf, ein Fluss zu sein? Wenn seine Strömung erstirbt. Das Wasser verfault, wird grün, überzieht sich mit einem Algenteppich, das Ufer wächst mit fettigem, fauligem Gras zu.

Wichtig ist, nicht zu Boden zu gehen, sich auf seinen Beinen zu halten, nicht unter jemandes Stiefel zu geraten. Man muss stark sein, ein Mensch muss stärker sein als viele. Er machte einige Schritte vom Schlitten weg, um ihn zu genau zu beschauen. Was er sah, machte ihn unzufrieden. Die Kufen waren ganz dünn, abgewetzt, genau wie auch die Sohlen seiner Fellstiefel abgelaufen waren. Beides musste ersetzt werden. Das Fell auf dem Sitz des Schlittens hatte schon sehr viele Haare gelassen; kalt und unbequem war es, darauf zu sitzen.

»Ich brauche ein anderes Fell«, entschied Petko. Von jetzt an würde der Schlitten sein Haus sein. Zu allen Zeiten hatte es Menschen gegeben, denen ihr Schlitten zur einzigen Zuflucht wurde. Wie sich ein blutendes, schwer verletztes Tier vor Verfolgern in seinen Bau flüchtete, so musste das hier sein Schlupfloch für seine Einsamkeit und sein Alter sein.

Der Alte holte die Tabaksdose hervor, schnupfte eine Prise – und erstarrte unwillkürlich. Hinter seinem Rücken hatte er deutlich einen Laut gehört – anschwellen und langsam verstummen, wie wenn die Erde sich selbst auf die andere Seite wälzt und im Schlaf aufstöhnt. Vielleicht aber hatte sie nicht geschlafen, weil sie dem Alten lauschte, und konnte ihr Mitgefühl nicht zurückhalten?

Petko atmete froh auf. Ganz anders berührte ihn die nächtliche Stille – Traurigkeit kam über ihn, mit einem Mal ergriff ihn der Wunsch, ein Baum zu sein, nicht ein ganz junger und unbekümmerter, sondern einer mit einem mächtigen Stamm, gebeugt vom Nordwind, seine Hände sollten Zweige sein, die Wurzeln der Erinnerung tief in die Erde hinabreichen. Wenn es ihm mitten in der Nacht schwer zumute sein würde in der Seele, dann würde er ein Lied vor sich hin rauschen, leise, um niemanden mit seinem traurigen Gesang zu beunruhigen, und niemand würde erraten, dass er kein Baum, sondern ein einsamer Alter ist … Und auf der Erde rings um seinen Stamm würden kleine Bäumchen stehen, die mit ihren lebendigen grünen Zweigen seinen mächtigen starren Stamm anrühren würden; im Sommer würden sie Gesellschaft haben von duftenden Kräutern, strahlend weißen **Rentierflechten** und Sträuchern mit Perlen leuchtender Beeren. Im Winter würde er sich unter einer Schneedecke zum Schlafen zurückziehen, um seinen Schmerz zu vergessen. Im Schlaf würde er immer wieder mal ächzen und keiner sollte denken, er stöhnte.

Wanu fuhr in die Siedlung. Zwei Mal hatte er schon Rast gemacht, es hielt ihn aber nie lange, und weiter jagte das Gespann. Die Rentiere mussten nicht angetrieben werden, sie liefen von selbst – leicht und graziös. Jeder der nenzischen Männer hat ein Gespann, das ihm Stolz und Freude ist. Ein Gespann, mit dem er ohne Furcht jeden Weg in Angriff nehmen kann, ganz gleich, ob lang oder kurz. Ein Gespann, mit dem man sich anderen zeigen kann. Wenn er seinem Lieblingsgespann beim Laufen zusah, dachte er manchmal, dass sich die Rentiere untereinander nicht schlechter verstehen als die Menschen. Und dass ihr Lauf nicht einfach Bewegung ist, sondern ein wundersamer, fesselnder Tanz. Die Tiere werden nicht von ihm, dem Gespannführer, gelenkt. Für sie gibt es den Menschen nicht, nur sie sind da, dem Leitstock nicht untertan, der Hand nicht gehorchend, nur getrieben von ihrer beeindruckenden Leidenschaft, vom Bewusstsein ihrer einmaligen Schönheit. Ungehörig, ja beschämend wäre es, sie anzutreiben oder gar ihr reines Fell mit dem Leitstock auch nur zu berühren.

Ein bedrückender Gedanke wollte Wanu nicht verlassen. Er hatte sein bestes Gespann angeschirrt, der Schlitten war aber leer. Keinen Sack mit Polarfüchsen hatte er geladen, keine Hasenfelle, sondern den Schmerz des alten Petko. Wanu wollte nicht glauben, dass für seinen Freund der Herbst des Lebens schon gekommen sein sollte, zu früh war es für ihn, wie ein Seetaucher zu heulen. »Das Alter ist wie ein Sarg« – das sind schreckliche Worte. Die Knochen der alten Menschen fühlen das schlechte Wetter, die Seele aber spürt dem Auge verborgenes Unheil, so wie der Seetaucher bei Sonnenschein das kommende Gewitter ankündigt.

Wanu fuhr mit einem Großen Wort in die Siedlung, zum zweiten Mal in seinem Leben. Er hatte vor, einen Brief an die Tochter des Freundes zu schreiben. Er musste aber so geschrieben werden, dass die Tochter, ganz gleich, was für ein Mensch sie geworden war, hierher kommen würde – sie musste kommen. Wanu sah, dass es nicht in seinen Kräften stand, den Brief selbst aufzusetzen. Der Brief musste so werden, dass das Wort sie ganz ergreifen, ihre Seele brennen würde.

Wanu war der Kopf herabgesunken und er spürte nicht den Schnee, der ihm von den Hufen der Rentiere entgegenflog, er fühlte sich hilflos. Petko brauchte nicht ihn und auch keine anderen Nenzen brauchte er. Was der Alte brauchte, war einzig die Tochter.

Den eigenen Tisch verloren haben. Vieles kann man entbehren, man kann leben selbst ohne Bein, ohne Arm, aber ohne Tisch leben zu müssen – einen schwereren Kummer gibt es für einen Menschen nicht. Tatsächlich unterscheidet sich ein solcher Unglücklicher wenig von einem Hund, der in der Erwartung eines Knochens lebt. Die Herrin kann ihm einen hinwerfen, kann das aber auch vergessen. Und auch der Tisch des Lebens muss von einer beseelten Hand und von einer guten Seele dargeboten werden. Nur dann ist das Brot auf dem Tisch Speise und kein Stein.

Ein starkes Wort musste an die Tochter Petkos gesandt werden. Aber wie fand man die richtigen Worte? Wanus Hoffnung war der **Sowjet.** Wenn einem Menschen ein Unglück zugestoßen war, fuhr er zum Sowjet. Blieb die Polarfuchsjagd erfolglos und die Familie konnte nicht bis zum Frühjahr durchgebracht werden, holte er sich den Rat des Sowjets. Dieser liebevolle Glaube an die Allmacht und Güte des Sowjets hatte seinen Anfang zur Zeit des Krieges genommen.

Die Sowjetmacht zeigte sich in ihrem Wesen den Nenzen mit den Dorfsowjets. Die erste Hilfe, in welcher Form auch immer, kam vom Sowjet. Ein gutes Wort des Trostes, ein einziger magischer Laib Brot, ein Rentier, mager, kaum fähig, sich auf seinen Läufen zu halten, aber immerhin ein Rentier – das alles konnte der gutmeinende Sowjet geben.

Helfen gegen grimmigen Hunger, ein Unheil abwenden und, wenn doch keine Hilfe gegeben werden konnte, den Menschen wenigstens aufmerksam anzuhören – dazu war der Sowjet bereit. Doch diese Zeit war längst dahingegangen. Mittlerweile wurden die »Sowjets« fast jedes Jahr ausgewechselt – wie die löchrigen Handschuhe an der Maliza. Indes war der gute Ruf der Sowjets aus alten Zeiten noch immer tief in die Gedankenwelt der Menschen eingeschrieben. Und so hatte sich auch Wanu dorthin auf den Weg gemacht.

Von seinen Gedanken gefesselt, bemerkte Wanu nicht, dass zu seinem Schlitten ein anderer aufgeschlossen hatte. Der fuhr ebenso schnell, hielt selten an und stand nicht lange. Seine vier weißen Bullen liefen leichtfüßig und atmeten ohne Anstrengung. Zu sehen war, dass es dem Schlittenführer daran gelegen war, den Weg mit einem guten Gespann anzutreten.

Als der Atem der Rentiere nahe hinter ihm war, schaute Wanu sich verwundert um und war dann erstaunt, sowohl die Tiere zu erkennen wie auch den Schlittenlenker. Es war der junge Nachbar, und der blickte nicht zur Seite, wobei Wanu auch sah, welche Anstrengung ihn dies kostete. Was sollte man dazu sagen? Er tat, wie es sich für einen Mann gehörte. Ein Mann, der den Blick abwendet, ähnelt immer einem wilden Tier – man weiß nicht, was man erwarten soll. Aber wohin fuhr der Nachbar? Die Richtung war freilich klar – dieser Weg führte nur in die Siedlung. Als sie sich am Morgen auf der Rentierkoppel begegnet waren und Wanu bemerkt hatte, dass Aljoschka vier weiße Bullen zusammenspannte, hatte er ihn nicht danach gefragt, wohin er wollte.

Vier weiße Rene – das sind nicht vier einfache Rentiere. Vier weiße Bullen schirrt man nicht zur Jagd vor und erst recht nicht zum Holzholen. Mit Tieren wie diesen – ohoho! – fährt man nur, um das Glück zu suchen. In der Herde sind sie die allerschönsten. Mit ihnen konnten nicht einmal Wanus Rentiere mithalten, mit denen er jetzt unterwegs war und die noch anmutiger zu laufen begannen, als sie Gefährten aus ihrer Herde hinter sich bemerkten. Für die Hochzeit, als die Braut geholt werden sollte, hatte Aljoschka diese vier nicht eingespannt. Wanu wollte sich noch einmal umdrehen, ob er auf Aljoschkas Gesicht nicht erkennen könnte, wohin und wozu er mit diesen Rentieren unterwegs war, die man nur einmal im Jahr anspannt.

Solche Rentiere spannt nicht die Hand des Mannes ein, sondern das Herz. Wanu wusste das von sich selbst. Denn er selbst hatte heute keine zahnlosen Alttiere eingespannt, sondern seinen ganzen Stolz. Auch wenn das Gepäck auf dem Schlitten nur das Wort war über Petkos Unglück. Überhaupt musste er den Nachbarn nicht fragen, wohin er fuhr. Und so schwang er den Leitstock ganz leicht, dass die Luft erzitterte, und die Rentiere jagten mit ihren grazilen Beinen schneller voran.

Hinten atmete Aljoschka erleichtert auf. Er hatte befürchtet, dass der Nachbar anhalten könnte, auch wenn er nicht nach dem Wohin und Wozu fragte, aber schon allein das Anhalten wäre wie eine Frage. Aljoschka war es aber ganz und gar nicht danach zu reden. Mitunter überkam ihn der Wunsch, sich und seine Seele zu verstecken, irgendwo inmitten von dichtem, verschwiegenem Gras oder in einem Felsspalt, wie es ein kleines verschrecktes Tier tut, um einer Gefahr zu entgehen. Worin unterschied sich Aljoschka jetzt von einer Maus oder einem Nestling, der noch nicht flügge war? In nichts. Genau wie sie war er kopflos, in Panik geraten, in die Enge getrieben.

Der Mensch war niemals stärker als das Leben und dessen eigenwillige Wendungen. Ein Grashalm allein macht noch keine Wiese, ein Baum keinen Wald. Und doch …

Am Morgen, als Aljoschka das Lasso in die Hand nahm und ziellos zwischen den Rentierbullen umherlief, wusste er noch nicht, wohin er fahren sollte und was tun. Sein Herz war erregt, als ob es ihm den Weg weisen wollte, sich aber nicht dazu entschließen konnte. Und wie zufällig stieß er auf sein Leittier, das weiße, launenhafte, das aber seine Arbeit verstand – und gleich wurde ihm alles klar. Wusste, wohin er fahren würde, fahren musste. Auf einen solchen Weg begibt sich der Mensch nur ein einziges Mal in seinem Leben.

Und schon waren alle Zweifel verflogen und mit von Gewissheit schwerer, fester Hand fing er vier Bullentiere ein, weiß und rein wie der Schnee, und spannte sie an. Ohne in den Tschum zu gehen und ohne Fellstiefel und Maliza zu wechseln, fuhr er davon und nahm beim flüchtigen Zurückschauen die einsame Figur des Alten wahr. Er hatte sich nur zu dem Alten umgeschaut, ohne ein Versprechen, nur umgeschaut.

Wanu hielt nun an, aber nicht um Fragen zu stellen. Das wussten beide. Der Weg war alt und an dieser Stelle legte jeder Schlitten einen Halt ein. Auch wenn die Alten nicht mehr da sein würden, ihre Kinder würden sich genauso an das uralte Ritual halten.

Die Rentiere machten sich nicht etwa daran, hastig Schnee zu schlecken oder scharfkantige Eisstücke zu belecken. Ein gutes Rentier tut so etwas niemals. Das eine wie das andere Gespann atmete gleichmäßig und ruhig, die beiden Männer waren in ihrem Innern voller Stolz auf ihre Lieblinge. Wanu ging zu Aljoschka und zog seine Tabaksdose heraus, Aljoschka langte ein Päckchen Zigaretten hervor. Der eine schnupfte, der andere rauchte.

»Der Weg ist gut«, sagte Wanu und stopfte sich schon die zweite Prise in die Nase.

»Ja, sehr gut«, erwiderte Aljoschka. Mit Genuss sog er den Rauch ein; während der Fahrt machte es sich nicht besonders gut mit dem Rauchen.

Der Weg war hervorragend. Im Frühjahr machen ihn Pfützen und Rinnsale schwer passierbar; in der Siedlung kommt man vollgespritzt und nass an, und wenn es abends friert, wird die Kleidung hart wie ein Brett.

Auch wenn es viel zu sagen gibt, zieht mancher es eher vor zu schweigen, denn es gibt Momente, da die Seele nur die Wahrheit annimmt und nichts sonst. Und auch hier hieß es, entweder zu schweigen oder aber alle Brücken hinter sich abzubrechen und die Wahrheit und nichts als die Wahrheit zu sagen. Das war das, was Aljoschka und Wanu fühlten. Und so setzten sie ohne weitere Worte ihre Fahrt fort. Jetzt aber fuhr Aljoschka voran und Wanu hinterher. Auch das war eines der Gesetze auf den Wegen der Tundra. Fährt immer nur ein und dasselbe Gespann voraus, erschöpft dies die Rentiere, sie kommen aus dem Tritt und auch das klügste Leittier kann so zuschanden getrieben werden.

Jedes Geschlecht hatte früher und hat auch heute noch seine eigenen Wege, und dem benachbarten Geschlecht können die Geheimnisse der Bewegungen ihrer Brüder unbekannt sein. Das hat nichts mit feindlichen Absichten zu tun. So ist einfach das Leben. Man muss dort leben, wo es wärmer ist, unterwegs sein auf den Spuren der Beutetiere. Die Tiere nehmen aber nicht die Menschenwege. Um am Leben zu bleiben, sind sie wachsam, listig und durchtrieben. Der Mensch muss, um zu überleben, so sein wie sie – muss dort, wo es nötig ist, kriechen, schlüpfen und springen können.

Doch zu jeder Zeit hat es auch Wege für alle gegeben. Auf ihnen sind alle gleich, Arme wie Vermögende, und jeder, der hier unterwegs ist, ganz gleich, ob sein Gespann mit feinen Stoffen und gediegenem Zaumzeug geschmückt ist, oder ob alles mit ganz einfachen Schnüren notdürftig zusammengehalten wird, jeder zeigt sich hier mit gleicher Würde. Auf einem solchen Weg ist es nicht üblich, an einem dürftigen Schlitten vorbeizujagen, ohne anzuhalten und ohne den zu grüßen, der in löchriger Maliza ein Leittier treibt, bei dem die Rippen hervorstehen und dessen Augen tief eingefallen sind. Wenn einer auf einem eigenen Weg fährt, kann er vielleicht auch einmal mit dem Leitstock ausholen und vorbeipreschen, als hätte er den anderen nicht bemerkt.

Doch hier, auf diesem Weg der Eintracht, gibt es Schranken für jeglichen Dünkel und Kraftgehabe. Hier wird auch dem Großtuer wieder bewusst, dass alle auf ein und der derselben Erde leben und auch der Himmel über den Köpfen allen gehört. Dass man auf dem gemeinsamen Weg nicht duldet, dass jemand einen anderen herabsetzt. Wenn du heute abschätzig an deinem Landsmann vorbeifährst, könnte einmal auch ein Tag kommen, an dem du Mühe haben wirst, mit einem krummen Treibstock dein ausgehungertes Leittier am Laufen zu halten, während der Wind durch die Löcher deiner Maliza bläst.

Wie viele Tabakprisen hier geschnupft, wie viele Becher und Gläschen hier getrunken und für die **Geister** des Weges auf die Fahrbahn gegossen worden sind, von wie vielen Kränkungen man sich freigemacht hat und wie viele gute Worte hier gesagt worden sind. Und nie war es dazu gekommen, dass jemand einem anderen hinterhergespuckt hätte, denn das Ausgespiene würde unversehens in die Rentierspur geraten – in den Augen der Nenzen kann das ein Unglück sein.

Groß ist eine Zeit, in der es Wege des Gewissens gibt. Und auch ein Volk, das das Gesetz dieser Wege achtet, ist groß.

Wanu zweifelte nicht daran, dass sie beide mit dem gleichen Wort zu ein und demselben Menschen unterwegs waren. Mit diesem Weg, auf dem er zusammen mit Aljoschka fuhr, war er auf eine besondere Weise ganz eng verbunden.

… Die Not bricht immer unerwartet herein, ohne zu warnen, ohne anzuklopfen. Vor vielen Jahren war es, dass sie ganz ruhig und besitzergreifend in das Leben der Nenzen eingegriffen hatte. Wo jemand von ihr überrascht wurde, dort musste er sich ihr ergeben. Die **Krankheit** war nicht wählerisch und ließ keinen aus. Vor ihr waren alle gleich. Auch die Rentiere und ihre Kälber wurden nicht verschont. Die Tiere wurden hingerafft, sie legten sich hin und standen nicht mehr auf. Um die Nenzen zu vernichten, bedarf es keiner besonderen Arglist – man muss nur ihre Rentiere sterben lassen. So waren damals große wie kleine Tschums an ihrem Flecken Tundra unbeweglich festgefroren. Durch die Krankheit erstarrten Männer und Frauen, Kinder und Greise in tiefer Verzweiflung. Sie quälten sich im Sterben, schreiend vor Schmerzen, ihr Hungergeheul unterschied sich nicht von dem der Wölfe.

Wanu erzitterte auch jetzt. Immer wieder brachten ihn die Erinnerungen zum Zittern. Dabei krampfte sich nicht nur sein Körper zusammen, sondern auch die Seele.

Das Heulen eines ausgehungerten Wolfes und das Lied eines satten Wolfes unterscheiden sich sehr. Oft hatte Wanu in Winternächten, vor allem wenn die Nächte dunkel und frostklirrend waren, das schauerliche Heulen dieses Schicksalsgefährten der Nenzen anhören müssen. Das Geheul des hungrigen Wolfes ist grauenvoll. Es kommt aus seinem Innern, aus dem sich in quälenden Schmerzen zusammenkrampfenden Magen, heiser klingt es, erstickt. Sein Heulen der Erbitterung und des Grolls ist durchdringend, es ist durchsetzt mit hohen Tönen der Verzweiflung und der Trauer, aber auch der Klage und des Flehens. Nach einer Pause setzt er von neuem an – abgehackt, als wollte er sich selbst hören, presst er zwischen den aufeinandergebissenen Kiefern hindurch schon kein lautes Aufheulen mehr heraus, sondern ein Winseln.

Gesicht und Stimme eines Menschen in Hungerqual unterscheiden sich in nichts von der Schnauze und dem Heulen des Wolfs. Und daher kann es auch geschehen, dass ein Nenze beim Anblick eines vom Wolf zerfleischten Rentiers nur tief aufseufzt, dem Räuber aber keine böse Verwünschung nachschickt. Alles Lebende hat ein gemeinsames Schicksal.

Der Morgen hatte mit Toten begonnen. Aufeinandergepresste Zähne, die Lippen verzerrt in zu einem schaurigem Grinsen. In den Zeltlagern der Tundra war dieses Grinsen des Todes damals allgegenwärtig. Ein alter Nenze, der dieses Elend durchlebt hatte, spuckte sich lieber selbst ins Gesicht, als dass er in eine Rentierspur spuckte.

Wanus alter Vater war so stark, wie ein alter Baum es sein kann, wenn sein Mark rein ist. Er schlief wenig. Er legte sich nicht schlafen wie die ausgezehrten Kinder. Er und die Mutter hantierten geschäftig am Feuer, brauten etwas zusammen, um die Kinder mit einem Sud wieder auf die Beine zu bringen. Wanu als der älteste Sohn legte Schlingen aus, um Rebhühner zu fangen.

Bis schließlich der Vater am dürftigen Essenstisch sagte: »Rebhühner retten uns nicht. Geh Brot holen.«

Sie gingen hinaus. Der Vater hob die schwache Hand: »Geh 'n Berg nunter. Dann kommst zum Weg. Den geh.« Der Vater haushaltete mit seiner Kraft und sprach nur knapp. Die Mutter drückte Wanu schweigend einen Sack mit etwas drin in die Hand. Dafür sollte er wohl das

Brot kaufen. Er machte sich auf den Weg. Als er zurückschaute, sah er, wie Vater und Mutter mit gesenkten Köpfen standen. So standen sie, ohne ihm nachzuschauen. Und erst jetzt, Jahre später, begriff Wanu, dass das nicht das Abschiedsritual gewesen war für jemanden, der sich auf den Weg begab. Die Alten hatten für ihn beim HERRN DES WEGES Barmherzigkeit erbeten.

Zum ersten Mal hatte Wanu damals den Weg des Gewissens zu Fuß betreten. Den Weg, auf dem er auch jetzt fuhr. Bitter ist es zurückzudenken. Um sich zurückzubesinnen, braucht es viel Zeit. Laufen und Fahren sind zwei ganz verschiedene Sachen. Für junge Leute ist es nicht zu begreifen, dass ein Nenze zu Fuß etwas ganz anderes ist als ein fahrender Nenze. Heute war es auf dem Weg ruhig. Bisweilen fand man auf ihm Essbares, da war eine Tüte mit Graupen oder mit Gebäckkringeln geplatzt und hier und dort entdeckte man sogar ganze Tüten, die von einem Schlitten gefallen waren. Damals aber …

Den dritten Tag war Wanu damals unterwegs, mit Mühe setzte er einen Fuß vor den anderen. Gegen Abend hatte er weit vor sich einen Menschen ausgemacht, der auf dem Weg saß. Wanu begann schneller zu laufen, fiel dabei mehrmals hin. Der Mensch saß da, ohne sich umzudrehen. Seinen Stock, den er zwischen seinen leicht auseinandergespreizten Beinen in die Erde gerammt hatte, hielt er fest umklammert. Auf das Geräusch der Schritte hin blickte er sich nicht um. Er hatte eine alte, vom Staub angegraute Maliza an und ebensolche Fellstiefel, die an einigen Stellen löchrig waren. Als er den Mann erreicht hatte, stützte Wanu sich auf seinen Stock und beugte sich leicht zu diesem hinab. Der Mann schien zu schlafen, der Kopf war auf sein Bündel gesunken.

»Hallo!« rief Wanu leise und tippte ihn leicht an die Schulter. Die Berührung reichte aus, dass der Sitzende, als hätte er nur darauf gewartet, schwer mit dem ganzen Rücken auf den Weg schlug. Wanu sprang mit letzter Kraft beiseite, der Weg gab einen grollenden Laut von sich – die Lippen des Mannes waren entstellt vom allgegenwärtigen Todesgrinsen.

Wanu lief davon, sein Aufschrei blieb ihm im Hals stecken. So oft wie er später diesen Weg entlanggefahren war – nie konnte er diesen Ort vergessen. Er konnte nicht anders, als jedes Mal anzuhalten und jenem Sitzenden eine Tabaksprise und ein Stück Brot hinzulegen. Nimm, guter Mensch, schnupfe ein wenig. Möge es dir Kraft geben.

Noch mehrere Male traf er auf solche ausgemergelten Sitzenden mit Säckchen auf den hervortretenden Schultern. Andere standen auf allen vieren oder waren gestürzt, das Gesicht nach unten, die Arme ausgebreitet, als wollten sie die Erde umfassen. Der Tod zwingt den Menschen in ganz verschiedene Posen. Bei den Toten fanden sich oft Stücken von Trockenfisch oder verschrumpelte Brat-Rebhühner. Wanu nahm diese Happen unter Tränen an sich und murmelte jedes Mal mit blassen Lippen: »Ich geb's dir zurück. Bestimmt.«

So erlebten die Menschen diesen Weg, den sie gegangen waren, um ihre Kinder und ihr Feuer zu retten. Das Feuer hatte also einen besonderen, schwer zu erbringenden Preis. Und wohl nicht jeder hatte die Kraft, das Feuer zu bewahren.

Er hatte die Siedlung fast erreicht, als ihm die Kräfte versagten. Mit einem instinktiven Gespür begriff Wanu, dass die letzten Kilometer nicht zu erzwingen waren. Wie und wo er sich hingesetzt und hingelegt hatte, war Wanu nicht mehr bewusst. Er war in einem Zustand zwischen Schlaf, Fieberwahn und Tod. Sein ausgetrockneter, ausgezehrter Körper wurde angenehm leicht. Und da, irgendwo zwischen Traum und Wahn, bis jetzt konnte Wanu es sich nicht erklären, berührte ihn jemand sanft an der Schulter. Er hob den Kopf und erblickte einen seltsamen Alten von kleiner Statur, ausgezehrt, seine Haut war faltig wie die von gedörrtem Räucherfisch. Der makellose graue Bart reichte bis fast an den Erdboden. Aber statt Füßen hatte er Hufe, Rentierhufe, schwarzglänzend und fest.

Wanu schrie angstvoll auf. Durch den Schrei aufgeschreckt, begann der seltsame Alte sich aufzulösen, streckte Wanu aber hastig, um ja noch zurechtzukommen, mit ganz gewöhnlichen menschlichen Händen ein Stück Brot entgegen. Als Wanu wieder zu sich kam, vernahm er noch dessen leise Stimme: »Du gibst's mir zurück.«

Er hatte Schlaf und Fieberfantasien schon hinter sich gelassen, als er diese Worte vernahm. Und er bemerkte, dass sein Arm vorgestreckt war. Der kleine Alte war entschwunden. Wanu wagte es damals nicht, sich vorzubeugen und zu schauen, ob da, wo ihm eben noch der Alte erschienen war, im Schnee nicht Abdrücke von Rentierhufen zu sehen waren. Aber er bedauerte dies nicht. Das Weiterlaufen fiel ihm nun leicht, in seinen Beinen lag jetzt eine wundersame Kraft.

In der Siedlung berichtete Wanu von der Not, die über die Menschen gekommen war. Er weinte aber dabei nicht, obwohl ihm unaufhörlich Bilder des Todes vor Augen erschienen, eins ums andere. Das Brot, das er gegen die Polarfuchsfelle aus dem Sack der Mutter eingetauscht hatte, legte er sorgfältig auf einen Schlitten. Unmerklich für die Umstehenden verneigte er seinen Kopf vor jedem Brotlaib. Als jemand dies dann doch bemerkte und fragte: »Was nickst du denn immerzu wie ein Pferd?« antworte Wanu: »Mir tut der Nacken weh.« Weh tat ihm aber die Seele. Auch der Rückweg war nicht leicht. Der Schlitten mit den Broten zog schwer an den Armen, die Beine schmerzten wieder. Doch jetzt brachte er seinen Brüdern und Schwestern das Leben. »Ein Stück Brot gibt vielen Kraft.«

Die erste Rast legte Wanu dort ein, wo ihm der rätselhafte kleine Alte begegnet war. Daran, wer das gewesen sein könnte, wollte er auch jetzt nicht denken. Er legte nur bei dem einzeln liegenden, bläulich bemoosten Stein ein Stück Brot hin und sprach leise, nur mit den Lippen: »Da ist es zurück.«

Mehrmals noch unterbrach er seinen Marsch. Jedem der ihm schon vertrauten Toten legte er ein Stück Brot hin, jedes Mal mit dem Satz »Da ist es zurück.« Beim Weiterlaufen spürte er ihre lebendigen und dankbaren Blicke auf sich. Und er blickte zu ihnen zurück mit dem sicheren Gefühl, dass sie keine Leichname waren, sondern Weggefährten, mit denen er einen schweren Marsch hinter sich gebracht hatte. Sie waren nur unterwegs ermattet, müde geworden, sie würden noch aufstehen und weitergehen.

Nach diesem Unheil richteten sich die Nenzen nicht so bald und nicht so schnell wieder auf. Fast sofort nach Wanus Rückkehr kam Hilfe vom Sowjet – man brachte Brot und Mehl. Viele, sehr viele konnten dadurch ihr Feuer am Leben erhalten.

Und jetzt fuhr er auch wieder über den gleichen Weg wie einst; wieder ging es darum, jemanden zu retten. Wie würde die Fahrt verlaufen? Würde er nach der Rückkehr zu Petko sagen können, wie er es damals seinem Vater sagen konnte, der am Leben geblieben war: »Ich bringe was zurück.«

Das Weggenommene, das Fehlende zurückbringen. Vermögen dies die Menschen immer? Die Schuld abtragen nicht nur in Form eines Stückes Brot … Was eine Schuld ist, sieht jeder anders. In den Augen des einen ist eine Schuld etwas Kleines – bis hin zu einer Tabaksprise. Ein anderer mag sich sein Leben lang quälen, weil es nicht in seinen Kräften steht, das Genommene zurückzugeben.

Wanu dachte von sich, dass er schon alt sei. Alt sein heißt nicht, dass der Körper hinfällig ist, Arme und Beine kraftlos sind, die Gelenke nachts schmerzen und der Rücken krumm ist. Alter ist eine Eigenschaft der Seele: dass der Mensch, wenn er auf sein Leben zurückschaut, nicht in Verzweiflung fallen muss. Dass er sich und anderen alles verziehen und vergeben hat. Dass ihn, wenn er vorausschaut, keine hündische Angst vor dem Tod quält. Das Alter sind nicht die Jahre, die der Körper durchlebt hat, das Alter ist die Weisheit der Seele.

Und so dachte Wanu nun von sich, dass er schon alt sei. Alt genug, um der Tochter des Freundes ein Wort zu sagen. Noch einmal machten sie halt. Schweigend wieder, schnupfte der eine, rauchte der andere.

Die Siedlung war nur dem Namen nach eine Ortschaft; tatsächlich war es nur eine ganz winzige **Faktorei** mit einem Laden, einer Bäckerei, einer Krankenstation, einigen Wohngebäuden und zwei halb verfallenen Lagerhäusern. Diese verwaiste, heruntergekommene, höheren Orts längst vergessene Faktorei überlebte ganz allein dank ihres ihr eigenen eisernen Lebenswillens. Früher, zur Zeit um die Revolution und später zur Zeit der **Kolchose** siedete und brodelte das Leben hier stärker als in einem Ameisenbau. Von ständigen Krankheiten kraftlos gewordene oder durch den Verlust ihrer Rentiere gebeutelte arme Nenzen stellten ihre Tschums möglichst nah beim Sowjet auf. Viele Seen gab es hier und fast jeder See war jemandem zugeteilt, und diese Teichwarte hatten ihre Behausungen so ausgerichtet, dass sie Ausblick sowohl auf die Siedlung wie auch auf die Nachbarn hatten. **Schwarzfisch** und selbst **Weißfisch**, den die Menschen nicht aufessen konnten, wurden an die Tiere der Pelztierfarm verfüttert.

Der Kolchos »Roter Norden« hatte einen guten Ruf. Zu ihm kamen die Menschen aus den entferntesten, unzugänglichsten Winkeln, um nach Rat und Hilfe zu fragen. Man half ihnen ohne große Worte, manchmal auch fluchend, denn der Kolchos war selbst arm. Das Bild, das er abgab, war kaum anders als der Tschum eines Armen, der mit den letzten, geflickten Fellen behängt war. Aber man hatte seine kleinen Rentierherden. Einige bestanden nur aus Bullen und hießen »Transportherden«. Sie halfen den armen Nenzen, ihren Tschum an einen neuen Ort zu bringen, und beförderten auch Güter und Post.

Den sehr Bedürftigen konnte der Kolchos auch einige Rentiere zukommen lassen, den einen ganz umsonst, anderen für einen geringen Preis. Andererseits verlangte man für eine geleistete gute Arbeit auch ein Rentier. So lebte der »Rote Norden« von seiner Arbeitsleistung und war wie eine große nenzische Familie. Und der Sowjet war dem Kolchos ebenbürtig, er gehörte hierher, war hier angestammt, aus dem gleichen Fleisch und Blut, und nicht wie der »Sowjet« der neuen Zeiten ein fremder, irrtümlich hier gelandeter Vogel, der weder sich selbst noch anderen ein ordentliches Nest bauen konnte.

Das Leben des altangestammten Sowjets wie auch der gesamten Tundra begann am frühen Morgen. Nachdem er so etwa zwei Tässchen Tee und bisweilen auch, was sollte man es verheimlichen, ein Gläschen getrunken hatte, trat er hinaus auf den Podest des Hausaufgangs, blickte nach rechts und überzeugte sich, dass das Volk beim Aufstehen war, aus den Tschums kringelten sich Rauchwölkchen empor, man machte sich fertig zur Arbeit; dann blickte der Sowjet nach links und erblickte dasselbe, hüstelte dreimal, um den Hals freizubekommen, und danach verkündete er voll Stolz: »Äh-mhm – äh-mhm – äh-mhm, stark ist die Sowjetmacht!«

Der alte Sowjet Wanka, wie ihn die Nenzen nannten, hatte recht. Die Sowjetmacht war, obwohl sie bei den Nenzen noch nicht so lange bestand, stark durch den Glauben der Menschen an sie.

Es kamen dann aber andere Zeiten und mit ihnen ein »kluger Kopf«, der zu einer Stunde, da er nichts mit sich anzufangen wusste, beschloss, dass im Kolchos zu viel gemeines Volk herumspazierte und dass der alte Sowjet namens Wanka mit seinem bekannten Spruch, den er morgens in die Tundra hinaus hüstelte, im Unrecht war und nur das Volk verwirrte. Wie konnte denn die Sowjetmacht stark sein, wenn jeder arme Schlucker in löchriger Maliza ihre Macht und Hilfe in Anspruch nehmen konnte? Die Macht sei doch wie ein Gebirgsgipfel – je höher, desto mehr Furcht flöße sie ein und desto mehr schwindele es dem Menschen im Kopf ob ihrer unerreichbaren Höhe.

Und so wurden die Kühe und Pferde verjagt, ein Teil wurde abgeschlachtet, auch mit der Pelztierzucht wurde Schluss gemacht, denn die Polarfüchse störten mit ihren Schreien den morgendlichen Schlaf der Menschen. Die kleinen Kolchosherden wurden anderswohin getrieben und irgendwo fern von ihren heimatlichen Lebensräumen brachte man sie zu riesigen Herden zusammen, groß wie Wolkenfelder, und sie wurden zur Bedrohung für ihre früheren, eigentlichen Besitzer. Alles ging unter, als wäre nie etwas gewesen. Nach und nach verrotteten die leere Pelztierfarm und die Kuh- und Pferdeställe, um schließlich in sich zusammenzufallen.

Der Sowjet Wanka krächzte nun am Morgen schon nicht mehr auf dem Hauspodest, denn rechter- wie linkerhand tummelte sich kein

Volk mehr. Die Tschums im Umkreis der Siedlung, die sich hier zu einer Gemeinschaft angesiedelt hatten wie Pilze im Schatten eines hohen Baums, wurden von ihren verbitterten und fassungslosen Bewohnern nach und nach anderswohin gebracht, wo sie wieder allein für sich in der Weite ihrer nicht selten so rauen Heimaterde lebten.

Der alte Vorsitzende konnte die Zerstörung der Wirtschaft des Sowjets nicht verwinden und verstarb. Auf ihn folgten in der Siedlung noch mehrere »Sowjets«, aber sie hielten sich nicht, denn im Grunde war da nichts mehr, worauf sie sich hätten stützen können. Der aktuelle, noch junge Inhaber des »Sowjets« war ein Zugezogener, für den die Nenzen und ihr Leben wie die Rückseite des Mondes waren. Und wie die Schwäne in ihre Kolonie keine Nebelkrähe aufnehmen, hielten sich die Nenzen von diesem Fremdling fern und holten sich nach Möglichkeit auch keinen Rat von ihm, womit sie ganz im Recht waren. Diese Fremden erschienen wie Häupter, die auf einen fremden Körper verpflanzt worden waren, mit morschen Fäden angenäht, aufgesetzt verkehrtherum – der Nacken nach vorn und die Augen nach hinten.

Da sie den Menschen fremd blieben, begannen einige dieser Jammer-Oberhäupter, sich mit Schnaps abzufüllen. Andere dieser »Chiefs« versuchten sich als Missionare – sie meinten, den Nenzen erklären zu müssen, wie sie zu leben hätten. Die Nenzen nahmen das mit innerer Belustigung auf.

Schließlich kamen Wanu und Aljoschka zu einem langgestreckten, scheunenähnlichen Gebäude und Wanu hielt den Schlitten an. Hier lebte der jetzige »Sowjet«. Es war diesmal kein Russe, niemand wusste, wer ihn wo ausgegraben hatte. Er kam aus einer heißen Gegend und war hier ständig am Frieren. Daher wärmte er sich Tag für Tag mittels einer Flasche, deren Inhalt eine Konzentration aufwies, die der Temperatur seiner Herkunftsregion entsprach. Zum Ende jedes Tages war er schließlich immer stark überhitzt, was bei ihm die Fallsucht auslöste – er fiel dort, wo er gerade stand. Zumeist fiel er in sein Bett.

Wanu hatte hier nicht zufällig angehalten. In seinem Innersten war er trotz allem überzeugt davon, dass man als »Sowjet« keinen unbedarften Menschen auswählte. Immerhin war dies nicht irgendein Kopf, sondern das Oberhaupt. Kurz vor der Siedlung hatte Wanu beschlossen, den Brief nicht selbst aufzusetzen. Seine eigenen Wörter hatten nicht die Kraft, den Kummer des Alten auszudrücken, er könnte nur wie ein Seetaucher heulen. Aber die jungen Menschen von heute verstanden nicht, was es bedeutete, wenn jemand wie ein Seetaucher heulte – dass damit gezeigt wurde, dass jemand in Not geraten war. Sie hatten eigene, neue Wörter. Auch seine eigenen Kinder sprachen oft in einer neuen Sprache. Und an die fernab lebende junge Frau musste man genau in dieser Sprache schreiben.

Ohne Aljoschka etwas zu erklären, stieg Wanu zum Eingangspodest hinauf, ordnete im Laufen den Gürtel und zog die Falten der Maliza zurecht. Auf sein Klopfen an die Tür meldete sich niemand. Er klopfte stärker. Es blieb still.

»Die schlafen wohl?« fragte er.

»Dazu ist es eher zu früh.« Aljoschka wollte noch einmal klopfen, aber da hörte er Geräusche hinter der Tür. Die Frau des »Sowjets« kam heraus, eine großäugige Frau, die Augenlider geschwollen, und versperrte mit ihrem Körper den Eingang.

»Was hämmert ihr so? Was ist los?« fragte sie wenig freundlich.

»Wir kommen wegen eines Wortes«, antwortete Wanu hastig, »ein großes WORT, wir möchten zum Sowjet.«

»Er schläft.«

»Wie? Er schläft? Die Sonne steht noch hoch«, Aljoschka verlor die Fassung. Er verstand nicht recht, wozu der Alte den Vorsitzenden sprechen wollte. Da Wanu nun aber vom WORT gesprochen hatte, machte ihn das besorgt. Alten Leuten ist das WORT eine ernste Sache. Ihm war klar, wenn ein Nenze zu einem Nenzen kommt und sagt: »Ich habe ein WORT«, dann ist das etwas Bedeutsames.

Der Groll Aljoschkas missfiel der Frau. Sie brauste ihrerseits auf: »Was? Darf man bei Sonne etwa nicht schlafen?« – und wollte sich wieder hinter die Tür zurückziehen. Sie zitterte vor Kälte, war aufgebracht wegen der Aufdringlichkeit dieser rätselhaften Menschen, nicht nur dieser, sondern auch anderer, die hierher kamen und mit ihren unbegreiflichen »Worten« ihren Mann belästigten. Er konnte sie nicht verstehen, alle beide konnten sie dieses Leben und dieses Land nicht verstehen. Ihr Mann trank. Um ihre Familie vor dem Schrecken des Auseinanderbrechens und vor dem chaotisch gewordenen Leben in Russland zu retten, hatte sie ihren Mann hierher gebracht zu dieser Arbeit. Sie dachte, hier würde er sich für das Angeln und die Jagd begeistern, würde ein anderer Mensch werden. Aber es war nur noch schlimmer geworden. Sie waren in diesem verfluchten Nest, in einer fremden, unerbittlichen Welt, gelandet, im Winter vom Frost gequält, im Sommer von den Mücken gepeinigt … Sie hatte alles satt, alles war verflucht. Und nun noch diese beiden mit ihren dummen Worten.

»Er schläft, geht!« wiederholte sie böse, denn sie befürchtete, ihr Mann könnte aufwachen und danach wäre er die ganze Nacht nicht zur Ruhe zu bringen. Keinesfalls durfte er jetzt geweckt werden, sonst hätten sie und das Kind keinen Schlaf.

»Geht jetzt endlich!« setzte sie hastig nach – sie argwöhnte, der junge Mann könnte zur Tür hereinkommen und wäre nicht zu vertreiben.

Aber Aljoschka hatte schon begriffen, dass hineinzugehen nichts bringen würde – die »Sowjetmacht« war sicher völlig benebelt, sinnvolle Worte waren von ihr nicht mehr zu erwarten. Er wollte schon fluchen, hielt sich aber zurück und schlug nur kräftig die Tür zu.

Wanu setzte sich müde auf die Vortreppe, um nachzudenken. Der Brief würde also ungeschrieben bleiben. Dieser Brief, den er die ganze Fahrt über mit seinem Herzen geschrieben hatte. Dem Freund konnte die Tochter nicht zurückgegeben werden.

Mit dem Wort des Menschen war etwas geschehen. Galt es nichts mehr, war es zu einem Spielzeug verkommen, wird nur so dahergesagt? Oder war es zu einem Knüppel geworden, mit dem man auf andere einschlug? Es war schwach geworden, wie ein Rentier, das von seinem gefühllosen Besitzer immer wieder abgehetzt wurde. Die Menschen sprachen nicht mehr eindringlich, achtungsvoll und beseelt. Das menschliche Wort hatte sein Wesen verloren, war blutleer geworden. Eine Not war das, ein Übel, das niemand wahrnahm.

Was sollte man jetzt tun? Man kann ja keinen Brief schicken, in den man das Heulen eines Seetauchers hineinschreibt oder den Ruf eines jungen Rentieres, das seine Mutter verloren hat … Mit welchen neuen Wörtern, Wörtern der jungen Menschen, kann man der Tochter den Kummer des Vaters erklären, wo findet man solche Wörter? Aber das Wort für die Sonne hat sich doch nicht geändert – sie wärmt jeden, ganz gleich ob er eine löchrige Maliza trägt oder ob er sich teure Kleidung leisten kann, in der er auch bei fehlender Sonne nicht friert. Wieso ist bei den Menschen alles aus der Ordnung geraten, ist aus Schwarz Weiß geworden? Warum muss man einer Tochter überhaupt erklären, dass der Vater einsam ist, dass man ihm am Morgen den Tisch hinstellen muss, auf dem er wenigstens sein bescheidenes Stück Brot hat, seinen eigenen Tisch und keinen fremden?

Wie er so seinen Gedanken nachhing, saß Wanu lange auf den Eingangsstufen. Ein ungewöhnlicher, schwerer Gedanke hatte ihn ergriffen. Er wälzte ihn hin und her, um ihn von allen Seiten zu beschauen. Als das schließlich geschehen war, ging dem alten Nenzen auf, was er zu tun hatte. Was sie alle tun müssten. Wenn in einem Gespann ein Rentier vor Erschöpfung zu Boden fällt, lässt der Gespannlenker das Tier nicht liegen. Er macht Platz frei auf dem Schlitten, legt das erschöpfte Tier dorthin und das Gespann zieht, ohne zu murren, den nun schwerer gewordenen Schlitten voran. Auf dem Weg der Not hatten die Nenzen die Gefährten ihres Lebens niemals ihrem Schicksal überlassen. Daher sind die Nenzen und ihre Tschums bis auf den heutigen Tag nicht aus der Tundra verschwunden, kann man sie finden am Fuß von Bergen, an Ufern von Flüssen oder in handtellerflachen Tälern.

Ums Überleben muss man wie schon vor Jahrhunderten aber auch selbst kämpfen. Viele Nenzenkinder haben sich in ihrem Leben im Dickicht der Städte wie in einem dichten fremden Wald verirrt. Dort, fernab von ihren Landsleuten, müssen sie ihren Weg selbst finden. Finden sie ihn nicht, gehen sie unter.

Wanu stand von der Vortreppe auf und ging zum Schlitten. Er schritt fest aus. Nicht unsicher wie ein kleines Kind, das nicht weiß, wie es die Beine setzen soll, und auch nicht wie ein Greis mit morschen Knochen, die beim geringsten Stoß zersplittern können.

Aljoschka ging ihm unentschlossen nach. Die Liebesgedanken brannten noch hell lodernd in ihm. Das, woran er während der ganzen Fahrt immerzu gedacht hatte, war in ihm so lebendig, greifbar, dass er im Lauf innehielt und erstarrt stehen blieb. All die Worte, die er in der letzten Nacht jener Frau nicht gesagt hatte, musste er an die Geliebte richten. So wie sie ihm jetzt in der Seele brannten, so müssten seine Worte ihr Herz entflammen. Die Worte der Liebe durften nicht sterben. Wenn in unserem Leben solche Worte sterben, wie sollte man dann leben? … In der Tiefe seines Herzens begriff er, dass ihm niemand mehr helfen konnte, weder der »Sowjet« noch sonst jemand.

Wanu schaute sich nicht um. Mit dem Gespür eines alten Menschen verstand er den Zustand des jungen Nachbarn. Vielleicht nicht bis ins Letzte, aber doch im Großen und Ganzen. Er vernahm, wie Aljoschkas Schritte erstarben. Gut, soll er ein wenig stehenblieben. Wanu schüttelte solange ohne Eile den Schnee vom Sitzfell, richtete das Zaumzeug des Leittiers und verspürte dabei in seinem Rücken jede Bewegung Aljoschkas. Und als der dann in seiner Nähe stehen blieb, löste Wanu schnell die Zügel, nahm genauso schnell den Leitstock in die Hände und wandte sich Aljoschka zu mit der Frage: »Fahren wir?«

Aljoschka schnappte schnell und heftig nach Luft. Wegen dieser drängenden Frage wollte er den Nachbarn fast verdammen. In seinem Hals saß noch ein bitterer Kloß, der sich die ganze Zeit, da er Wanu blindlings nachgelaufen war, nicht lösen wollte. Im Laden, in den sie vom »Sowjet« aus gefahren waren, kaufte auch er zwei Flaschen Wodka, nahm einen Sack Brot mit – irgendwie musste man doch die Fahrt in die Siedlung erklären – und mühte sich weiter, den im Hals festsitzenden Kloß loszuwerden, doch es blieb vergebens.

Als sie zur Siedlung hinfuhren, war es ihnen nicht aufgefallen, wie lang der Weg war. Jetzt erschien er Aljoschka quälend lang, besonders dort, wo die Strecke eben war und das Auge und die Gedanken keine Abwechslung fanden. Viermal hielten sie an, ließen die Rentiere verschnaufen und vertraten sich die Füße. Um die Müdigkeit zu vertreiben, nahmen sie ein Schlückchen aus der Flasche und aßen dazu ein paar Happen Brot.

Sie sprachen fast nicht und das war gut. Jetzt wussten sie beide voneinander, warum man sich auf den Weg in die Siedlung gemacht hatte. Das Missgeschick hatte sie einander nähergebracht und das war ein angenehmes Gefühl, stark auch ohne Worte.

Je näher sie zum Tschum kamen, desto beunruhigter wurde Aljoschka. Wie sollte er sich verhalten? Gleich würde er ankommen und die Frau würde auf das Hundebellen hin herausschauen. Sobald er in den Tschum hineintrat, würde sie eilends zum Feuer stürzen und es anfachen, dann schnell den Tisch heranholen und ihn vor ihm aufstellen. Sie würde ihm Tee eingießen und sich brav setzen und warten, bis er eine Tasse ausgetrunken hatte, und ihm ein zweites Mal eingießen. Er aber würde sich mit seiner Seele hin und her werfen, wie ein Tier in der Falle, und seinen Blick verbergen.

Dann käme die Nacht. Der Frau musste für die Tasse Tee gedankt werden, für das Feuer, das sie am Morgen angezündet hatte, dafür, dass sie ihm die Fellschuhe gereicht und das Bett bereitet hatte. Und die Liebe – wo würde sie während dieser Zeit sein? Bei ihnen? Zwischen ihnen? Oder würde sie im Freien warten, bis er seine Dinge hier drinnen erledigt hatte?

Wenn das alles so einfach war, wozu dann all diese Finessen und Tücken – Liebe, Glück, Treue, Leiden, die die Seele zerquälten – wozu?

Die Hunde bellten alle auf einmal los, wie immer freudig. Die Mutter schaute heraus und verschwand gleich wieder. Sie haben auf mich gewartet, dachte Aljoschka und schirrte ohne Eile die erschöpften Rentiere aus und strich ihnen sorgsam das vom Zaumzeug zerzauste Fell glatt. Genauso schleppend, als wäre er mit unsichtbaren Fesseln gebunden, bewegte er sich, als er den Leitstock ablegte, die Arme aus den Ärmeln der Maliza zog und sich auf den Schlitten setzte. Doch sofort stand er wieder auf, denn er merkte, dass er nicht so sitzen bleiben konnte – wie in Trauer.

Er zwang sich vorwärts, doch einige Schritte vor dem Eingang in den Tschum blieb er wieder stehen. Mit einem Mal erfasste seinen ganzen Körper ein Zittern und ein starkes Angstgefühl – Angst vor der Mutter und ihren Worten, die sie am Morgen gesprochen hatte. Angst vor einer unerbittlichen Wahrheit, die der Mutter geholfen hatte, dieses bescheidene Heim zu bewahren, das ihm jetzt mit stummem und sanftem Vorwurf entgegenblickte. Wie viele Nöte hatten die Mutter und ihr Tschum überlebt und das Feuer nicht verlöschen lassen, im Grunde sein, Aljoschkas, Feuer.

Im Tschum war es still. Er konnte sich deutlich vorstellen, wie die zwei Frauen zu beiden Seiten des Feuers saßen und mit angehaltenem Atem auf seine Schritte hörten, seine Angst erkannten und ihn bedauerten. Sollte er zurückgehen? Fortgehen? Wohin aber?

Entschlossen unterdrückte er in sich das Zittern, griff nach dem Vorhang am Eingang und trat in den Tschum – das Erste, was er erblickte, waren die beiden Frauen, die zu beiden Seiten des Feuers saßen wie zwei unverrückbare Ufer eines Flusses.

Wanu hockte am Tisch, zurückgelehnt auf die Kissen. Obwohl er während der Fahrt immerzu am Einschlafen war, war seine Schläfrigkeit jetzt verflogen. Stattdessen war er jetzt in die für die Nachtwache übliche angespannte Aufmerksamkeit gefallen – man lauschte auf das Leben der Rentierherde, ob alles in Ordnung war, ob die lautlose Starre der Nacht keine Gefahr barg.

Um diese jetzt unnötige Anspannung von sich abzuschütteln, setzte er sich auf und wandte sich Petko zu, der links von ihm saß, und bemerkte gleich, dass dieser dasaß wie ein Vogel im Nest, ganz in sich zusammengezogen, als hätte er Angst, zu viel Platz auf dem Bett zu beanspruchen.

»Wie war dein Tag heute?«

Auf die Frage zeigte sich der Alte verwirrt. Er langte hastig unter sich, um seine kleine Tabakdose hervorzusuchen, schlug mit ihr sacht auf den Fußboden und sagte erst dann leise: »Nichts habe ich getan. Habe nachgedacht.«

In seiner Antwort klang eine fühlbare Verzagtheit auf, als hätte er Angst, dass selbst ein Wort von ihm im Tschum fehl am Platze wäre. Der bestürzte Wanu ließ sich wieder zurücksinken. Eine brennende Kränkung ließ ihn eine Zeit lang nicht ruhig atmen.

Wanus Frau deckte eilends den Tisch, ihre Wangen waren gerötet, ihre Hände bewegten sich schnell und geschmeidig. Schaute man ihrem hastigen Tun zu, konnte man denken, dass im Tschum gerade ein großes Fest im Gange war. Die Frau goss Tee ein und goss wie immer Petkos Tasse nicht voll. Wanu geriet darüber außer sich, hielt sich aber zurück, er wollte abwarten, was weiter geschehen würde.

»Rufe die Nachbarn«, sagte er ihr, ohne seine Tasse anzurühren.

»Hast du denn viel gekauft?«

»Viel oder nicht, aber ich habe noch nie heimlich getrunken, vor anderen verborgen.«

Die Frau ging hinaus, und als ihre Schritte nicht mehr zu hören waren, fragte Wanu noch einmal: »Worüber hast du nachgedacht?«

»Über mich.« Dabei lächelte er kläglich, als sollte das, was er über sich dachte, bei anderen ein ganz ähnliches Lächeln hervorrufen. Wanu fragte nicht weiter. Besser war es zu schweigen. Alles, was man jetzt ansprechen würde, wäre für ihn und Petko nur schmerzhaft.

Als Erster kam Aljoschka. Wanu machte den Platz neben sich frei und sprach wie einst die alten Nenzen: »Komm her. Spüre die Seele meines Heimes.«

Dann trat die Mutter Aljoschkas vorsichtig, seitwärts durch den Eingangsschlitz gehend, herein und setzte sich gleich auf den Rand des Bretterfußbodens. Dass sie nicht zum Tisch kam, war die nächste Überraschung für Wanu. Zum ersten Mal beobachtete er, wie die Nachbarn zu ihm in den Tschum kamen. Die Nachbarin setzte sich vorsichtig, Obacht gebend, als könnte einem jemand mit einem Knüppel auf die Stirn schlagen, sich umschauend auf den Eingangsvorhang, um notfalls schnell wieder nach draußen zu verschwinden. Wieso verhielt sie sich so? Die Frau war ja nicht einfach nur eine Nachbarin. Für Wanu war sie doch seit langem schon Teil des Lebens.

Und mit einem Mal diese Zaghaftigkeit – setzte sie sich ganz an den Rand des Bretterfußbodens.

Seine Frau hatte sich jetzt verändert. Sie bewegte sich abrupt, lärmte mit dem Geschirr, die aufzutragenden Tassen und Untertassen warf sie beinahe auf den Tisch. Selbst ein Blinder konnte verspüren, dass die Herrin des Tschums unzufrieden über die Gäste war.

Als letzte kam wie ein stilles Mäuschen die junge Frau hinzu. Ohne seine Verwunderung zu offenbaren, rückte Wanu näher an den Tisch, lud alle an diesen und konnte schließlich nicht anders, als sich speziell an die Nachbarin zu wenden: »Frau, was verbirgst du dich in der Ecke. Komm an den Tisch.«

Als auch Aljoschkas Mutter und die junge Frau am Tisch saßen, griff Wanu nach der Flasche und schenkte sich ein. Die klare Flüssigkeit funkelte im Glas.

»Oh, sieht ganz lebendig aus«, scherzte Wanu. Die Nenzen trinken nie ohne ein gutes Wort.

»Ich trinke darauf, dass wir nicht zum letzten Mal an diesem Tisch sitzen.«

Das zweite Glas reichte er Aljoschka. »Jetzt hast Du eine Hüterin des Feuers. Trink darauf. Unsere Feuer sollen nicht sterben.«

Aljoschka leerte das Glas schweigend. Er trank nicht auf das, was der Nachbar vorgeschlagen hatte, sondern auf sein Feuer – sein Feuer der Liebe. Und wärmen wollte er sich an ihm allein, im Verborgenen. Schließlich war es nicht jedem beschieden, sich an diesem Feuer zu wärmen, und nicht jedem war es gegeben, dieses Feuer zu entzünden.

Das dritte Glas reichte Wanu Petko, mit beiden Händen tat er das, um ja keinen Tropfen zu verschütten. Er wollte sehr, dass dies für Petko nicht einfach ein Schluck wäre, sondern ein winzig kleiner Tropfen Glück. Der Freund verstand das. So hatte man früher getrunken, so reichte man das Glas dem besten Freund. Wenn man dann angeheitert war, pries man im Lied seine Rentiere, sein Stück Erde und sich selbst. Petko trank, wie ihm das Glas gereicht wurde, es mit beiden Händen haltend, und gab das geleerte Glas so auch dem Freund zurück.

Die Herrin des Tschums trank finster und schnell. Die Neige goss sie unter den Ofen und hielt das Glas lange verkehrt herum, bis der letzte Tropfen träge abgeperlt war.

»Wie die Hunde. Alles trinken wir selber. Keinen Tropfen für die Gestorbenen abgeben«, grollte sie, nachdem sie ihren Mund mit dem Saum des Kleides abgewischt hatte.

»Dass du immer ein unpassendes Wort von Dir geben musst. Jetzt ist es nicht die Zeit für Speis und Trank für die Toten, die Sonne steht hoch oben«, entgegnete ihr Wanu, der ganz gut sah, dass sie nicht den Toten Ehre erweisen, sondern den anderen Gier vorwerfen wollte.

Aljoschkas Mutter trank auch ohne Worte, um der Herrin des Tschums keinen Anlass für Redereien zu geben. Sie lebten beide fast schon ihr ganzes Leben in ein und derselben Nomadengemeinschaft, aber wenn sie in den Tschum der anderen gingen, dann nur so, wie Aljoschkas Mutter es eben getan hatte. Nicht um eine Prise Salz hatte sie die Nachbarin je gebeten. Wenn das Salz ausgegangen war, hatte sie den Kessel für die Kinder mit ihren Tränen gesalzen. Und wenn der Kessel überhaupt leer war, dann bat sie die Nachbarin nicht einmal um einen abgenagten Knochen. Davon ließ sie aber die Männer und Kinder nichts wissen. Schmutzige Weibersachen wären eine überflüssige Last auf der Seele des Mannes.

Das letzte Glas reichte Wanu dem Mädchen, dem die Verwirrtheit beide Wangen glühend rot gefärbt hatte. »Trink auch du. Du gehörst jetzt zu uns.«

Sie barg ihr glühendes Gesicht hinter dem Kragen der Jaguschka, trank zaghaft zwei Schlückchen ab, gab das fast volle Glas zurück und trat vom Tisch zurück.

»Es war wenig, aber es reicht. Eine Frau muss nicht so viel trinken.«

»Als wir in ihrem Alter waren, wagten wir uns nicht einmal an den Tisch, vom Trinken ganz zu schweigen.«

»Frau!« Wanus Stimme war jetzt nicht wiederzuerkennen. Nie hatte er seine Stimme erhoben, weder gegen Menschen noch gegen die Rentiere. »Frau«, sagte er, »wenn du sprechen willst, gehen wir nachher nach draußen. Und dann kannst du … du kannst alles der elenden Schüssel dort sagen. Aber erst einmal möchte ich den Nachbarn ein Wort sagen.«

Mit ihrem durchtriebenen, scharfen Gespür hatte die Frau begriffen, dass, brachte sie auch nur noch ein paar Worte vor, ihr Mann keine Rücksicht mehr darauf nehmen würde, dass Gäste am Tisch saßen. Na gut, sie schwieg schon. Jetzt, nur jetzt. Über ihr Feuer, diesen eisernen

Kasten mit der schwächer werdenden Flamme, hatte sie das Sagen. Und das oberste Kommando hatten ihre von Asche und Rauch gezeichneten Hände. Wenn sie es wollten, dann würde dem verwaisten Alten, den ihr Mann so bemitleidete, die Wärme ihres Feuers bald als eisige Kälte erscheinen.

Wanu hatte seinen Tee vergessen und war in tiefes Schweigen versunken. Das Wort, das er seinen Nachbarn sagen wollte, war nicht leicht auszusprechen, selbst wenn er jetzt schon ein Glas getrunken hatte. Aber es musste sein. Wenn er jetzt weiter schwieg, würde ihm an allen verbliebenen Tagen der bittere, Unheil kündende Ruf des Seetauchers in den Ohren tönen und mit nichts würde man gegen dieses Tönen ankommen.

»Nun sprich doch«, bat leise die Frau neben ihm, die sah, dass gerade sie ihn ermutigen musste, »Sprich. An deinem Tisch kannst du kein schlechtes Wort aussprechen.«

Wenn es einem Nenzen schwer ist ums Herz, schaut er immer seinem Feuer in die Augen. So tat es auch Wanu. Zwei Flammen spiegelten sich hell in seinen Pupillen wider.

»Als die Frau Lamdo gestorben war, haben wir gemeinsam den dritten Tschum unseres Lagers zerlegt und ihn von hier weggebracht. Seitdem steigen morgens nur zwei Rauchfahnen in den Himmel.«

»Dein Wort ist wahr«, bekräftigte die Frau. »Wir konnten den Tschum wegschaffen. Dafür hatten die Kräfte unserer Arme ausgereicht. Ihn aber wieder aufzustellen …«

»Nicht ihr habt meinen Tschum ausgelöscht«, erklärte der alte Petko, »einen toten Baum kann man nicht wieder aufstellen, er stirbt mit seinen Wurzeln.«

»Die Wurzeln sterben, das ist wahr. Aber in die Erde neben ihm fällt der Samen.«

»Du hattest mich gefragt, worüber ich nachgedacht habe. Ich habe meinen Gürtel abgelegt und meinen Namen auf die Erde geworfen. Ein Mensch ohne Namen und ohne Feuer ist ein Stein. Ein Stein hat aber keinen Samen. Ich habe keine Tochter. Ich bin ein Mensch, der auf dem **Schlitten der Zeit** lebt.«

Am Tisch wurde es still. Keiner wagte, die Stille zu stören, alle fühlten, dass jede unnötige Regung ein Echo auslösen könnte wie ein unerwarteter Schuss im nächtlichen Wald.

Einsamkeit ist grausam. Die Einsamkeit eines alten Menschen ist die Tragödie unserer Zeit, ihr Geschwür. Im drastischen Wort des Alten offenbarte sich sein ganzer Schmerz, der in den schlaflosen Nächten gewachsen war, denn sein Schlafplatz in den zurückliegenden Nächten war wie der eines Hundes. Dieses Wort ging auch ins Gericht mit der Tochter, die den Vater allein gelassen hatte, ging ins Gericht mit einem Herzen, das nicht zu lieben vermochte, mit einem Menschen, der ein Gebot nicht kannte und achtete: Ehre deinen Vater und deine Mutter. Es ging auch ins Gericht mit einer Zeit, die einen Menschen hervorgebracht hatte, der ein Wesen darstellte, das stumm, taub und verkrüppelt war.

Solche Worte, wie sie Petko ausgesprochen hatte, kannte man unter den Nenzen nicht. Sie brachten Kinder zur Welt und zogen sie auf, und wenn sie nicht so lebten, wie sie sollten, wurden sie auf den rechten Weg gebracht. Die Töchter wurden in andere Gegenden verheiratet, die Söhne wurden abgefunden und schufen sich ihr eigenes Leben. Nie aber hatte sich jemand von seinem eigen Fleisch und Blut losgesagt. Die Kinder verziehen ihren Vätern und die Väter verziehen ihren Kindern, verziehen kleinere, harmlose Beschimpfungen, alkoholisierte Tollheiten, ja selbst Prügeleien, und danach lebte man weiter zusammen.

Wanu hatte seine Fassung verloren und wusste nicht, wie er weitersprechen sollte. Von seinem alten Freund hätte er alles erwartet, nur nicht diese schrecklichen Worte. Selbst, dass Petko seinen Gürtel abgelegt hatte, erschütterte ihn nicht so sehr, wenn dies auch schon schlimm genug war, denn ein Mann, der dies tut, entsagt jedem Einfluss auf den Gang des Lebens. Aber schlimmer ist ein Mensch, der sich von seinem Namen lossagt … Und noch schlimmer: Petko sagt sich von seinem eigenen Blut los. Was hieß das? Was war auf der Erde geschehen? Warum legten starke Männer vor der Zeit ihren Gürtel von sich – das Zeichen der männlichen Würde und Ehre? Solange die Hand noch den Leitstock halten und sie das Leittier lenken konnte, solange das Auge noch scharf blickte, die Beine den Leib trugen und der Mann fähig war, seinen Kessel zu füllen, hatte sich ein Mann nie aus dem Leben ausgeschlossen. Jetzt aber hörte man immer wieder, dieser oder jener hatte seinen Gürtel abgelegt. Er band sich irgendetwas Zufälliges um den Leib, saß nur noch im Tschum, und so nannte man ihn einen »Tschum-Hocker«. So wie Wanu es verstand, war es nicht an der Zeit, nein, es war zu früh, um die Zügel des Lebens lockerzulassen und sich in dunkle Winkel des Tschums zurückzuziehen, in denen sonst nur Kinder und alte Frauen saßen.

Das ging Wanu durch den Kopf, während er allmählich wieder zu sich fand. Worte des Vorwurfs wollten ihm jedoch nicht über die Lippen kommen. Diesem Mann konnte er nichts vorwerfen.

Das Gespräch war abgebrochen. Alle saßen verloren da, obschon jedem von ihnen klar war, dass es vernünftiger wäre auseinanderzugehen. Am Tisch sitzenzubleiben und so zu tun, als wäre nichts geschehen, wo doch ein Mensch dabei war, sich selbst lebendigen Leibes zu begraben, das erschien ihnen als Frevel.

Als Erster ging Aljoschka hinaus, ihm nach schlüpfte seine Frau davon und als Letzte, wie ein alter Vogel mit zerfledderten Flügeln, erhob sich mit Mühe die Frau.

Eine Zeit lang, eine oder zwei Stunden, blieb es in dem kleinen Lager still. Doch dann erschallte in einem Tschum eine Frauenstimme, lauter und lauter wurde sie, wie ein anschwellender Wind in den Kronen der Bäume. Die Frau war betrunken; was sie von sich gab, hörte sich wie das Gekrächze einer Krähe an, die ein tödlich verletztes Opfer ausgemacht hat und nun über ihm kreist, ehe sie zum Angriff übergeht.

Nicht nur das betrunkene Geschrei der Frau wuchs an, zudem lärmte alles, was nur lärmen konnte: der Ofen, Schüsseln, Teekessel. Wanu erwachte und konnte nicht gleich begreifen, was vor sich ging. Der Eingangsvorhang war bis oben hin aufgeschlagen, die Frau tobte schreiend im Tschum umher und schnappte sich immer wieder Gegenstände, die sie zum Eingang hinausschleuderte.

»Alles weg! Fort! Hinaus! Das ist mein Tschum!« kreischte die Betrunkene laut und krallte sich immer neue Dinge aus der Hälfte des Tschums, in der der alte Petko untergekommen war. Das Bettzeug hatte sie schon hinausbefördert und jetzt hatte sie sich über die Strohunterlage des Betts hergemacht, sie riss an ihr herum, konnte sie aber nicht zerreißen. Der Alte selbst saß ruhig und schien darauf zu warten, dass er an die Reihe kam, zerrissen und hinausgeworfen zu werden.

Wanu sprang wortlos auf und packte seine Frau an den Zöpfen, drehte sie zu sich und stieß, ohne zu schreien, aus sich heraus: »Was tust du da?«

Wie ein ergrimmter Hund, der mitten aus einer Rauferei heraus am Nacken gepackt wird, ging sie ihren Mann an: »Was?! Was wohl! Ich werfe seine Sachen raus. Er hat eine Tochter. Die soll sich um ihn kümmern, seine Sachen nähen, ihm Tee geben. Das hier ist mein Tschum. Meiner!«

Mein Tschum – nie hätte Wanu gedacht, dass diese einfachen Worte so große Schmerzen bereiten, so viel niederträchtige Wahrheit in sich bergen können. Ja, es war ihr Tschum, ihr Feuer. Im Recht ist die Wölfin, wenn sie ihren Bau keiner anderen Wölfin überlässt. Recht hat das Vöglein auf dem Zweig, wenn es sein Nest nur für die eigenen Eier anlegt. Und auch die Maus ist die Herrscherin über ihr Mäuseloch. Doch …

Nein, die Frau hatte nicht recht. Der Mensch ist keine Maus und kein Wolf. Der Mensch hat bis auf den heutigen Tag überlebt, nicht, weil er seine Brüder, seinesgleichen aus dem Weg geräumt hat oder Hungernde von seinem reichlich gedeckten Tisch verjagte. Nein, die Frau hatte nicht recht.

Die Männer hatten für die Rentiere, für das Jagdglück, für die Klarheit des Blicks und des Verstandes nicht deshalb die Reinheit der Erde bewahrt, weil sie auf die Frauen gehört und sie ihr Gesicht und ihre Augen mit dem Rockschoß der Frau verhängt hatten, sondern weil sie die Ehre des Gebieters über das Leben auf dem großen wie auf dem kleinen Weg geachtet hatten. Die Frau hatte nicht recht. Wanu ließ die Zöpfe der Frau los und bat ruhig: »Trag die Sachen zurück.«

»Nein! Im Tschum und am Feuer, eben hier« – die Frau schlug mit dem Teekessel laut auf den Ofen – »ja, hier bin ich die Herrin. Ich! Wenn ich will, zünde ich nie mehr ein Feuer an. Hier habe ich das Sagen!« und stieß ein betrunkenes Lachen aus. Sie wollte sich stark und böse zeigen, wollte viel Lärm und Geschrei. Wieder griff sich wieder den Teekessel und warf ihn mit großem Schwung durch den offenen Zelteingang hinaus.

»Lass diese Späße, Frau. Hol die Sachen wieder herein.«

»Nein! Die Tochter soll ihm den Hintern abwischen. Er hat ihr das Leben gegeben.«

Ein drittes Mal wiederholte Wanu nicht seine Worte. Er ging schweigend nach draußen. Die Sachen des Alten – die abgewetzten Fellschuhe, die Maliza, die Bettfelle – alles lag im feuchten Schnee. Das einzige Kissen war an der Naht aufgerissen und der Wind blies eine Feder nach der andern davon.

Wanu besah sich kurz die herausgeworfenen Sachen, schüttelte den Kopf, ging zum langen **Unreinen Schlitten** und zog unter ihm einen kräftigen Riemen aus Walrossleder hervor, legte ihn doppelt und wickelte ihn um seine Hand. Dann ging er in den Tschum, schloss den Eingangsvorhang hinter sich und wandte sich an den Alten mit der Bitte: »Geh doch bitte mal kurz raus. Wir müssen hier was besprechen.«

Der Alte hob den Kopf und die Männer schauten einander einige Sekunden schweigend an. Als sich die Augen des Alten mit Tränen füllten, wandte sich Wanu mit einem Ruck von ihm ab. Als dann die Schritte des Freundes jenseits des Vorhangs nicht mehr zu hören waren, sprach Wanu zu seiner Frau: »Zieh die Jaguschka aus. Das Feuer gehört dir, du hast recht. Aber die Ehre ist mein.«

Als sie in der Hand des Mannes den Ziemer sah, fügte sich die Frau wortlos. Ihre Hände zitterten, als sie die Borte am Kragen aufband. Ihre Schnapslaune war im Nu verflogen.

»Leg dich hin.«

»Wanu …«, wollte sie verängstigt bitten, aber er schüttelte nur entschieden den Kopf.

»Nein, du hast zu viele Worte gesagt, die falschen Worte.«

So legte sie sich auf den Bauch, zog den Kopf ein und, auch wenn sie wusste, dass der Mann ihren Kopf nicht anrühren würde, bedeckte sie den Kopf mit den Armen.

»Das Feuer ist dein, aber die Ehre ist mein«, sagte Wanu und holte mit dem Ziemer aus. Die Frau stöhnte auf, verkroch sich aber nicht in die Ecke. Zwei Schläge zerrissen das Kleid, die Haut unterhalb des Gürtels brannte ihr wie Feuer. Mann und Frau hatten ein langes Leben miteinander verbracht, aber noch nie hatte er sie dem harten Gericht **Jaminjas** unterzogen. Er hatte sie mit einem strengen Wort zurechtgewiesen, wenn sie betrunken ihre Zunge wetzte, andere Frauen beschimpfte, Gerüchte breittrug oder unflätige Wörter von sich gab. Aber nie, weder vor den Leuten noch ohne Zeugen, hatte er gegen sie das Gericht der Vorfahren gehalten. Dieses Gericht brachte Schande über den Namen der Frau.

»Beschmutze nicht die Ehre unseres Zeltes, Menschen kommen zu uns zu Gast«, – und zum dritten Mal holte Wanu aus.

Die Frau hob ihr tränenüberströmtes Gesicht, schaute auf Wanu. Obwohl sie wusste, dass er kein drittes Mal zuschlagen würde, sprach sie die Worte, die sie einst als junges Mädchen von ihrer Mutter vernommen hatte. Diese Worte sind eine Schranke, die der Mann nicht überschreitet, wie erzürnt auch immer er sei. »Ich bin die Mutter deiner Kinder.«

»Du bist die Mutter meiner Kinder. Und darum trag die Sachen des Alten zusammen und bring sie herein«, sagte Wanu und ging hinaus.

Aljoschka lag regungslos und blickte mit weit offenen Augen nach oben. Seit seiner Heirat waren einige Tage vergangen, ihm aber erschienen sie wie ein Jahr, angefüllt mit Schlechtwetter, Missgeschick und Gedanken. Am Abend hatte er sich wie immer ins Bett gelegt, das ihm das Mädchen zurechtgemacht hatte, das noch immer nicht Frau geworden war. Hatte sich hingelegt und abgewendet. Das Mädchen hatte sich noch nicht schlafen gelegt. Er hörte, wie es sich leise durch den Tschum bewegte und die nie enden wollende Frauenarbeit erledigte.

In der Kindheit liebte es Aljoschka, während seine Brüder einschliefen, zu lauschen, wie die Mutter in aller Ruhe ihre Dinge tat, die kaum hörbaren Geräusche wahrzunehmen, wie sie ineinanderflossen, als würde ein Bächlein zart murmeln, verborgen im Dickicht herbstlich golden strahlender Büsche. Wie schön es war, ein kleines Kind zu sein. Das Bett war warm und behaglich, die weichen Wollhärchen der Bettdecke umschmeichelten seinen Körper, er konnte sich wie ein schwaches Vogeljunges fühlen, das noch nicht flügge ist.

Aljoschka schloss die Augen und holte tief Luft. Jetzt war er kein kleines Vögelchen mehr, sondern ein übellauniger räuberischer Vogel, der die Krallen seines Eigensinns weit aufgespreizt hat, aber nicht ankommt gegen die undurchdringliche Mauer des Lebens, und niemand wollte verstehen, wie sehr ihm dies in seiner Seele schmerzte.

Nachts erschien ihm im Traum Ilne mit ihrem verführerischen Lächeln, sie war sein, gehörte ihm, sie waren zusammen, er ergriff von ihr, seiner Frau, Besitz. So voller Kraft und Leidenschaft tat er dies, dass sein Körper wohlig schmerzte.

Als ihm bewusst wurde, dies war nicht Wirklichkeit, nur Traum, krampfte sich in ihm alles in Trauer zusammen. Die Trauer, dieses schwarze, behaarte Spinnentier, spritzte mit ihrer Klaue Gift in seine Seele.

Der Rand des Kattunvorhangs ruckte zur Seite, Aljoschka sah zuerst die schmale Hand des Mädchens, dann kam sie selbst ins Bett. Zaghaft legte sie sich hin, angstvoll, sie könnte ihn auch nur mit dem Saum ihrer Kleidung berühren, bettete sich hin wie in allen vorangegangen Nächten, schlüpfte unter ihre Jaguschka und wurde völlig still. So wird sie die ganze Nacht über liegen. Aljoschka hatte sich einmal sogar vorgestellt, dass das ganze lange Leben vielleicht so vergehen könnte, indem sie daläge wie ein hell leuchtender Stein, genauso völlig reglos, fast ohne zu atmen, und sie ihn mit keiner einzigen Geste um Zärtlichkeit bäte. Jedes Mal stopfte er instinktiv den Rand seiner Felldecke unter sich, obwohl er wusste, dass dafür keine Notwendigkeit bestand. Selbst in ihrem erschöpften, tiefen Schlaf rückte das Mädchen nicht zu ihm hin, und morgens vermerkte er missmutig, dass der Abstand zwischen ihnen unverändert geblieben war.

Das Mädchen wusste eines: Über die Seele des Mannes, seine Gedanken und Wünsche kann niemand bestimmen. Er ist für alles verantwortlich, seine Worte und sein Wille sind Gesetz. Allein der Mann kann über das GROSSE LEBEN bestimmen. Dazu sind ihm Kraft und Verstand gegeben. Die Frau ist die Herrin des heimischen Herdes. Es ist auch im Himmel so, dass der Adler und die Krähe nicht nebeneinander fliegen, jeder Vogel fliegt in seiner Höhe.

Und selbst wenn er sie das ganze Leben über nicht anrührt, hat sie an seiner Seite zu sein.

Jeder schlief in seiner Welt. Sie schlief wie eine Blume, die durch des Schicksals Willen in einer Felsschlucht erblüht war, in die die Sonne nur am frühen Morgen hineinleuchtete und in der die Steine nicht nur Kälte ausstrahlten, sondern auch Bosheit. Diese glitschig bemoosten und übelriechenden Steine beneideten die Blume um ihre Schönheit und ihre zarten Blütenblätter, ohne aber das Licht zu bemerken, dass das Blütenköpfchen im Dunkeln ausstrahlte.

Die Blume quälte sich in ihrer engen Welt, die für sie wie ein Alptraum war. Ihr kurzer, unruhiger Schlaf war wie der eines Vogels, der sein Nest auf einem unzugänglichen Felsen angelegt hat, den kalter, undurchdringlicher Nebel umhüllt. Den Frieden seiner Vogelkinder scheint nichts zu stören, aber ein räuberischer Vogel hält Ausschau nach dem Nest, immer wieder wedelt er furchtgebietend mit den Flügeln und klappert mit dem Schnabel.

... Es gibt Erinnerungen, die man auslöschen muss, abtöten wie ein Tier, oder aber behandeln, wie eine Krankheit geheilt wird. Doch Aljoschka hatte weder das eine noch das andere getan. Man kennt verschiedene Arten von Schuld, aber es gibt eine, die so schwerwiegend und verräterisch ist, dass sie nicht verziehen werden kann. Und es gibt Gefühle und Taten, für die der Mensch ein besonderes Recht besitzen muss.

Im Herbst, vor der Abreise in die Schule, waren die Kinder im alten Klubhaus zusammengeholt worden. Die ganz Kleinen bildeten einen Schwarm für sich, die Größeren einen weiteren. Zu jener Zeit flog der Hubschrauber nicht zu den einzelnen Nomadenlagern. Die Vorsitzenden der Dorfsowjets und die Lehrer gingen selbst zu den Tschums und brachten die Kinder in der Siedlung zusammen. Von dort wurden sie dann weggeflogen. Die Zehntklässler waren für sich. Viele hatten nicht vor, wieder in den heimischen Tschum zurückzukehren. Das andere Leben zog sie an wie ein süßes Geheimnis, und zugleich nagte ein unbegreiflicher Schmerz an ihren Herzen. Jetzt, da er erwachsen war, hatte Aljoschka das Wesen dieses Schmerzes verstanden. Es war das Gefühl der Schuld gegenüber dem Flecken Erde, auf dem man geboren war und den man nun aufgeben wollte. Wie es einen Vogel zu seinem alten, umgeworfenen Nest zieht, das er verlassen hat und über dem er trotzdem am Ufer voll Trauer seine Kreise zieht, so geht es auch dem Menschen – man müsste eigentlich hier leben, aber dort ist es auch verlockend. An diesem unstillbaren Drang fortzuziehen, wie ihn die Vögel spüren, litten auch die Kinder zu jener Zeit.

Aljoschka hatte sich als Letzter schlafen gelegt. Ihm war das Herz doppelt, wenn nicht gar dreifach schwer. Und morgen, wenn das Flugzeug kommt, wird eben er wie ein Vogel sein, der zwischen dem davonziehenden Schwarm und den heimatlichen Gefilden hin- und hergerissen wird. Er hatte nicht nur eine oder zwei Papirossi weggeraucht, während er auf dem maroden Hausaufgang saß, aber er konnte sich zu nichts entscheiden. Und so ging er sich schlafen legen. Lange konnte er keinen Platz finden. Die Kinder lagen kreuz und quer durcheinander. Die ganz Kleinen, die in die Vorschule gehen sollten, schliefen Arm in Arm, als wollten sie sich zusammenschließen gegen das unheimliche neue Leben – ohne Mama, ohne die gewohnten Spiele und fern von ihrem warmen Tschum.

Er fand einen Platz direkt am Fenster. Jemand lag noch dort, verhüllt mit einer dünnen Decke. Aljoschka legte sich hin und drehte sich auf die Seite. Er wusste, dass er jetzt aufstehen und nach Hause zur Mutter und den kleinen Brüdern gehen konnte. Die Brüder waren im Tschum zurückgeblieben, hilflos wie Vogeljunge ohne Flügel und Gefieder, die Mutter hatte ihn ein Stück begleitet. Sie hatten eine Weile schweigend zusammengestanden, ohne einander anzusehen, dann war er davongegangen. Und jetzt schien es ihm, dass die Mutter noch immer dort stand und daran glaubte, dass der Sohn zurückkehren würde, um bei ihr zu bleiben.

So schwer war das alles. Und Ilne hatte ihn den ganzen Tag zu sich gerufen, wortlos, nur mit den Augen. Dorthin gerufen, wohin sie alle flogen, ganz unbekümmert. Und er wollte im jugendlichen Drang auch dorthin, ohne weiter nachzudenken – fliegen, die Kraft seiner Flügel spüren. Frei fliegen, ohne auf die Erde zu starren.

Vom Fenster her wehte es ihm ins Gesicht. Er deckte sich mit seinem langen **Stoff-Gus** zu, drehte sich auf die andere Seite … und war völlig irritiert: Unter der benachbarten Bettdecke hervor schauten zwei Augen direkt auf ihn. Er erkannte sie ganz schnell. Er wusste nicht warum – er wollte aufstehen und weggehen. Schnell und entschieden aufstehen und weggehen. Wie man es tut, wenn man unvermittelt vor einem Abgrund steht. Er will einen hinabziehen, aber man weiß: Man muss zurückgehen, weggehen – sonst …

Wäre er damals weggegangen … er wäre heute nicht krank. Aber er war wie erstarrt, festgefroren. Die Arme und Beine gehorchten ihm nicht mehr, der Kopf dröhnte nur hohl. Und während er um seine Fassung kämpfte, schaute Ilne ihn an und lächelte. Das war schon nicht mehr die Ilne, die ihn mit den Augen gerufen hatte mitzukommen.

Die hatte nur still gerufen. Jetzt aber wollte von ihren Lippen ein fremdes, listiges, lockendes Lächeln nicht weichen, das ihm nicht gefiel. Er lächelte nicht zurück. Er schaute ernst und das schien sie zu verstören. Sie zog sich zurück wie von einem starken Feuer, das einen brennt, statt zu wärmen. Aljoschka verstand sich selbst nicht, war sich selbst gram. Bei Tage hatte er mit ihr zusammensitzen wollen, sehnlichst wollte er das, wollte ihr etwas sagen, gute, zärtliche Worte, die nur sie verstand. Aber jetzt, in der Nacht … Es war keine Scham, aber warum, warum nur schmerzte und kränkte es ihn? Woher kam das?

Ilne hatte ihre Augen geschlossen, ihre Wimpern zuckten aber. Mit angehaltenem Atem schaute er auf ihr liebes Gesicht, aber die unerklärliche Kränkung ließ nicht von ihm. Und nun gefiel ihm nicht, dass sie die Augen geschlossen hatte und ihre Wimpern zuckten. Er suchte zu verstehen – sich und sie. Und er sah ganz klar, dass es morgen zwischen ihnen schon anders sein könnte, nicht mehr so wie heute. Übermorgen nicht und überhaupt nirgendwann mehr. Ja, einfach nie …

Und kaum, dass Aljoschka sich dies gesagt hatte, begriff er: Er will, dass es immer so sein wird zwischen ihnen wie heute. Immer und das ganze Leben über. Am Tage, morgens und nachts. Aber nicht so wie jetzt, sondern für immer, fest. Und dass sie nicht dieses Lächeln zeigt, wenn sie als Frau wusste, es könnte etwas sein – doch es wird nicht sein. Wie sie ihn jetzt rief mit ihrem listigen Lächeln, mit Augen, die man dabei auch schließen konnte. Sie rief ihn zu einem Spiel, einem Spiel mit der Liebe. Und das war nichts anderes als Betrug.

Er wollte dieses Spiel nicht. Von der Liebe spricht man nicht diebisch flüsternd. Die Lippen und der Körper der Liebsten sind für den Mann etwas Heiliges, nicht nur einfach dafür da, seine Hände eine Nacht lang an einem heißen Feuer zu wärmen. Aljoschka hatte bis jetzt nicht einen einzigen Finger geregt. Er wartete auf Antwort von ihr. Das musste sie spüren.

Und als Ilne die Augen wieder aufschlug, merkte Aljoschka, dass er richtig gedacht hatte. Sie hatte spielen wollen – ein Spiel, das zu nichts verpflichtet und das den Spielern weder Verstand noch Herz abverlangt. Kinder führen sich mitunter so auf. Man schaut ihnen zu und kann nicht verstehen, was eigentlich der Sinn ihres merkwürdigen Spiels ist.

Aljoschka sah sich nicht als Kind und Ilne nicht als kleines Mädchen. Das Spielen mit der Liebe und das Spielen, als ob man liebt, sind die gefährlichsten unter den statthaften Erwachsenenspielen. Er sah nun, dass das Mädchen gekränkt war. Und wollte ihr schon über den Kopf streichen – ach wie offensichtlich bei ihr der Wechsel zwischen Kränkung und Durchtriebenheit war. Aljoschka lächelte und hauchte ihr zärtlich zu: »Schlaf! Ich werde deinen Schlaf bewachen.« Aber jetzt schloss sie die Augen nicht einmal zum Schein. Jetzt wollte sie ihn verstehen. Sie hatte verspürt, dass er eben etwas durchlebt und etwas verstanden hatte. Eine Frau, selbst die in Liebesdingen unerfahrenste, kann einem Mann alles verzeihen, nur nicht Gleichgültigkeit.

Die Liebe hat ihre eigene Logik und ihre eigenen Gesetze, die anders sind als die Gesetze des Lebens. Nicht jedem ist es gegeben, den Gesetzen der Liebe zu folgen. In den jungen Jahren aber gibt es Stunden, Minuten oder Augenblicke, in denen die Liebe Gebieterin des Herzens wird. Es gibt im Norden Blumen, die nur für eine Stunde voll erblühen, manche stehen nur für Minuten in voller Blüte. Danach zeigen sich auf den Blütenblättern schon Fältchen und Kerben. Das ist so, auch eine Blüte wird nicht jünger, an einem guten Tag lebt sie unter den Strahlen der Sonne auf, erstrahlt noch einmal, aber so wunderschön und jung wie zuvor ist sie schon nicht mehr.

Ilne schaute still auf Aljoschka, ohne den Blick abzuwenden. Sie war schon nicht mehr gekränkt, dass er nicht die Hände nach ihr ausstreckte, nicht mit ihrem Körper spielte. Sah sie doch an seinen Augen: Er liebte sie – und jetzt stärker als zuvor. Was war es, was er an ihr liebte? Warum?

Sie schliefen die ganze Nacht nicht. Sie waren aufgewühlt, voneinander angezogen, konnten sich nicht sattsehen aneinander. Und doch entschlossen sie sich nicht, ihre Hände ineinanderzulegen, als stände zwischen ihnen eine unsichtbare Barriere. Sie konnten nicht einschlafen, nicht voneinander lassen. Ein erregender, lieblicher Schauer durchlief sie, gegen den beide nicht ankamen. Für die Liebe ist die längste Nacht kurz wie ein Atemzug. Vor dem Fenster setzte die Dämmerung ein. Das fahle Licht ernüchterte sie und versetzte sie beide in Aufruhr. Sollte etwa alles zu Ende gehen?

»Für immer alles vorbei?« fragte sich Ilne und wusste sofort, was er wollte. Ihr liebster Mensch, der Mann, der sie nicht angerührt hatte.

Aufgewühlt erhob sie sich leicht, gestützt auf den Ellenbogen, wobei ein scharfer Schmerz den ganzen Körper durchzog, und flüsterte ihm stockend zu: »Ja … es wird so sein … wie du es willst. So wird es sein.«

Aljoschka nickte nur, die Zunge gehorchte ihm nicht. Die Hand, mit der er ihr geliebtes, bewegtes und dadurch so schönes Gesicht hatte streicheln wollen, zitterte so sehr, dass er sie nicht anheben wollte.

Sie hatte sich ihm versprochen. In einer Minute zarter Aufwallung hatte sie ihm ihre Seele zugeeignet wie ein ewiges kostbares Pfand, das sie einlösen wird. Sie wird kommen, es einzulösen, wohin auch immer und was auch immer sie sonst tut. Nirgendwo, an keinem Ende der Welt wird sie Ruhe finden können, denn leben kann man ohne Bein, ohne Augen, ohne Hand, nicht aber ohne Seele.

Als sie dieses Versprechen ausgesprochen hatte, das wie von selbst aus ihr herausgebrochen war, fühlte sich Ilne leicht, ihr Körper war wie elektrisiert, bebte wohlig, sie lächelte Aljoschka demutsvoll an, lehnte ihren Kopf an seinen Arm und erst danach fragte sie ihn: »Darf ich?« – und schloss die Augen. Sie wollte schlafen. Sie war erschöpft wie eine Frau, die ihre erste Liebesnacht bis zur Neige ausgekostet hat.

Und er verstand sie, wagte nicht, sich zu rühren. Er schloss auch die Augen und dachte verwundert daran, dass bis zu dieser Minute seine Liebe sich in solchen bescheidenen Wünschen erschöpft hatte wie zusammen sein, einander sehen, sprechen. Jetzt wusste er aber: Sie gehört ihm ganz. Jetzt, in einer Stunde, in einem Jahr, in zehn Jahren, für immer.

Als es ganz hell geworden war, machte Aljoschka behutsam seinen Arm frei, richtete sich etwas auf, bemüht, sie nicht zu wecken, und da zuckte sein Herz zusammen, als würde es für sich etwas Schweres vorausahnen. Er wollte seinem Herzen nicht glauben. Es ging über seine Kräfte, sich von ihr zu lösen und von ihr wegzugehen, aus eigenem Willen von ihr zu gehen, und so stand er noch einige Augenblicke regungslos. Es zog ihn mit gleicher Kraft zu ihr zurück, wie er vor wenigen Stunden hatte weggehen wollen von ihr, die ihm nun so nah war und die er nicht nur für sich haben wollte, die vielmehr sein ganzes Leben geworden war.

Ilne schlief. Ihr Gesicht war friedlich und rein. In ihm gab es nichts mehr von der Nacht, keine Listigkeit, die Aljoschka so sehr irritiert hatte. Die durchlebte Erschütterung ihrer Seele und die ganz besonderen Worte, die sie Aljoschka gesagt hatte – all das war eingeschrieben in ein kaum sichtbares Fältchen, das sich zwischen ihren dunklen Brauen neu eingefunden hatte. Ihr Gesicht war schon nicht mehr das Gesicht eines Mädchens, sondern das einer Frau – einer Frau, die sich nach der Liebe gesehnt und sich selbst besiegt hat. Sie war durch das stärkste Feuer Aljoschkas Liebe gegangen und würde jetzt für immer ihm gehören. Mit der Liebe zu spielen wird ihr nun schon zuwider sein. Aljoschka hat diese Frau für sich gewonnen, ohne sie auch nur mit einem Finger angerührt zu haben.

Viele Jahre sind seitdem vergangen. Haben denn ihr Körper und ihre Seele sie nie an diese Nacht erinnert? Beide hatten sich doch ihm versprochen. Sollte sie diese Nacht nicht in ihrer Seele quälen? Er verging doch vor Sehnsucht nach ihr. Sein Herz litt beständig, all die Jahre. Es schmerzte so lange schon vor Sehnsucht, quälte sich, wie es sich für einen nenzischen Mann nicht gehört. Sie hatte ihn doch damals verstanden, auch wenn er ihr nicht ein Wort gesagt, sein Verhalten nicht erklärt hatte. Sollte denn etwa alles, was das Menschenherz bewegt, Lüge sein, nichts als eine kleine billige Lüge? Durfte man sich denn der aufrichtigsten Minuten des Lebens nicht sicher sein?

Die alte Frau schlief nicht, sie konnte rein gar nicht schlafen. Ihr feinfühliges Herz sagte ihr, dass die Nächte leer waren, wie auch die Hoffnung auf neues Leben im Tschum leer war. Der Sohn beging Betrug – schweren und niederträchtigen Betrug. Sie hatte keine Kraft mehr. Sie weinte still unter ihrer Fellbettdecke. Wie sehr wollte sie sich einmal ausruhen. Die ganze Zeit, nachdem ihr Mann gestorben war, träumte sie davon, dass sie sich würde ausruhen können, wenn die Kinder einmal groß waren. Wie das genau sein würde, wusste die Frau nicht. Aber die Bürde der schweren Lebenssorgen sollte ihr doch irgendwann einmal von den Schultern genommen werden. Dann würde es leichter für sie, wie wenn man lange ohne eine Rast ein Holzbündel geschleppt hat und es endlich abwerfen kann.

Über das Gesicht der Frau liefen müde Tränen, im Tschum aber herrschte trügerische Stille. Trügerische Stille eingezogen war auch draußen, vor dem Zelteingang. Stille umfing die Welt, die nicht wusste, dass sie hoffnungslos krank war.

◆

Zwei kurze Züge von Rentiergespannen krochen langsam den Weg zum Nomadenlager entlang, die Anhöhe hinauf, danach tauchten sie wieder ab. Wanu schirmte mit der Hand die Sonne ab und mühte sich zu erraten, wer da so früh im Jahr zu ihnen stoßen wollte. Sonst fanden sich die Gespannzüge wie kleine Rinnsale erst zum Sommer hin zusammen, um sich dann zu einem großen Strom zu vereinen.

Eigenartige Schlittenzüge – wer sollte das sein? Es waren auch nicht viele mitlaufende Rentiere dabei – da kam ein Mensch ohne große Besitztümer. Beim genauen Hinschauen bemerkte Wanu neben den Lastschlitten Milchkälber.

Als die Gespannzüge hielten, wurde klar, warum die Kälber nicht vorausgingen, wie sonst während der Nomadenzüge. Den Lastschlitten waren ausgemergelte, großäugige **Rentierkühe** vorgespannt, die schwer atmeten; wären sie nicht im Geschirr eingespannt, wären die meisten von ihnen sofort umgefallen.

Wanu wendete sich ab. Man musste die Not dieser Menschen nicht mit aufgerissenen Augen anstarren. Dass sie in Not waren, war offensichtlich. Er ging zum ersten Schlitten, auf dem der Gespannführer saß und den Treibstock nicht ablegte, als wäre er sich nicht sicher, ob sie nun am Ende des langen Weges angelangt waren, der für ihn und die Rentiere qualvoll gewesen war. So verhalten sich Menschen, die eine Zuflucht suchen.

Wanu erkannte ihn sofort, obwohl er ihn in den letzten Jahren nicht gesehen hatte. Serotetto Chassawa war längst nicht mehr jung, und jetzt hatten ihn die Jahre zu einem Greis gemacht.

»Sei gegrüßt! Wie war der Weg?« fragte Wanu.

Der Ankömmling hustete erkältet und legte den Treibstock in den Schnee. »Der Schnee ist nass, bin kaum durchgekommen. Kann ich die Tiere ausschirren?«

»Ja freilich.«

Mehr wurde nicht gesprochen. Chassawa machte sich ans Ausspannen. Wanu half ihm schweigend und dachte bei sich: »Dieser Mann ist geplagt von Schnee und Kälte, hat auf vielen Lagerplätzen einsam gelebt, hat sich an starke und wohlhabende Männer gehalten, die niemals Rentierkühe in Schlittenzüge einspannen würden. Aber nirgends ist es ihm gelungen, Wurzeln zu schlagen, wie ein welkes Herbstblatt wurde er vom Wind hin und her geweht, blieb mal hier, mal dort hängen, konnte aber nirgends bleiben. Es musste ihn wohl sehr hierher gezogen haben, wenn er vor den Augen der ganzen Tundra seine kläglichen Schlitten hierher gebracht hat.«

Beim Ausspannen entwirrte Wanu die unter dem Zaumzeug verfilzte Frühjahrswolle. Die Renkühe kamen nicht so schnell wieder zu sich. Ihre mageren Flanken, aus denen die Rippen hervortraten, gingen immer noch auf und nieder, in ihren Augen lag eine alles verstehende Trauer, so wie die Menschen sie kennen. Den zweiten Schlittenzug, der aus drei nur zum Teil beladenen Schlitten bestand, hatte die Tochter Chassawas ausgespannt. Sie war von Geburt an stumm, hatte aber eine kräftige, stämmige Statur, ihre Augen waren ausdrucksvoll und flink. Jetzt saß sie auf der Erde, hatte sich erschöpft mit dem Rücken an den Schlitten gelehnt.

Nach einer heißen Tasse legte Chassawa seine Maliza ab und Wanus Herz zog sich bei diesem Anblick besorgt zusammen. Chassawas Hemd war alt und zerlumpt, die abgewetzten Fellschuhe wurden von Stoffbinden zusammengehalten, seine Haare waren zerzaust. Er glich einem Rebhuhn, das vom Habicht gerupft worden war. Er zog sein zu kurzes Hemd immer wieder nach unten, doch jedes Mal rutschte es wieder nach oben, so dass der Alte verärgert abwinkte. Wanu legte seiner Frau die Hand auf die Schulter: »Geh doch mal und bring uns was.«

Die Frau ging hinaus. Chassawa trank schweigend Tee, die Tochter nahm unsicher und furchtsam vom Brot und den Speisen, starrte vor sich hin und vergaß darüber ihre Tasse. Dann begann sie, ihre Finger rasch zu bewegen; die Angst, dass man ihre Gebärden nicht verstehen könnte, brachte sie zur Besinnung, und so griff sie wieder nach dem Tee.

Die Frau brachte eine Flasche mit Sprit herbei. Sie tranken jeder ein Gläschen. Chassawa atmete erleichtert auf, ihm wurde warm und er kam zur Ruhe. Wanu trieb den Gast nicht an, denn er spürte, dass Chassawa nicht von ungefähr zu ihrem Lagerplatz gekommen war. Er wusste, dass ein Nenze sehr selten jemand anderen um Hilfe bittet – üblich war, sich in allem ganz auf sich selbst zu verlassen. Ratschläge, wie man zu leben hat, haben schon manchen mehr gekränkt als Schläge.

Man trank ein zweites Gläschen, der Alte stellte danach seine Tasse verkehrtherum auf die Untertasse. Er nahm die von Wanu angebotene Tabaksdose, schnupfte eine Prise, schüttelte den Kopf, als hätte ihn die Stärke des Tabaks erstaunt, und erst jetzt begann er zu sprechen: »Du hast gesehen, dass ich mit Renkühen zu dir gekommen bin? Wie sie diesen Weg bewältigt haben, kann ich nicht begreifen, nie werde ich dies begreifen können.«

»Jetzt können sie sich ausruhen«, flocht Wanu vorsichtig ein.

»Stimmt schon, aber ob sie das vergessen werden? Wenn du mich wegjagst … weder ich noch meine Rentiere haben noch Kraft. Wir werden hier sterben.«

»Ich möchte nicht, dass der Platz meines Tschums für dich zum Grab wird. Wir leben jetzt in einer anderen Zeit.«

»… eine andere Zeit …« Chassawas Kopf sank nach unten. Wanu merkte, dass der Alte gerade mit der ZEIT nicht einverstanden war, mit etwas, das sie an sich hatte. Er goss ein drittes Gläschen ein, aber Chassawa bedeutete ihm aufzuhören: »Das muss nicht sein, mir ist es auch so schon gut. Wenn du es mir sagst, dann stelle ich meinen Tschum neben deinen.«

Während er dem Alten half, gewann Wanu mehr und mehr die Überzeugung, dass Chassawa ernsthafte Gründe hatte, mit der »anderen Zeit« im Streit zu liegen, aber dass auch die ZEIT ihre Ansprüche an den Menschen aufmachte. Die Zeltstangen mit ihren vielen Rissen waren nicht stabil, waren krumm, von Rauch und Alter angegriffen. Die Felle der Außenhaut waren über und über mit Flicken bedeckt, zeigten ein Bild wie die Schneedecke im Frühjahr, wenn sie von vielen Taulöchern durchsetzt ist. Die Schlitten, die mit ganz bescheidenen Dingen bepackt waren, verrieten bei jeder leichten Berührung mit leisem Ächzen ihr Alter.

Was war geschehen? Noch vor nicht allzu langer Zeit waren über Chassawa gute Worte zu vernehmen. Die bei ihm Station gemacht hatten berichteten, dass sie in Serotettos Tschum kräftigen Tee getrunken, gutes, fettiges Fleisch geschmaust und auch ein gutes Wort vernommen hatten.

Wanu sammelte das Zaumzeug zusammen, schüttelte sorgfältig den Schnee herunter und legte es akkurat ab. Ihn verdross, dass das Frühjahr sich viel Zeit ließ wie sonst nie. Der Schnee war zweimal getaut, darauf war Neuschnee gefallen, der nass, dreckig und widerlich war. Aus dem glitschigen Schnee drängten sich die Überreste von vorjährigem Kraut armselig und trostlos hervor und ließen befremdende, niederdrückende Trübsal aufkommen. Wanu fühlte Mitleid mit der Erde, wie sie von der plötzlichen Wiederkehr des Frostes überwältigt wurde. Auch Selbstmitleid überfiel ihn. Aber warum denn? Die Schlitten waren voll mit Hab und Gut, die Rentiere waren gesund, die Nachbarn hatten gute Rentiere zum Anspannen, Hunde mussten es nicht mehr sein wie früher. Der Polarfuchs war im Winter in die Fallen gegangen. Was sollte also sein? Weshalb sollte man besorgt sein? Wie hatte es Chassawa fertiggebracht, mit der ZEIT in ein Zerwürfnis zu geraten? Welches Verhältnis kann es zwischen einem kleinen Menschen und der ZEIT geben, die sich niemandem unterwirft?

Das ging Wanu durch den Kopf, während er den kleinen Tschum betrachtete, der nun der dritte ihres kleinen Lagers war. Später würden noch andere Leute hinzukommen, aber nicht für lange, bis zu den ersten kühlen Tagen im Herbst nur, und dann würden die sich wieder von ihnen trennen und weiterziehen. Chassawa aber war zermürbt, er würde ohne Hilfe nicht vom Fleck kommen, und es konnte sich auch zeigen, dass er bis zum Ende seiner Tage festsaß, wie ein an die Erde festgebackener Stein.

Seit dem Tag, da Chassawas kleiner Tschum sich zu den anderen hinzugesellt hatte, verging kein Abend, an dem die drei Alten nicht zusammengekommen wären. Bei einfachen Handwerksarbeiten oder einfach bei einer Tabakprise saßen sie bis spät zusammen, unterhielten sich leise, schwiegen eine Zeit lang, um dann das Gespräch wieder in Gang zu bringen. Ihre Gesichter leuchteten beseelt bei Erinnerungen an frühere Zeiten, dann wieder wurden sie plötzlich von gegenwärtiger Besorgnis verdunkelt und die Männer ließen betrübt ihre grauen Häupter hängen und saßen lange schweigend.

Es gibt etwas Anziehendes in den Gesprächen alter Menschen, ganz genau wie im Rauschen der Blätter oder im Knarren alter Bäume, die müde geworden sind, aber immer noch stark, noch nicht von Würmern und Wind zugrunde gerichtet – etwas Anziehendes, das jungen Gemütern nicht zugänglich ist. Alte Bäume und alte Menschen … Von allem, was auf der Erde lebt, stehen den Menschen alte Bäume am nächsten. Ihre dicke Rinde ist auf der einen Seite von der aufgenommenen Sonne durchwärmt, durchglüht und vergoldet, rau, von tiefen Furchen durchzogen, reich besiedelt mit Rentierflechten, Gräsern und seltenen kleinen Blümchen.

Vor alten Bäumen drängt es einen, sich niederzuknien und ihnen die grenzenlose Dankbarkeit darzubringen für die Gefühle, die sie in uns wecken – bittere Trauer, Ergriffenheit, am stärksten aber Freude. Man mag sie lieben dafür, dass man bei ihrem Stamm welke, gelbe Blätter findet, die frohe Erinnerungen wachrufen an den vergangenen Sommer. Lieben wegen der vielen Jahre, die sie durchlebt haben, und dafür, dass sie uns das Mysterium des Lebens zeigen und es vor uns bewahren, dafür, dass sie uns mit ihren Blättern vieles zuraunen, Lieder oder Trauerbotschaften, Beichten oder Lebensberichte – wie ein jeder es sehen mag.

Alte Bäume erscheinen uns als langlebige Menschen. Man möchte glauben, dass sie sich an so vieles erinnern, vielleicht sogar an das GOLDENE WORT DER WAHRHEIT, das die Menschen einst vergessen haben.

Wie raunende Bäume unterhielten sich flüsternd die drei Männer, sprachen von Vergangenem, von uralten Zeiten, da ihre Großväter, Urgroßväter und Ururgroßväter noch nicht auf der Erde waren, aber doch bereits – genau wie der Baum der Ewigkeit und die Sonne hoch droben – das GOLDENE WORT DER WAHRHEIT lebte und weithin strahlte. Sein Nachklang ist bewahrt in den halb vergessenen, halb verlorenen **Jarabz**-Liedern, kurze Worte der Wahrheit, denen die sprachliche Unbeholfenheit vieler Generationen zugesetzt hat.

Das GOLDENE WORT DER WAHRHEIT – was ist das? Ein Lied? Ein Gebet? Ein Gott? An einem ihrer Abende sprachen die Alten darüber. Als sie saßen und schauten, wie die versinkende Sonne feurig loderte, so als hätte ein Unsichtbarer am Rand der Erde, jenseits der sich golden auftürmenden Berge, das GROSSE FEUER entfacht, erzählte Wanu: »Vom Großvater habe ich gehört: Dort am rotgoldenen Feuer residiert Tag für Tag das GOLDENE WORT DER WAHRHEIT. Dort ist es und wächst in seiner ewigen Kraft …«

»Ich habe das auch gehört, aber anders. Es lebt dort, wohin nicht einmal unser Menschenverstand hinreicht. Dort steht der kupferne Tschum, der Tschum aus rotem Kupfer. Und aus seinem offenen Eingang heraus blickt das GOLDENE WORT DER WAHRHEIT auf die Menschen. Aber wir Menschen haben seinen GROSSEN NAMEN vergessen, sprechen nicht mit ihm und hören nicht seine Stimme.« So sprach Chassawa, der seine Augen halb geschlossen hatte und nicht wusste, wohin mit seinen Händen. Schon mehrere Abende lang hatte er meist geschwiegen, aber die Alten sahen, dass er ein besonderes Wort sagen wollte. So unterbrachen sie ihn nicht und lauschten ihm aufmerksam. »Ja, hoch steht das GOLDENE WORT DER WAHRHEIT … Ich habe einen Stachel im Herzen, will ihn herausziehen, aber die Kraft dazu fehlt.«

»Um ein Wort zu sagen, braucht es nicht viel Kraft. Ein Wort ist kein Stein«, sagte Wanu leise und reichte ihm seine Tabaksdose, denn er sah, dass die Tabaksprise und das Wort wie zwei Brüder sind, die einer ohne den anderen nicht sein können.

»Wie soll man es sagen … Es gibt Wörter, die schwerer sind als ein Stein und schärfer als ein Messer. Ich bin schon lange hier angekommen, aber habe bis jetzt geschwiegen … Damit soll es jetzt genug sein … Die Sonne ist noch nicht untergegangen und in meinem Tschum ist das Feuer noch nicht erloschen.«

Chassawa erhob sich, um zu seinem Tschum zu gehen, wobei er zu verstehen gab, dass man ihm folgen solle, um dort bei einer Tasse Tee sein Wort zu hören.

Im Tschum herrschte Halbdunkel. Im vorderen Teil rußte auf einer Kiste eine Petroleumlampe, die das Innere der armseligen Behausung mit schwachem Flackern beleuchtete. Die Stumme stürzte, sobald Gäste hereingekommen waren, ans Feuer und legte einen trockenen Ast nach, obwohl das Feuer ohnehin lebhaft brannte und Hitze spendete. Der Ausdruck des blassen Gesichts Chassawas hatte sich verändert, ruhig und ohne Hast machte er das Bett frei und räumte nach alter Sitte den Gästen den Ehrenplatz ein.

Die Stumme stellte das niedrige, stabil gebaute Tischchen zurecht. Die blanke Tischplatte strahlte vor Sauberkeit, so wie man es in alten Zeiten hielt, als es noch nicht Mode war, das Antlitz des Tisches mit Wachstuch zu verhüllen.

Während die einfachen Vorbereitungen für den Tee liefen, lehnte sich Wanu zurück auf die Kissen und schaute sich um. Im Innern machte der kleine Tschum einen noch ärmlicheren Eindruck als von draußen. Die Tschumhälfte auf der anderen Seite des Feuers war leer, dort gab es nichts außer angetautem Schnee. Dort, wo der Schnee weggetaut war, lag der Hund, der seine Pfoten unter den Leib gezogen hatte und mit leicht zugekniffenen Augen auf das Feuer schaute. Im vorderen Teil stand ein großer gusseiserner Kessel, daneben eine Schüssel und eine Holzkiste aus alten Zeiten, mit eisernen Zierbeschlägen an den Ecken, und sonst gab es weiter nichts. Felle fürs Bett, alt, aber sorgfältig gesäubert und ausgeklopft, drei große dickbäuchige Kissen mit verblichenen Bezügen, ein Leinensack, zwei, drei Bündel – das war alles, was das Bettzeug und die **Schlafecke** ausmachte. Und wenn auch alles sauber und ordentlich war, dachte Wanu wieder bei sich verwundert: »Hier ist etwas eigenartig«, denn er wusste, dass Chassawa fest auf seinen beiden Beinen gestanden hatte – wenn auch nicht auf großem Fuße, so doch nicht so sehr heruntergekommen. »Ich muss gut zuhören, mehr mit dem Herzen hören …«

Chassawa griff als Letzter zur Tasse. Man musste nicht auf den Tisch schauen, um zu sehen, wie ärmlich die Bewirtung war. Gut, dass das Wichtigste da war – Tee und Brot – und dass Chassawa dem Antlitz seines Tisches keine Schande bereitet hatte. Die Gäste schwiegen und es schwieg auch der Gastgeber, doch schweigen kann man in der Tundra, wenn man allein ist. Und so stellte Chassawa seine geleerte Tasse auf den Tisch und sagte: »Ich wärme euch mit Tee auf anstatt etwas Anderem, Kräftigerem.«

»Eine solche Bewirtung, von der du sprichst, ist nicht immer zur Hand und sie erwärmt auch nicht immer das Herz. Uns reichen die Wärme des Feuers und die des Tees.«

»Du hast ein wahres Wort gesprochen. Solche Bewirtung gibt dem Herzen keine Wärme … Habt ihr gesehen, womit ich gekommen bin?«

»Du bist gekommen wie ein Mensch.«

»Ich habe meinen Tschum aufgestellt und ihr seht selbst, wie ich lebe. Ich kann mein Gesicht nicht zeigen. Ich bin eine Maus, die Adler zu Gast geladen hat.«

»Warum sprichst du so?« entgegnete Wanu. »Wir gehen alle unter der gleichen Sonne umher.«

Die Stumme horchte bei den letzten Worten des Vaters auf, ihre Finger begannen sich schnell zu bewegen, als hätte sie einen Satz gesagt, der nur ihr verständlich war.

»Wie denn ... winsele ich etwa wie ein geschlagener Hund?« zweifelte der Alte ... »Während der Fahrt habe ich begriffen: Heilig sind unsere Rentiere, aber wir ... wir sind grausam.«

»Dein Wort ist wahr. Ohne Ren wird der Nenze zu einem Stein auf der Erde.«

»Das Kind kommt unter den Qualen der Mutter zur Welt, die Wahrheit unter den Qualen der Seele«, sprach Chassawa und verstummte. Er hatte verstanden, dass den Sitzenden alles klar war – sie nahmen ihn und die ihm verbliebenen Rentiere ohne große Worte auf. An ihrer Seite konnte man ruhig leben, so wie ein Baum im dichten Wald lebt, er wird dort vom Wind nicht gebeugt, schwerer Schnee wird seine Äste nicht abbrechen.

Aber die Wahrheit muss ans Licht, muss leben – leben, wie ein zur Welt gekommenes Kind leben muss ... Wenigstens einmal in seinem Leben muss man sein Innerstes besehen, sich auf links wenden, wie man es mit einer abgewetzten Maliza tut, um alle ihre Löcher und dünnen Stellen zu besehen. Und dabei sollte man sich nicht schonen. Aber was sollte man dabei schon verbergen? Das, was verblieben war, ließ sich nicht verbergen vor den Menschen und ihrem Urteil. Und so sprach er: »Wir hatten vom GOLDENEN WORT gesprochen. Ich bin arm geworden und habe viel nachgedacht. Eine Zeit ist gekommen, in der die Menschen das GOLDENE WORT DER WAHRHEIT in Stücke zerfetzt haben, so wie die Krähen aufgespürtes Aas auseinanderreißen. Jeder hat ein Stückchen davon an sich gebracht ... So hat man jetzt viele kleine, schmuddelige menschliche Wahrheiten ... Und doch gibt es noch die wirkliche GROSSE WAHRHEIT, über die sich kein Mensch stellen kann ... Ich werde euch jetzt einen Jarabz singen, mein Leben werde ich euch singen.« Chassawas Gesicht bekam einen bitteren Zug, er lehnte sich zurück. »Ich werde über alles so singen, wie es war, es wird nicht kunstvoll, mein Gesicht wird vor Scham rot anlaufen, aber ich weiß, ihr werdet mich nicht verurteilen. Wenn meine Stimme zu zittern beginnt wie ein frecher Hund vor dem Knüppel, dann sagt auch da nichts.«

Die Alten schwiegen. Einen Gesang über sein Leben stimmt nicht jeder an und nicht zu jeder Zeit. Dem einen fehlt es an der Stimme, einem anderen an der Kraft. Sein Leben zu singen ist etwas anderes, als ein schnapsseliges Lied zu schmettern. Ein Jarabz-Gesang, der aus der Seele kommt, ist, wie auch der Ruf eines starken Vogels, nicht unbedingt eine Freude für die Ohren.

Chassawa wartete, bis die Gäste ihre Tabaksprise geschnupft hatten, setzte sich bequem auf und bat die Tochter, das Feuer zu unterhalten, während er sprach.

Dann begann Chassawa seinen Jarabz vorzutragen, bald singend, bald erzählend: »Ein neugeborenes Rentierkalb kommt nicht gleich nach der Geburt auf die Füße. Auch das Herz des Menschen wird nicht mit einem Mal klug.

Vor einigen Jahren war mein Tschum nicht so, wie ihn eure Augen heute gesehen haben. Meine Frau war am Leben, und eine gute Frau umsorgt den Tschum genauso wie den Mann. Der **Monat der Kleinen Finsternis** war gut in jenem Jahr, von dem ich berichten will. Schnee war gefallen, die Schlittenkufen glitten wie geschmiert. Unsere Rentiere wurden zusehends kräftiger. Wenn ich auf sie schaute, wie sie umhertollten, so satt wie sie waren, wollte ich auch selbst springen und umhertollen. Ich war zufrieden. Ich lebte nicht schlechter als die anderen. In meinen Fallen fand ich keine schwarzen, sondern weiße Polarfüchse, genau wie die anderen Jäger auch. Wenn ich von der Jagd heimkehrte, hob ich das Zaumzeug vom Erdboden auf – so konnten es die Hunde nicht verderben und es wurde nicht nass, und so würden, wie die Mutter sprach, die Rene gesund sein und wachsen und in der Zahl zunehmen.

Ich zählte meine Rene nicht. Ihr wisst selbst, dass dies unter uns Nenzen als große Sünde gilt. Ich wusste, ich würde nicht hungern und müsste nicht die letzten Tiere einspannen, wenn ich am **Tag der Krähe** zum Nachbarn fuhr. Jedes meiner Rentiere kannte ich von seinem ›Gesicht‹ her. Ich konnte die Gedanken von Schmalfuß hören, wusste, welche Tour Älterer Sohn verkraftet. Ich erkannte, welches der Tiere durchtrieben war und den Schlitten nicht mitzog, sondern nur mitlief. Ich wusste, was jedes wert war, liebte sie aber alle – die faulen, die durchtriebenen und die flinkfüßigen.

Jetzt aber frage ich mich: Wozu hat der Mensch sein Herz, wenn er das Unheil nicht spürt?! Erinnert ihr euch an die Schwarzen Wölfe? Der **Monat der Großen Finsternis** zeigte sich am Himmel mit dem **silbernen Horn des Jungbullen,** mein Herz spürte aber kein Unheil.

Eines Abends begannen die Hunde zu bellen, sie verkünden gleichermaßen Gutes und Schlechtes, sie empfangen Freund wie Feind. Meine Frau ging hinaus und brachte eine schlechte Nachricht. Wylka war gekommen und mit ihm der Schwarze Wolf – ein Mann, der den Tod bringt. Ich hörte diese Worte, aber mein Herz zuckte nicht zusammen. Einen Monat zuvor hatte ich alle Ausgaben zusammengerechnet und danach zehn Kälber geschlachtet und sie in die Siedlung gebracht. Ich sah dem Ankömmling offen und furchtlos entgegen. Ich verstand seine Sprache schlecht, aber mit den Augen konnte ich sagen, dass ich mich über den Gast freute.

Als wir Tee tranken, sprachen wir über die Wölfe, die in der Nacht gekommen waren, wenn der Rentierzüchter nicht bei der Herde war, und wie sie es sich an den Tieren gütlich taten. Ist aber der Rentierzüchter bei der Herde, bezeigen die Wölfe ihm ihren Respekt und bleiben der Herde fern. Wir Rentierzüchter hadern nicht mit den Wölfen, wir verstehen – alle wollen ihren Hunger stillen.

Der Schwarze Wolf verstand und lachte. Während ich sprach, sah ich ihm in die Augen, um zu sehen, ob darin ein blutiges Feuer brannte, denn in den Augen von Raubtieren, die auf die Jagd ziehen, loht das Blut.

Ich konnte aber in ihnen nichts entdecken als Müdigkeit. Er war genau wie ein Jäger, der den ganzen Tag der Spur eines listigen Tieres nachgefahren war, das eine gute Falle mit sich davongeschleppt hatte. Und ich bedauerte ihn. Ich bat die Frau, sie sollte aus dem Schlitten mit den wertvollen Sachen eine Flasche Sprit holen. Wir tranken ein wenig. Wylka, der den Schwarzen Wolf hergebracht hatte, trank Tee und schlief sofort ein.

Die Frau hatte den Tisch noch nicht weggeräumt, als der schwarze Wolf den Blick auf mich richtete. Und in unserem Tschum wurde es mit einem Mal kalt, als hätte der Wind den Eingangsvorhang aufgerissen.

›Ich brauche Fleisch‹, sagte er fest und laut.

Ich nickte der Frau zu und sie holte das Papier über unsere zehn geschlachteten Kälber herbei. Ich zeigte es ihm, er las es durch und schob es mit einer kräftigen Handbewegung beiseite.

›Das ist zu wenig. Ich brauche mehr.‹

Ich schüttelte den Kopf: ›Nein. Ich kann nicht.‹

›Du kannst‹, sagte der Wolf ruhig und entschieden, als wäre nicht ich, sondern er der Herr über meine Rentiere. Ich schüttelte wieder den Kopf und war bereit, ihn die ganze Nacht lang zu schütteln, denn ich wusste: In diesem Jahr konnte ich nicht, im kommenden Jahr – ja, aber in diesem Jahr – schlag mich tot – geht es nicht.

Er aber fuhr mich nur kurz an: ›Du kannst!‹ Er hatte dies so gesagt, dass ich es nicht mehr wagte, den Kopf zu schütteln. Erbost und aufgedunsen von seiner bösen Kraft erhob er sich und begann zu reden. Ich verstand nichts, aber ein paar Wörter kannte ich gut, ich hatte sie oft genug gehört, nicht nur ich, sondern die ganze Tundra kennt sie: **Sowchos,** Plan und Gesetz.

Lange konnte man im Tschum nicht herumlaufen, dazu war es zu eng. Als ihm das aufgegangen war, setzte Wolf sich wieder, und ich konnte sehr gut seine Augen sehen – groß und stechend waren sie. Während er sprach, dachte ich: ›Jedes Jahr im Monat der Großen Finsternis presst der rätselhafte Plan den Menschen zahllose Tränen ab.‹

Er redete, ich aber hatte Angst. Mehr Angst, als wenn mich nachts ein Rudel richtiger Wölfe umkreisen würde.

Wie sollte ich ihm sagen, dass ein überzähliges Rentier, wenn ich eins habe, mir so teuer ist wie mein Leben. Mir fehlten die Worte, die ich ihm hätte entgegenschleudern können, so wie er mir Gesetz und Plan vorhielt.

Schließlich fragte er knapp: ›Wie viele?‹

›?‹

›Wie viele kannst du?‹

›Ich habe schon zehn abgegeben‹, und zeigte ihm zehn mit meinen Fingern und deutete mit der Hand in Richtung der Siedlung. Ich redete mit Händen und Füßen, er verstand mich aber.

›Zu wenig.‹

Ich fand wieder Mut, den Kopf zu schütteln und da … begann er auf mich einzuschreien, als wäre ich ein Kind, das ihm seine einzige Hose besudelt hat. Er schrie und ich überlegte: Überzählige Rens – habe ich denn etwa welche? Ich machte mich daran, meine Tiere im Kopf zusammenzuzählen. Das hatte ich nie zuvor getan. Ihr wisst ja, dass man die Rentiere nicht gern zählt. In Zeiten der Not tut dies das Auge aber unwillkürlich. Solch eine Zeit fürchte ich mehr als den Tod. Ich schaute vor mich hin und dachte an vieles. Er aber schrie immerzu. Seine Augen waren blutunterlaufen, seine Wangen glühten, aber ich hörte nicht hin. Mir taten meine eigenen Gedanken weh, sie drückten mir den Hals ab wie eine Schlinge, und als er mich wieder fragte, schüttelte ich nur verzweifelt den Kopf. Und da geriet er außer sich, er schrie nicht mehr, sein Gesicht verfinsterte sich wie eine Gewitterwolke und er fauchte mir ins Gesicht vor lauter Wut, seine Worte haben sich mir für immer eingeprägt: ›Tagedieb! Nichtsnutz! Zwanzig! Du schlachtest noch zwanzig! Tust du das nicht, dann nehme ich deine ganze Herde mit. Klar?‹

Ich hob den Kopf. Direkt vor meinem Gesicht erblickte ich mit einem Mal die Mündung eines kurzen schwarzen Gewehrs. Wann er es gezogen hatte, hatte ich nicht bemerkt. Die behaarten dicken Finger von Wolf zitterten. Ich begann zu weinen, aber ohne ihm meine Tränen zu zeigen. Wolf bleibt Wolf.

Frau und Tochter saßen an Näharbeiten, aber ich sah, dass auch sie heulten. Ich ging hinaus und trieb die Rentiere zum Tschum. ›Er ist trotz allem ein Mensch und kein Wolf‹, dachte ich, er wird selbst sehen, dass ich wenige Tiere habe, und wird sagen: ›Gut, gib so viele, wie du kannst, du brauchst sie, ich sehe das, aber wir brauchen auch viele.‹ Aber er schwieg. Ich lief wie ein Schatten zwischen meinen Tieren umher und er lief wie der Schatten meines Schattens hinter mir her. Ich lief zwischen den Tieren und weinte, einigen konnte ich noch in die Augen schauen, anderen aber schon nicht mehr. ›Für die Jaguschka der Tochter werden wir kein Tier schlachten, sie muss weiter in der alten Jaguschka gehen, wir sind nicht reich, wir werden im Winter kein Fleisch essen, irgendwie kommen wir durch‹, dachte ich mir.

Ich tötete die ganze Nacht Tiere. Wylka half mir. Meine Hand zitterte oft und Wylka sagte: ›Geh und setz dich hin. Ich mache für dich weiter.‹ In der Morgendämmerung kam unsere trauriger Zug in die Siedlung. Ich schwieg. Mir schien, wenn ich den Mund aufmachte, würde ich schauerlich wie ein Tier brüllen. In der Siedlung lobte mich Wolf, klopfte mir auf die Schulter. Ich wollte ihm mit eigenen Händen seine verfluchte Zunge aus dem Mund reißen, sein blindes, grausames Herz aus seiner Brust herausfetzen. Doch dann …«

Nachdem er das Geld für die zwanzig Tiere bekommen hatte, fuhr Chassawa nicht an diesem Tag zum Tschum zurück und auch nicht am nächsten … Der erste starke Schneesturm tobte drei Tage lang … und er bemerkte ihn nicht. Er vergaß sich, wusste nichts von der Zahl der Flaschen, nichts von der Zeit und auch nichts mehr von den Männern, mit denen er getrunken hatte, sie waren weggefahren und auf sie waren neue gefolgt. Der Verstand hatte ihn verlassen. Die Rentiere standen angeschirrt und ohne Futter. Am siebenten Tag erschraken die ausgehungerten und durchgefrorenen Tiere in der Dunkelheit vor einem Hund, verwirrten sich in ihrem Geschirr und trampelten aufeinander, drei Tiere kamen zu Tode. Die Menschen, die hinzugekommen waren, konnten die todesstarren Tiere nur mit Mühe aus den Strängen herauswirren. Sie zogen den Tierkörpern irgendwie das Fell ab und gaben sie an der Aufkaufstelle ab. Als sie Chassawa das mitteilten, lachte er nur laut auf und fuchtelte mit dem Geldbündel herum.

Am selben Tag kamen Leute aus der Richtung von Chassawas Tschum und brachten eine neue traurige Kunde. Ein Rudel von Wölfen war während des Schneesturms über Chassawas Herde hergefallen und hatte in einer Nacht zehn Rene umgebracht. Die Herde war vor Verzweiflung zum Tschum gelaufen und, als sie dort keinen Schutz fand, Hals über Kopf davongerannt. Chassawas Frau war so, wie sie gerade angezogen war, aus dem Tschum herausgestürzt und den toll gewordenen Tieren nachgelaufen, um sie zum Halten zu bringen. Sie ist bis jetzt nicht zurückgekommen …

Als der Sinn dieser Worte Chassawa bewusst geworden war, brach er in Heulen aus.

»Ich musste nicht lange suchen. Der Schnee hatte sie schon zugedeckt, nur die Schöße ihrer armseligen Jaguschka ragten aus der Schneewehe heraus. Die Rentiere fand ich nicht so schnell wieder. Vor Verzweiflung heulte ich wie ein Wolf. Ich stieß dann auf die Kadaver meiner Tiere, sie waren zerfleischt, völlig zugrunde gerichtet. Als wollte er mich verspotten, hatte der unerbittliche Schneesturm die Spuren meiner Rentiere verweht. Immer wieder von neuem liefen mir die Tränen. Schließlich gelang es mir, eine Spur auszumachen. Die Wölfe, es waren zehn, hatten Tiere getötet und waren den noch lebenden Renen nachgesetzt, immer wieder, der Schnee war rot vom Blut meiner Tiere. Ach, wäre das nur mein Blut gewesen … Gegen Abend hatte ich mit Müh und Not einige kleine Trupps von Tieren zusammengebracht und da, als ich sie abgezählt hatte … oh weh … Zählt die Rentiere nie – weder in der Not noch in der Freude. Ob arm, ob reich – lasst das Zählen. Bei Gott sind sie alle gezählt.

Der Schnee jenes Winters war längst getaut, aber ich spüre in meiner Brust noch immer seine Kälte – so viele Male war ich in den Schnee gefallen und hatte geheult.«

Chassawa setzte sich abrupt, so als hätte seinen Rücken wieder die Kälte jenes Winters angeweht. Seine Augen glänzten feucht in der Frühjahrsdämmerung im Tschum. Die Alten schnupften schweigend Tabak und wagten kaum aufzuatmen, um die Stille nicht zu stören.

»Den Sommer verbrachten wir, so gut es ging. Ich fischte. In den heißen Nächten sirrten die Mücken, ich konnte nicht schlafen. Ich war alt geworden, war erschöpft, mit Angst dachte ich an den Winter, daran, wie das Leben weitergehen sollte. Mein Herz hatte jetzt gelernt, sich nicht nur zusammenzukrampfen, sondern auch zu schmerzen. Und es hatte sich nicht geirrt. Es begann der Oktober und aus den Bergen des Ural kam der Mann gefahren, bei dem meine Rentiere im Sommer geweidet hatten. Eine Krankheit hatte zehn Tiere dahingerafft. Kurz vor Winteranbruch hatte sich mein geliebtes Leitrentier in Steinspalten den Fuß gebrochen. Mit diesem Tod überkam mich eine Angst, die nicht von mir ließ. Ich begann alles zu fürchten. Lange Zeit konnte ich nirgendwohin fahren. Ich hatte Angst, dass ich plötzlich den Weg verlieren könnte, nicht zu meinen Fallen käme oder irgendeinen anderen wichtigen Weg nicht mehr fände.

Zwei weitere Jahre durchlebte ich, aber wie? … Wieso bewegte ich mich noch unter der Sonne?

Ich wurde schlimmer als ein Wolf, nur dass mir im Gesicht kein Fell gewachsen war.

Immer wenn ich in die Siedlung gefahren war, konnte ich schon nicht mehr wie ein normaler Mensch einfach wieder heimfahren. Jedes Mal betrank ich mich, vergaß Tag und Nacht, und jedes Mal kamen ein oder zwei der Rentiere meines Gespanns ums Leben.

Ich stellte Fallen auf, aber erst im Frühjahr sammelte ich sie wieder von den Lichtungen ein, das Fell der gefangenen Polarfüchse war schon verdorben, von Mäusen und Krähen zernagt. Geld hatte ich, es gab keinen Grund, auf einer Spur einem Polarfuchs oder einem anderen Tier nachzusetzen. Warum sollte ich mich in Kälte und Schneesturm quälen, wo es doch so bequem und einfach ist, das Beil in die Hand zu nehmen und es auf den Kopf eines Rens hinabsausen zu lassen – gleich hast du Geld und hast du Sprit.

Der Teufel war in meine Seele gefahren und mit ihm war es lustig. Kam ich zu mir, sah ich die Sonne, aber ich bemühte mich redlich, sie nicht zu beachten. Ich fand meine Tochter in einem Haufen von Fellen und konnte sie nicht wecken, sie war ebenfalls benebelt. So machte ich selbst Feuer und zitterte am Ofen wie ein junger Hund – die Wärme des Feuers konnte mich nicht erwärmen. Ich war an ein anderes Feuer gewöhnt, ein unheilvolles Feuer – es wärmt die Seele nicht, sondern brennt sie aus.

Still und leise hatte sich der Teufel an mich herangemacht, er streichelte mir den Kopf und ich seinen, wir kicherten miteinander und kamen überein. Fuhr ich in die Siedlung, dann kam er hinterdrein, ich in den Laden, er mir nach, und aus dem Laden traten wir schon in einer Gestalt heraus, ein Gesicht und eine Seele. Die Wölfe und die Schwarzen Wölfe rührten mich nicht mehr an, ich war schon selbst ein Wolf und noch schlimmer …

Die Leute begannen, mir aus dem Weg zu gehen, ließen meinen Tschum links liegen, wie einen Hundehaufen. Und der Wind musste wohl den üblen Geruch weit in die Umgegend hinausgetragen haben. Zu mir kamen aus allen Richtungen schwarze Krähen geflogen, die Boten des Todes und der Verwesung.«

Erneut verfiel Chassawa in Schweigen, zu schwer war die Beichte der Seele.

»Besonders schwer wurde es im Frühjahr. Nachdem ich einen Winter durchgesoffen hatte, war oft nichts mehr zum Beißen da, nicht einmal ein Rebhuhn oder ein Fischschwanz. An einem Abend hängte meine Tochter den Kessel über das Feuer. Sie setzte sich ans Feuer mit dem Rücken zu mir und saß dann wie erstarrt. Ich schlummerte ein, erwachte aber wieder, als hätte mich jemand angestoßen. Die Tochter saß so wie zuvor am Feuer. Ich hörte, dass im Kessel laut bullernd Wasser kochte, blankes Wasser kochte, ohne etwas darin. Mein Herz zog sich zusammen, wie im Vorgefühl einer besonderen Not. Ich hob meinen Kopf und fragte: ›Warum kocht im Kessel nur Wasser?‹

Die Tochter drehte mir ihr Gesicht zu. Über ihre Wangen flossen Tränen. Seitdem sind viele Tage vergangen, gute und schlechte, aber ich sehe immer noch ihre Augen vor mir. Man sagt, dass es starke Wörter gibt. Ich glaube das. Aber ich kenne nichts Schlimmeres als die Augen eines hungernden Menschen.

Ich verstand. Es war nichts Essbares da, was man in den Kessel hätte tun können. Deshalb sprudelte dort pures Wasser. Da ich es immer noch nicht glauben konnte, schaute ich vorn im Tschum nach und schaute auf die Stangen oben, dort wo immer das getrocknete und das frische Fleisch aufgehängt wird. Überall war es leer. Dann ging ich schnell aus dem Tschum zum Schlitten mit der Lebensmitteltruhe, in der die Vorräte von Brot, Fett und Fleisch aufbewahrt werden. In diese Truhe zu schauen ist keine Männersache, aber daran dachte ich jetzt nicht. Die Truhe war leer. In keiner Ecke ein Brotkrümel oder ein Fleischstückchen, es roch nach nichts als nach angefaulten feuchten Holzbrettern. So stand ich und war außerstande, mich zu bewegen und zu atmen. So lange, bis mir aufging: Ich musste nicht in die Truhe schauen, sondern in meine elende Seele. So wie es auf der Erde reine Orte gibt, zu denen nicht jeder Fuß Zutritt hat und wo sich nicht jeder Gedanke ziemt, so ist auch der Mensch beschaffen. Ist die Seele denn nicht heilig? Ich aber hatte den Teufel in sie hineingelassen …

Die Tochter saß immer noch am Feuer, ich ging zu ihr und fragte sie: ›Ist denn überhaupt nichts da?‹

Sie schüttelte den Kopf und in ihren Augen sah ich jetzt Trauer und Mitleid – mit sich selbst, mit mir; sie schmerzte unser ganzes unglückseliges Leben, der leere Kessel, in dem das Wasser immer noch trostlos und beleidigt zischte und brodelte. Mir war so zumute, dass ich in diesen Kessel, der unserer Familie über viele Generationen gedient hatte, mein Herz hätte werfen mögen, um es zu kochen.

Ich nahm das Lasso in die Hände, rief den Hund und tippelte zu den

Rentieren. Je näher ich zu meiner winzigen Herde kam, umso schwerer fiel es mir, mich auf meinen Beinen voranzubewegen. Einige Male setzte ich mich hin. Als ich nah genug heran war, ließ ich mich wieder auf der Erde nieder. Zum Greifen nahe weideten vor mir die letzten mir verbliebenen Rene. Lange wanderten meine Augen von Tier zu Tier, um das Opfer auszumachen. Unter der wärmenden Sonne bewegten sie sich träge und gemächlich. Im Frühjahr verspüren diese klugen Tiere, wie schön und freudvoll es ist zu leben. Diese Tiere hatten sich mir anvertraut; als ein gutes und starkes Wesen erschien ich ihnen, das sie vor Unheil bewahren kann. Ich aber habe sie betrogen … Und da hatte ich zum ersten Mal gedacht, dass sich jeder Mensch seine eigene Wahrheit erschafft, seine schmutzige Wahrheit, die ihm bequem ist. So auch ich. Man hatte mir Rentiere genommen. Aber dafür hatte man mir doch keine Steine zugeworfen, sondern Geld gegeben. Doch nein – ich war gekränkt und diese Kränkung erschien mir als Wahrheit.

Unter den nah vor mir weidenden Tieren machten meine Augen eine handzahme alte Kuh aus, die meine Frau einst im Tschum mit Fischsuppe aufgepäppelt hatte, nachdem deren Mutterkuh gestorben war und sie als ganz kleine Waise alleingeblieben war. Die Hälfte der hier weidenden Rentiere waren Kinder oder Enkel dieser Kuh. Beschämt zwang ich meine Augen, auf ihr haltzumachen. Ihre mageren Flanken waren aufgetrieben – sie war also wieder Mutter. Ich erinnerte mich aber an den leeren Kessel, nahm das Lasso von meinem Hals und ging zu ihr. Sie war nie vor mir weggelaufen, sie liebte es nur nicht, wenn ihr jemand die Hand auf den Widerrist legte. Ich band sie an das Ende des Lassos und führte sie vorsichtig. Sie lief, indem sie langsam ihre dünnen Beine eins vors andere setzte, um ihr Kleines zu bewahren.

Ich führte sie zum Tschum, brachte es aber nicht über mich, das Beil gegen die Kuh zu erheben. So setzte ich mich auf einen Schlitten. Die Kuh käute ihr Futter wieder und schaute mich von Zeit zu Zeit an in der Erwartung, dass ich sie endlich wieder freilasse. Dann schien es, als ob sie etwas begriffen hätte. Sie schaute mich lange aufmerksam an, beruhigte sich aber wieder, kam von alleine zu mir heran, beroch meine Hände und leckte sie ab. Ohne die Kuh anzuschauen, hob ich das Beil, zum Zuschlagen fand ich aber nicht die Kraft. Ich warf das Beil beiseite und begann, wie ein dummes Kind loszuheulen. So oft hatte ich Tiere geschlachtet, leicht das Beil mit fester Hand geschwungen, aber hier konnte ich es nicht. Ich erinnere mich nicht mehr, wie und was wir zum Abend gegessen hatten. In der Nacht konnte ich nicht schlafen. Und begriff, wie sehr ich mich vor meiner ganzen Familie, meinem ganzen Leben und vor den Rentieren schuldig gemacht habe. Wie ich nicht einschlafen konnte, stand ich auf und entfachte das Feuer. Dann schaute ich auf das Feuer und dachte über mich nach. Ich merkte, wie schwer es ist, über sich nachzudenken, wenn es nichts Gutes gibt, was man von sich denken kann.

Um es kurz zu machen, ich lebte noch ein Jahr lang wie eine Maus im Winter, fürchtete mich, weit wegzugehen von meinem Mäuseloch. In die Siedlung fuhr ich nicht, ich konnte schon das Beil nicht mehr gegen ein Rentier erheben. Rentiere hatte ich nur wenige. Ihr Wert war für mich gewachsen bis zum Wert meines eigenen Lebens. Auch nur eines zu töten wäre ganz genauso gewesen, als würde ich Arme oder Beine verlieren. Wie sehr ich mich auch anstrengte und wie sehr ich auch meine Rentiere mit Liebe umgab – es kam doch noch eine Unglücksstunde auf mich zu, in der ich mir sagen musste: ›Es ist aus. Ich sitze auf der Erde fest, komme nicht weg von hier, ich kann nie mehr wohin ziehen, bin ein Vogel ohne Flügel …‹ «

Chassawa fiel in ein langes Schweigen, wieder durchlebte er jene furchtbare Stunde, saß da wie ein Vogel, dem man beide Flügel zerschossen hat – der Kopf ist heil, das Herz schlägt, auf den Beinen kann er stehen, doch die Flügel … Er will auffliegen in den heimatlichen Himmel, der ihn jetzt noch mehr anzieht, da er unerreichbar geworden ist.

So versuchte auch Chassawa, wieder Kraft in seine lahm gewordenen Flügel zu bekommen. Neben seinem Tschum, der ihm aus seinem alten Leben geblieben war, standen Schlitten, die einst seinem Vater gehört hatten. Das waren keine einfachen Schlitten, sondern besondere Stücke aus leichtem Holz und mit schlanken Stützen, die mit erstaunlicher Inspiration und Meisterschaft gebaut waren. Chassawa verkaufte sie an Nenzen, die den Sinn und das Geld für besondere Schlitten hatten. Für sich behielt er Schlitten mit drei Stützen, alte Krücken von Schlitten waren das, die gerade mal auf der Erde zu stehen vermochten, ohne umzufallen, und die zumindest ihr eigenes Gewicht aushielten. Für die verkauften Schlitten erhielt er junge Rentiere.

In der heißen Zeit des Sommers hatte er seinen Tschum näher an den Wald gestellt und arbeitete viele Tage mit dem Beil. Er war ein geschickter Handwerker, wie man heute selten einen findet. Und es wuchs eine Reihe leichter, schöner Schlitten aus kräftigem, festen Holz, das aromatisch duftete. Vor solche leichtfüßigen Schlitten spannt man nach dem ersten Schneefall mit Freude ein Vierergespann junger Rentierbullen.

Der Sommer meinte es gut mit ihm beim Fischfang. **Gut gekühlt gelagert**, wurde der Fisch dann im Herbst, kurz vor dem ersten Schnee, in leicht gesalzene Lake eingelegt, was den Fisch sehr delikat machte, und auch ihn verkaufte er.

Chassawa arbeitete und sagte sich dabei immer wieder: Ja, es ist so – es genügt nicht, dass der Mensch geboren wird und heiratet, und es genügt nicht einmal, alt zu werden. Es kommt darauf an, Verstand zu entwickeln, Schweiß und Tränen zu vergießen, um den wahren Wert des Lebens und der Freude zu ermessen.

Die Rentiere, die man ihm für seine Arbeit gab, waren ihm zehnmal wertvoller und lieber, als ihm früher die Rentiere jemals waren, denn ihm hatte sich eine Wahrheit, die nicht jedem aufging, allmählich erschlossen, eine bedeutsame Wahrheit: Das Rentier ist die Wurzel des Lebens der Nenzen, und es ist auch seine Seele. Und so stand Chassawa nach zwei Jahren wieder kräftiger auf seinen Füßen, schaute auf das Leben mit völlig anderen Augen. Bis dann plötzlich …

Die Polarsonne hatte sich wie ein rot-goldener Adler auf die Wipfel der fernen Bäume herabgesenkt. Gäste waren gekommen. Solche unerwarteten lieben Gäste, dass es Chassawa die Sprache verschlug. Die Kinder waren zu ihm gekommen, Sohn und Tochter, die fern von ihm lebten, aber den Vater nicht vergessen hatten und auch nicht den Flecken Erde und das Nest, von dem aus Gott es ihnen gegeben hatte emporzufliegen. Auf Schlitten, deren Weg hier vorbeiführte, waren sie mitgefahren. Über ihre russische Kleidung hatten sie schwere Pelz-Gus angezogen. Die Stumme hatte den Kanonenofen ordentlich eingeheizt. Sie freute sich so sehr über die mitgebrachten drei Meter Kattun und natürlich auch über Bruder und Schwester, dass sie am liebsten selbst in den Ofen hineingekrochen wäre, damit er ein möglichst warmes und gastliches Feuer spendete.

Der Sohn, erwachsen und fremd geworden, setzte sich zu ihm und holte aus einer Tasche, die so tief war wie ein Fuchsbau, eine Flasche Sprit. Bei Tee und Sprit wärmten sich die Gäste auf, kamen ins Reden, gedachten der gestorbenen Mutter und betrauerten sie. Die Kinder hatten ein gutes Leben. Die Tochter hatte eine Familie, ihr Mann war Russe, er kümmerte sich während ihrer Reise um das Kind. Der Sohn sprach wenig über sich, trank mehr, wurde aber nicht betrunken. Er war etwa doppelt so groß wie der Vater. Als Chassawa den Sohn betrachtete, begann er unwillkürlich seine schmalen Schultern zu recken. Er spürte, dass der Sohn fest im Leben stand, auf beiden Füßen, dass ihn nichts umwerfen konnte.

In der Wiedersehensfreude wurde ein Ren geschlachtet, für die Kinder ist nichts zu schade, gutes, saftiges Fleisch schmausten die Kinder, noch einmal wurde getrunken. Als die beiden sich, reisemüde wie sie waren, nebenan unter einer große Felldecke schlafen gelegt hatten, erinnerte sich Chassawa an die gute alte Zeit, als die Frau und Mutter noch lebte und das Leben an Kraft gewann wie ein Fluss beim Frühjahrshochwasser. Lange legte er sich nicht hin, und auch die Stumme schlief nicht, immer wieder hielt sie sich den Kattun mit dem leuchtend-bunten Blumenmuster vor die Brust. Ihr Gesicht strahlte vor unbändiger Freude.

Chassawa stand auf und ging hinaus ins Freie. Er zog sich über die Maliza noch die Fell-**Gus** und ging dann zu den Rentieren. Sie erkannten ihren Gebieter und waren ruhig. Nachdem er im Schnee eine von den Rentieren gescharrte Kuhle entdeckt hatte, in der man guten Unterschlupf finden konnte, setzte sich Chassawa dort hinein, hier blies der Wind nicht so stark, man konnte liegen und nachsinnen. Die Kinder waren gekommen – wie herrlich! Ein großes gutes Gespräch und Rathalten wird es geben. Er wird beschämt sein und zugleich froh darüber, dass er es trotz allem vermocht hat, nicht auf alle viere herabzusinken und mit dem Gesicht in den Dreck zu fallen, dass er den Nenzen, seinen Mitmenschen und Freunden, in die Augen schauen kann. Die Kinder haben vom Unglück erfahren und haben nicht abgewartet, dass er um Hilfe bittet, sind von selbst gekommen.

Es war kalt. Der beißende Februarsturm peitschte grimmig den Schnee, riss an den schwachen Stämmchen und Ästchen der kleinen Polarbäume und setzte ihnen heftig zu. Die ohnmächtige Bosheit, mit der der Sturm tobte, war dem alten Nenzen jetzt unbegreiflich. Warum so zornig toben, wenn man sich freuen konnte? Die Kinder waren gekommen, morgen wird er mit dem Sohn in die Tundra fahren, weit genug weg von den Augen und Ohren der Frauen, und er wird dem Sohn von den Sünden berichten, die er auf sich geladen hatte, und wird von seiner Reue sprechen. Das wird schmerzlich für ihn, aber über ihn wird kein Fremder urteilen, sondern der mitfühlende Sohn.

Bis zum Morgen machte Chassawa kein Auge zu und bereitete sich darauf vor, Rede und Antwort zu stehen. Und als feiner silbriger Rauch aus seinem einsam stehenden Tschum aufzusteigen begann, lief er schnell ins Warme. Die Kinder schliefen noch, nur die Stumme wirtschaftete am Feuer. Als er ins Zelt trat, musste er innehalten – die Tochter hatte ein neues Kleid. Er konnte nicht an sich halten und lachte leise auf: Also hatte auch sie vor Freude nicht schlafen können.

Beim Morgentee schwiegen die Kinder zumeist und wenn sie doch sprachen, dann auf Russisch. Ihre Worte waren scharf, waren wie die Rufe von Krähen, die in der Ferne Aas ausgemacht hatten. Es klang wie eine harte Auseinandersetzung, die sie am elterlichen Tisch zu Ende bringen wollten, nah am heimischen Herd. Sie ließen sich dabei nicht von Vater und Schwester stören. Die Kinder waren so ganz anders als am gestrigen Tag, dass Chassawa besorgt nachdachte – hatte er vielleicht etwas nicht richtig gemacht und die lieben Gäste schlecht empfangen? Erst jetzt bemerkte er, wie erwachsen die Kinder geworden waren. Das Gesicht der Tochter war faltig und unter dem engen Kleid, das so geschnitten war, wie es Nenzinnen nicht trugen, zeigte sich ein großer, schlaff herabhängender Bauch. Der Sohn war an Jahren jünger als sie und sah stattlich aus. Nachdem er den Vater kurz gemustert hatte, warf er der Schwester ein paar Worte zu, knapp und schroff. Sie antwortete ihm genauso. Chassawa war sehr erregt, er wollte nicht, dass die Kinder im väterlichen Tschum beim Tee einander anfuhren. Um sie von dem Streit abzubringen, wandte er sich an den Sohn: »Welche Pläne hast du für heute, Sohn?«

»Vater, ich … wir möchten … heute wieder wegfahren. Aber da …«

»Wie?! Heute?! Du hast deine … unsere Rentiere noch nicht gesehen. Zum Grab der Mutter … da müsstet ihr auch hin. Du hast auch das Wort …« – der Alte wollte schon von dem sprechen, was ihm wichtig war, worüber er die ganze Nacht nachgedacht hatte und keinen Schlaf gefunden hatte, aber er verstummte, denn er wollte in dieser Sache sich und den Sohn nicht zur Eile antreiben.

»Die Rene werde ich schon noch sehen … Du, Vater.« Der Sohn sprach zur Hälfte auf Russisch und dem Alten schien es, dass er das absichtlich so tat. »Vater, weißt du … Wir sind nie zu dir gekommen, sind dir nicht auf die Nerven gefallen, haben um nichts gebettelt … Wir sind alleine groß geworden …«

»Wie – alleine? Kinder sind doch keine Pilze, die von allein aus der Erde hochschießen«, dachte der Alte fassungslos und versuchte zu verstehen, worauf der Sohn hinauswollte. Er würde doch nicht etwa vor den Frauen ein schwieriges Männergespräch beginnen.

»Vater, du musst uns helfen. Wir brauchen Rentiere. Du musst uns mal noch etwas … Ja, du verstehst schon? … Uns das geben, was uns zusteht … Nach dem Gesetz.«

Chassawa war völlig verwirrt: »Wie? Ihr lebt doch dort, wo man überhaupt keine Rentiere braucht. Wo wollt ihr sie weiden lassen? Und auch Schlitten gibt es bei euch nicht«, wunderte er sich und stellte sich vor, wie beim Sohn im Haus mit seinen vier scharfen Kanten Rentiere umherliefen und auf dem Fußboden und an den Wänden nach Rentierflechte suchten.

»Schlitten und Rentiere brauchen wir nicht, was wir brauchen, ist Geld«, entgegnete der Sohn gereizt und lehnte sich zurück, in den Schatten.

»Ich habe aber kein Geld … ein wenig nur, aber …«

»Und die Rene? Ist das vielleicht kein Geld?«

»Die R-e-e-en…« – Chassawa verspürte sofort mit Entsetzen das beklemmende Gefühl dicker Geldbündel in seinen Händen. Da sind sie wieder – schmierig, bleiern ... Seine Hände – jeden Finger und alle Adern – durchzog ein Gefühl der Abwehr gegen dieses verfluchte, grässliche Geld, während vor seinem Gesicht unzählige große Augen von Rentieren standen, erstarrt in eisiger Trauer, an den langen Wimpern gefrorene Tränen – himmelblaue Eiskristalle. Er schrie auf und bedeckte hastig sein Gesicht mit den Händen. Es half nicht – vor seinem inneren Auge kreisten rasend schnell Geldbündel und Augen mit himmelblauen Tränen umher – Geldscheine und Augen, unzählig, endlos … Und um nicht in Tränen auszubrechen, begann er, sich vor- und zurückwiegend, leise vor sich her immer wieder aufzusagen: »Rentiere sind kein Geld … sind kein Geld … nein, kein Geld …«

Und solange dieses Schwirren der Bilder von Geld und Augen nicht aufhörte, sagte er immer wieder vor sich her, leise und fest: »sind kein Geld …« Die Kinder schauten verwundert und verärgert auf den Vater und konnten nicht begreifen, was das sollte – war das ein besonderes altes, von ihnen vergessenes nenzisches Ritual, ohne das er hier nicht auskam … oder hatte der Vater den Verstand verloren?

»Kinder! Rentiere sind kein Geld!« wiederholte Chassawa mit vor Erregung brechender Stimme und ihm wurde bewusst, dass er mit seinem neuen entsetzlichen Unglück **ganz allein** dastand. Die Stumme schaute, Augen und Mund weit aufgerissen, auf Bruder und Schwester und merkte dabei nicht, dass sie ihre von Asche beschmutzten Hände am neuen, schönen Kleid abwischte. Ihre Augen standen voller Tränen. »Kinder! Rentiere sind kein Geld!« wiederholte Chassawa leise und voller Trauer, »… kein Geld …« und verstummte.

Die blasshäutigen, satten Gesichter der Kinder zeigten nichts anderes als Verwunderung und Unverständnis. Wie sollten sie, die, kaum dass bei ihnen der Rotz unter der Nase getrocknet war und sie sich ihren Hintern selber abwischen konnten, aus der Tundra fortgegangen waren und die sich seitdem in einer warmen, reinlichen und gepflegten Welt bewegt hatten – wie sollten sie denn wissen, was ein Rentier bedeutet und was sein wahrer Wert ist? Woher sollten sie wissen, was ihr Vater durchgemacht und vom Leben erfahren hatte, um den Preis einer Not, wie sie für einen Nenzen schlimmer nicht sein kann – die Rentiere zu verlieren und an einen Fleck angebunden zu sein, wie ein Vogel ohne Flügel zu leben, zu einem vertrockneten Baum zu werden ohne lebensspendende Wurzeln.

Der Alte wollte den Kindern mit den allerstärksten Worten begreiflich machen, dass die Rentiere nicht Geld, sondern brüderliche, ja heilige Lebensgefährten sind, die den Nenzen auch in der Not unermüdlich beistehen.

»Wir verstehen dich, Vater. Aber wir brauchen Geld. Wozu? Das verstehst du nicht. Kostet zu viel Zeit, das zu erzählen. Wir brauchen Rentiere – fünf für sie und fünf für mich«, sagte der Sohn rigoros, wobei er seine eingeschlafenen Beine lockerte. »Dazu bist du verpflichtet, Vater … Die russischen Eltern helfen ja ihren Kindern, so gut sie können. Aber wir? Wir haben von dir kein Fetzchen Wolle, keinen Schwanz vom Polarfuchs gesehen. Du verstehst selbst, dass du uns etwas schuldig bist«, setzte die Tochter nach und schaute dabei auf den Bruder, der ihr beifällig zunickte.

Ja, so sah es aus … Deswegen also waren die Kinder gekommen, nicht um Rat zu holen oder zu helfen, sondern um den Vater unter die Erde zu bringen – bei lebendigem Leibe! Das waren keine Kinder, sondern Aaskrähen, wie sie immer dem Wolf auf dem Fuße folgen. Sie hatten aus der Ferne ausgemacht, dass es etwas zu holen gab. Aber waren sie nicht zu früh hierhergeflogen? Er hatte noch Kraft und Atem, hatte noch seine Flügel, auch wenn er schon hatte Federn lassen müssen. – Er sollte ihnen etwas schuldig sein … Und sie? Sie hatten das Gesetz ihrer Heimat vergessen: Sobald die Kinder auf eigenen Beinen stehen, sind sie die Ernährer ihrer Väter und Mütter. Jetzt, da die Eltern gebrechlich geworden waren, war es an der Zeit, dass die Kinder diejenigen umsorgten, die einst ihre Wiege geschaukelt hatten. Dies ist nicht nur ein Gesetz im Land der Nenzen, sondern ein unumstößliches, großes Gesetz der Menschheit. – Zu gut hatten seine Kinder ein anderes, fremdes Gesetz angenommen: Bei den Eltern muss man zulangen, so lange dort etwas zu holen ist. Deswegen also waren sie zu ihm gekommen. Raubvögel hatte er zu Gast.

Chassawa beugte den Kopf tief nach unten, um seine Gefühle und seine Hilflosigkeit zu verbergen, nahm seine Tasse und trank etwas vom kalt gewordenen Tee ab. Was sollte er tun? »Du bist uns etwas schuldig« – altkluge Sprüche klopften die Kinder. Für sie hatte er bei der Mückenplage der heißen Sommertage Fisch gefangen in der Zuversicht, dass sie später dies für ihn täten, damit der Kessel des Alten nicht leer sein würde. Er hatte ihre Tränen getrocknet in der Zuversicht, dass sie ihm später seine schlaffen Wangen sauberwischten und ihm so zugleich Trauer, Kränkung und Furcht nehmen, den Tod zurückweisen würden. »Du bist uns etwas schuldig.« … Kann man denn überhaupt klar verstehen, wer auf der Erde wem etwas schuldig ist? Mit einem unerklärlichen Gespür war dem Alten klar, dass jemandem etwas schuldig zu sein – wer wem auch immer, der Sohn dem Vater oder der Vater dem Sohn – etwas ganz anderes hieß, als es Tochter und Sohn hinstellten.

Lange herrschte peinliches Schweigen. Die Stumme räumte den Tisch ab, räumte auch den Tisch selbst weg, stapelte das Geschirr aufeinander und fächelte das Feuer mit zitternden Händen an. All das tat sie in unruhiger Anspannung.

Chassawa erhob sich, ohne auf die Kinder zu schauen, ohne ja oder nein zu sagen, und ging ins Freie, von wo er hörte, wie sie wieder miteinander redeten und wieder miteinander zu streiten schienen. Jetzt rief er den Hund und ging langsam zu den Rentieren. Nicht weit von ihnen blieb er stehen und gab dem Hund den Befehl, sich hinzulegen und sich nicht zu rühren. Er selbst nahm die Ärmel seiner Maliza ab und bedeckte die untere Hälfte seines Gesichts, so wie die Nenzen zu alten Zeiten ihre Trauer und ihre Einsamkeit kundtaten. Nun stellte er sich hin mit dem Blick auf die Herde und blieb starr stehen.

Die Sonne wagte sich nicht über die Wipfel der fernen Bäume hinaus und zeigte sich nicht als rot-goldener Adler. Der Horizont war so blass und trüb, dass es schien, als ob Himmel und Erde zu einem einzigen Grau verschmolzen wären, auf ewig untrennbar, und als ob die Sonne diese mächtige, hoffnungslos erstarrte Trübnis nie vertreiben würde.

Seinen Blick hatte der Alte geradezu vor sich gerichtet, starr und finster. Seine Lippen zitterten, unklare Laute lösten sich von ihnen, sie klangen wie unterdrücktes Stöhnen.

… Voller Zorn schlachtete Chassawa den ganzen Tag über Rentiere, Blut und Tierkot spritzten über ihn. Die Stumme lief ihm immer nach und heulte, sie konnte ihre Tränen nicht aufhalten und verbarg sie nicht.

Bevor sie zum Vater hinausgegangen war, hatte sie mit zitternden, aber starken Händen das neue Kleid noch auf ihrem Leib zerrissen und unter verzweifeltem, hilflosem Stöhnen die bunten Fetzen Schwester und Bruder ins Gesicht geschleudert. Zuerst hatte Chassawa darauf geachtet, die Kälber dieses Frühjahrs zu schlachten, die er zwar schon in sein Herz geschlossen hatte, ihm aber noch nicht so vertraut waren. Bald jedoch war ihm das ganz egal und er machte die Tiere nieder, wie sie ihm unter die Hände kamen. Er erledigte seine Pflicht, die Pflicht der Schande eines Vaters, der Kinder gezeugt und aufgezogen hatte, die zu Geiern, Aaskrähen geworden waren. Als er schließlich zehn Tierkörper, ohne Kopf und ausgenommen, in Reih und Glied im Schnee abgelegt hatte, rief er die Gäste und gab nichts weiter von sich als: »Da habt ihr«, steckte das blutige Messer in die Scheide, ging, ohne sich umzuschauen, in den Tschum, um dort, so wie er war, in seiner Maliza, aufs Bett zu sacken. Die Augen fielen ihm vor Erschöpfung zu, und ehe er in einen tiefen, unruhigen Schlaf hineinsank, murmelte er der Tochter noch leise zu: »Bring sie weg … jetzt gleich.«

Im Traum erschienen ihm Kinder – viele, unzählig viele Kinder waren zu ihm gekommen, alle waren sie anders vom Gesicht her, von der Größe, und doch, weshalb auch immer, waren sie alle seine Kinder: große, satte, dicke, schwer wie Steinbrocken, sie rannten umher, flogen herum wie dicke Brummer, tummelten sich im Tschum, griffen sich, was lag und stand, rissen es sich gegenseitig aus den Klauen, kreischten und schrien ihm zu: »Du bist unser Vater! Du bist uns etwas schuldig! Bist uns schuldig! Schuldig!« Er jedoch hockte in der Ecke wie eine aufgescheuchte Spinne, die sieht, wie der Wind beginnt, ihr Netz zu zerreißen. Schlimme Furcht hatte ihn gepackt. Die langen Fingernägel der Kinder, die ganz wie Adlerkrallen waren, fuhren über seine Maliza, rissen klaffende Löcher auf, zerfetzten sie. Und auch das letzte Fell seiner Bettstatt trugen sie davon, kamen wieder herein und suchten nach etwas. In wild verzweifelter Angst verbarg er sich in einer dunklen Ecke – er fürchtete, dass sie nun schon nach ihm suchten, um ihn in kleine

Stücke zu zerreißen … Da sie ihn nicht finden konnten, gingen sie alle aus dem Tschum hinaus, er sah noch ihre langen, zotteligen Schatten, die ihnen nachschlichen. Danach war der Tschum leer, ein weiter kalter Raum.

Chassawa wachte auf, weil ihm kalt geworden war. Im Tschum herrschte Dunkelheit, ihm war nicht sofort bewusst, was geschehen war, doch allmählich erkannte er wieder die böse Fratze des vergangenen Tages und das dahintersteckende weit schlimmere Verhängnis. Seine aufgepeitschte Erinnerung ließ ein Bild nach dem anderen aufblitzen. Er unterdrückte ein verzweifeltes Stöhnen, erhob sich schnell, zündete die Lampe an und stürzte zum Ofen – Wärme wollte er, seinen erstarrten, erfrorenen Leib wiederbeleben, ein Schüttelfrost ließ seine Zähne aufeinanderschlagen, wie bei einem wutrasenden Hund. Er suchte auf dem Bett nach der Tabaksdose. Im Halbdunkel geriet seine Hand an etwas Kaltes, Glattes – was war das? … eine Flasche … wo kam die her? … ach – von den Kindern, den lieben Kindern – sie hatten ihre Pflicht ihm gegenüber getan … so war das also … Ein böses, schräges Grinsen verzerrte des Gesicht des Alten: Ach nein, die lieben Kinderlein, diese klugen Köpfchen – hier, Vater, erleichtere dein Herz, spül mit dem wundertuenden Wässerchen deinen Kummer hinunter … Ach, Sohn, was bist du nur für ein dreckiger Pinscher.

Vorsichtig, wie ein widerwärtiges Tier, packte der Alte die Flasche am Kopf und trug sie nach draußen. Nachdem er sich einen breiten, massigen Stein ausgeschaut hatte, schleuderte er die Flasche mit aller Kraft auf ihn. Sie zerbarst mit einem schrillen Ton, wie das Aufwimmern einer Maus, jenseits des Kaps tönte es in der tiefen Stille lange nach, als schrie jemand leise, verzweifelt, mitten in der mondfahlen Nacht.

Der Mond und um ihn herum die Sterne leuchteten strahlend hell. Die Nacht war von der Stille und dem Licht so erfüllt, als hätte das mächtige Weltall ein stilles Gebet gehalten und wäre nun von Demut und Ergriffenheit erfüllt.

Der Alte hatte eine Schaufel geholt und kratzte die Splitter der Flasche zu einem Häufchen zusammen. Damit sich die Rentiere nicht ihre Läufe verletzen konnten, deckte er die Scherben mit Steinen ab. Dann nahm er den großen Schlitten, mit dem sonst die Stumme Reisig aus dem Wald holte, und machte sich daran, Schneehaufen an den Ort zu bringen, an dem viel Blut geflossen war. Die halbe Nacht über schleppte Chassawa Schnee heran, breitete ihn aus und trat ihn fest, bis dieser blutgetränkte Ort im Mondlicht bläulich schimmerte.

»Da war nichts«, murmelte er, als er, auf dem Schlitten sitzend, sein Werk kritisch musterte, »nichts ist gewesen …« Ja, nichts ist gewesen, es war nur ein Traum. Dazu sind Träume da, dass sie einem nachts erscheinen und Dinge zeigen, die im Leben nicht geschehen. Nichts war mehr da, außer dass aus den Augen der Rentiere der Schmerz lange nicht weichen würde, so sehr er sie auch trösten, ihnen erzählen mochte, dass der Frühling nicht weit war, keine Kraft ihn aufhalten konnte, und im weichen Gras inmitten vieler Blumen dann wieder von neuem und auf immer ihre Rentierjungen um sie herumtollen werden.

Lange nach Mitternacht, es ging schon auf den Morgen zu, kam Chassawa zurück in seinen Tschum, heizte den erloschenen Ofen wieder an, setzte sich nah an dessen Wärme und dachte, wie schon so oft, darüber nach, wie er weiterleben sollte … wo war der Fels, auf dem er gründen konnte, wo die Kraft der Wahrheit, nicht eine kleine Wahrheit, irgendjemandes Privatwahrheit, nicht die Wahrheit von aasfressenden Raben – solchen, wie sie ihn eben angeflogen hatten, weil sie ihn für eine Leiche hielten –, auch nicht die schmuddelige Wahrheit der Vorteilsjäger, nein, es ging ihm um die Wahrheit, die das Menschengeschlecht aus der tiefsten Finsternis herausgeführt hatte, die Wahrheit, die aus ihrer Seele heraus das Menschengeschlecht gesegnet und ihm auf den Weg gegeben hatte: »Lebt und gebt acht, dass ihr nicht über euch selbst strauchelt!«

Eigenartiger Ausdruck – über sich selbst straucheln. Aber auf seinem Weg durchs Leben kann man sich selbst im Wege stehen, sich selbst ein Bein stellen. Der Mensch kann einen Ast mit dem Fuß wegstoßen, einen Stein beiseiteschieben, einen Baum verderben oder abhauen, einen Graben überspringen, einen anderen Menschen von sich stoßen – aber kann er sich selbst überwinden?

»Ich bin zu euch gekommen, und so, wie ein verkrüppelter Baum in der Tiefe des Waldes im Schatten seine letzten Blättchen treibt, ja … ja, so will auch ich meine Schuld abbüßen.« So hatte Chassawa den Jarabz über sein Leben beendet und verstummte. Seinen ergrauten Kopf ließ er aber nicht niedersinken, so wie auch die schneebedeckten Häupter der **Großen Berge** ihrer jahrhundertealten Last nicht nachgeben. Warum sollte denn der Mensch sein nicht eben unbedeutendes Haupt ohne große Schuld schuldbewusst senken?

Die Tochter hatte im Ofen nachgelegt. Oben, am Ofenloch herrschte Halbdunkel, in dem gelbe Funken munter umherzischten. Tiefer im Ofen glühte es ruhig und heiß. Der Hund hatte am Feuer geruht, war jetzt aufgewacht und hatte sich auf die Hinterpfoten gesetzt. Nachdenklich schaute er vor sich hin, in seinen kleinen glänzenden Augen stand Ratlosigkeit, als wäre er durch das Lied seines Herrchens aufgewühlt worden und versuchte jetzt, sein Hundedasein zu durchdenken.

Frühling – man spricht dieses liebliche Wort aus und verstummt unwillkürlich, denn nur mit andächtigem Schweigen lässt sich all das ausdrücken, was die Seele erfüllt. Der Frühling ist der Beginn eines guten, lichten Gebets, das die Menschen nicht vergessen dürfen, wenn sie nicht zu rohen, in ihrem Überlebenswillen gefährlichen Tieren werden wollen.

Aljoschka eilte zur Herde. Schon längst hatte das Kalben begonnen, ein um das andere Rentierkälbchen drängte sich auf die Welt, als hätten sie es eilig damit, das Licht der Welt zu sehen, die Weite der Welt zu ermessen. Ihre Neugier war so groß, dass es ständig ein wachsames Auge brauchte und unbedingt auch einen guten Hund. Sobald sich ihre Kälbchen auf die noch unsicheren, dünnen Läufe gestellt hatten, waren die jungen, noch unerfahrenen Rentierweibchen darauf aus, ihr Junges möglichst weit von der Herde wegzubringen. So einfältig, wie sie noch waren, verstanden sie nicht, dass sie und ihre Neugeborenen ohne Mensch und Hund völlig unbehütet wären. Die älteren, erfahrenen Renkühe hatten keine Furcht vor Hunden und Hirten, sie waren sich ganz sicher darin, dass sie ohne den Menschen kein Leben hatten.

Die Herde graste nicht weit entfernt in einer von der Sonne beschienenen warmen Senke. Von dort tönte zu Aljoschka herüber das vielstimmige Lied des Frühlings – die Rentierkälbchen riefen mit ihren schwachen Stimmchen, die besorgten Muttertiere antworteten ihnen, etwas weiter weg, an den eisfreien Stellen des Uferwassers schrien und flogen die heimgekehrten Vögel geschäftig hin und her.

Aljoschka bemerkte am Waldrand ein Rauchfähnchen. Am Feuer bewegte sich der alte Petko. Er lebte jetzt mit der Herde, aß und schlief bei ihr, trieb die neugeborenen Rentierwinzlinge zur Herde, behütete sie vor den Wölfen und vor der Kälte, wärmte sie am Feuer. Niemand konnte ihn überreden, ins Lager zurückzukehren. Es schien auch, dass er kaum schlief. Er hielt ein kurzes Nickerchen, wie es die Rebhühner im Frühling tun, und schon war er wieder munter. Sein kleines flinkes Hündchen teilte mit ihm alle Widrigkeiten und kleinen Freuden. Petko sprach kaum mit anderen, arbeitete nur unablässig, wobei er im Grunde fremde Rentiere hütete, denn für sich beanspruchte er schon nichts mehr.

Aljoschka fuhr zum Feuer hin. Sein Hund begrüßte das Hündchen des Alten mit wohlmeinendem Knurren. Der Alte stellte den verrußten Teekessel auf die brennenden Scheite. Sein Gesicht strahlte sanft auf, er freute sich, Aljoschka zu sehen.

»Setz dich, trink Tee.«

Aljoschka setzte sich und sah den Alten aufmerksam an. Es war kaum zu glauben, dass er munter und froh war – Petko ging selten ins Lager zu den Männern, noch seltener sprach er. Gemessen an seinem strengen Schweigen, bekam man das Gefühl, dass alle Gespräche leer und nichtig waren. Jetzt aber klang seine Stimme ungezwungen, sogar fröhlich.

»Trink Tee, er ist noch warm.«

»Und du?«

»Ich hab schon getrunken. Ich sitze hier immer wieder, schnupfe etwas Tabak und trinke. Die Nacht ist ja lang.«

Der Alte sprach mit Vergnügen, blickte dabei immer wieder auf die Rentierkühe, die nah herankamen in der Hoffnung auf ein Stück Brot, ein Leckerbissen für sie. Aljoschka trank aus dem Becher ein paar Schlückchen Tee, der aber fade schmeckte, wohl weil der Alte am Sud sparte, den er über die Nacht streckte.

»Hast du geschlafen?« fragte Aljoschka.

»Ja, ich habe geschlafen. Es ist alles ruhig. Als ich aufwachte, stand die Sonne schon hoch.«

Doch das ausgezehrte, fast schwarze Gesicht, die eingetrockneten Tränen in den Augenwinkeln, der gebeugte Rücken – alles sprach davon, dass er nicht schlief, sondern wie die Vögel im Frühling nur im Sitzen vor sich hindämmerte, immer in der Furcht, richtig tief einzuschlafen und eine Gefahr nicht zu verspüren. Er hatte wohl, von seinen Gedanken gequält, eher auf den Erdboden geschaut als auf die Sonne. Und seine Stimme war munter nicht aus Freude, sondern weil er seinen Schmerz anderen nicht zeigen wollte und sich nicht anmerken lassen wollte, dass er bereit war, Tage und Nächte hindurch zu sitzen und sich an einem dürftigen Feuerchen zu wärmen, nur deshalb, um allein zu sein, um nicht in den Tschum gehen, sich in ein fremdes Leben hinein begeben zu müssen, um nicht seine Kraftlosigkeit zeigen zu müssen, und um zu beweisen, dass er zu etwas nütze war.

»Du hast nicht geschlafen, Großväterchen«, sagte Aljoschka völlig unerwartet für sich selbst und bereute es gleich wieder – wozu sagte er das? Konnte er dem Alten etwa Trost spenden dadurch, dass dieser eingestand, nicht geschlafen, nachgedacht und gelitten zu haben? Bis zur Hochzeit waren sie in einem Schmerz und einer Hoffnung verbunden. Jetzt aber lebte in Aljoschkas Tschum nicht die, auf die sie beide sehnlichst gewartet hatten. Der Alte hatte recht – man musste schweigen. Aljoschka hatte ihm den letzten Schlag versetzt, als er zu warten aufhörte.

Das Feuer war verloschen, doch keiner von ihnen entfachte es wieder, denn sie sahen, dass kein Feuer und keine Wärme ihnen diese Zeit zurückbrachte, in der sie ohne ein Wort und ohne es jemandem zu zeigen miteinander verwandt waren. Jetzt aber …

»Nicht meine Tochter hütet das Feuer in seinem Tschum. Nicht sie bringt ihm das Blut in Wallung, schenkt ihm einen Sohn. Nicht sie hat am Morgen sein Gespann verabschiedet, und nicht sie wird es sein, die ihm unter Tränen das letzte Geleit geben wird. Und so muss er mich auch nicht bedauern. Und ich muss nicht um Mitleid bitten«, dachte der Alte, als er auf die glimmenden Kohlestückchen des kleinen Feuers schaute und mit Trauer zusah, wie ein Glutnest nach dem anderen erlosch und das Feuer verging, das ihn eben noch gewärmt hatte. So erloschen auch die Gefühle der Menschen, zerfielen zu Staub – selbst die besten, aufrichtigsten und reinsten Gefühle. Niemandem konnte man deswegen etwas vorwerfen, niemanden verurteilen. Wenn der Herbst kam, die Blätter gelb wurden und die Blumen und Kräuter verdorrten, haderten die Menschen deswegen nicht mit der Natur.

»Kann ich ihm sagen, dass ich nicht aufgehört habe, auf seine Tochter zu warten, obwohl in meinem Tschum ein Mädchen lebt, das nicht zur Frau geworden ist. Ich habe sie nicht genommen und werde sie nicht nehmen. Wird er das glauben? Wird er nicht lachen, wenn ich ihm das sage?« sann Aljoschka nach und blickte dabei ebenso vor sich nach unten. Die Worte brannten in ihm. Er musste sie aussprechen, sonst verbrannten sie alles in ihm und in der Seele blieb nichts als Asche zurück. Wie wunderbar erscheint einem das bevorstehende Leben – bis man es selbst durchleben muss.

So war einige Zeit dahingegangen. Es gibt ein besonders tiefes Schweigen. Es gleicht einer Strafe, der sich die Menschen freiwillig hingeben, ohne verstanden zu haben, dass die Natur ihnen eine wunderbare, mitunter sogar einzige Möglichkeit gegeben hat, ihre Seele zu reinigen und zu erleichtern. Wenn die Worte aus einem Menschen herausströmen, tragen sie das Gift von Angst, Kränkungen und Zweifel mit sich davon, wie der Sturm mit seiner wilden Kraft tote Blätter, Staub und vertrocknetes Gras mit sich davonreißt – all das, dessen Zeit vorüber ist, was verblüht und dahingegangen ist. Wir schützen und behüten unsere Seelen nicht und es ist unsagbar schade, dass wir nicht mehr beichten. Ach, wie gut wäre eine schonungslose Beichte – alles eingestehen, um danach mit Tränen in den Augen zu verstummen, auf die Vergebung und den Erlass der Sünden zu warten.

Als Erster erhob sich der Alte, ohne Aljoschka anzusehen, schüttelte die Brotkrumen von seiner Maliza und ging mit krummem Rücken zum Schlitten. Er ging langsam, bewegte die müden Beine mit Mühe, doch plötzlich hielt er inne und blieb einige Augenblicke reglos stehen, kehrte danach noch einmal zurück und sagte, als hätte zwischen ihnen nicht dieses eindringliche Schweigen gestanden: »Ich habe nicht geschlafen, ich schlafe jetzt oft nicht.« Er schwieg wieder und überlegte, ob er weiter sprechen sollte, ließ die Zweifel aber gleich wieder fallen. »Kein Mensch wird ein Baum der Ewigkeit. Es kommt die Zeit, da auch ich sterbe.«

Ganz selten spricht ein alter Mensch so mit einem jungen – ein junger Baum ist grün und ohne Verstand.

»Wenn ich gestorben bin, wird Ilne an mein Grab kommen. Übermittle ihr dann mein Wort.« Erneut schwieg er, aber jetzt quälten ihn nicht mehr Nachdenken und Zweifel. Sein Herz hämmerte stark und schnell, er wartete, dass es wieder zur Ruhe kam. Er schaute auf Aljoschka, den Menschen, der ihm an nächsten stand, denn bis zum Ende seiner Tage würde dieser sein letztes Wort in sich tragen, und er bedauerte nicht, weiter gesprochen zu haben. »Sie wird weinen, bedauere sie aber nicht. Ich bin müde geworden vom Warten. Auch dich hat das Warten erschöpft. Du hast recht damit getan zu heiraten. Sage ihr also, dass ich lange den Tschum bewahrt habe, den ihre Mutter mit eigenen Händen aufgestellt hatte. Ich habe auch die Sachen bewahrt. Lange war ich einsam, aber noch länger habe ich an sie geglaubt ... Zwei Mal wird Schnee auf die Gipfel der Großen Berge fallen und wieder tauen, dann geht mein Leben zu Ende. Ich habe meine Tochter verflucht, sag ihr das, schone sie nicht. Müdigkeit und Kälte herrschen in mir, meine Seele ist schon lange wie ein Tschum, in dem niemand mehr ein Feuer entzündet.«

Der Alte ließ den Kopf hängen, blickte aber gleich darauf wieder aufmerksam auf Aljoschka.

»Wenn wir mit den Rentieren durch die Berge zogen, sind wir oft an einem Ort vorbeigekommen, der Pe-Sjumb heißt – das Herz der Großen Berge. Der Mensch setzt seinen Fuß dorthin zu besonderer Stunde. Dort stehen auf unzugänglichen Felsen die Herren der Berge, ihre Gesichter blicken in Richtung des Sonnenaufgangs, sie tragen göttliche Kleidung – aus weißer Rentierflechte, rein wie das Weiß auf den Köpfen alter Menschen. Weit hinter den Rücken dieser G R O S S E N , tief in der Unterwelt, habe ich zu Beginn meines Lebens **den Einen** dorthin gestellt, der mir teuer ist. Ich bin zu ihm an Tagen gefahren, als ich mich glücklich fühlte. Finde I H N . Er trägt irdische Kleidung, wie wir sie tragen.« – Der Alte war erschöpft. Mitunter ist es leichter, sich mit schweren Steinen abzuschleppen, als ein Wort zu sagen. Ohne sich abzuwenden, wischte er sich mit dem Ärmel der Maliza die Tränen aus dem Gesicht, die begonnen hatten sich vorzudrängen, und brachte behände das Feuer wieder zum Brennen. Das lodernde Feuer weckte in beiden den Wunsch, ihre Seele zu erleichtern.

»Ich gebe dir sieben junge Bullen mit schneeweißem Fell. Du spannst sie ein für den Weg, den ich dir sage. Das erste Mal fahre dorthin, wenn … wenn ich gestorben bin. Entzünde ein Feuer, bewirte I H N und sprich mit I H M , wie du jetzt mit mir sprichst.

In der Mitte des Lebens fährst du zum zweiten Mal. Dein Gang wird dann schwerer sein, das machen die durchlebten Jahre. Die Kleidung, die ich I H M angezogen habe, wird dann schon zerfallen sein und du wirst S E I N E N Körper aus weißem Stein sehen, nackt wie bei der Geburt. Zünde ein Feuer an und sprich mit I H M . Worüber? Das ist deine Sache.

Zum dritten Mal fährst du, wenn Dein Kopf schon grau geworden ist und das Herz müde, wie meines. Es gibt schwarze Rentierflechte, die Rentierflechte der Trauer. Berührt man sie, erstarrt die Hand vor Kälte, selbst an den heißesten Tagen. Wenn S E I N Körper mit solcher Flechte überwachsen ist, dann mache kein Feuer. Er ist dann tot. Das heißt, dass es in meinem Leben wenig Liebe gab. Da sterben die Seelen.«

Der Alte schaute Aljoschka mit klarem Blick an, als säße vor ihm ein schon ergrauter, lebensweiser alter Mann, dem auferlegt war, drei Mal ins Herz der Großen Berge hinaufzusteigen, um zu ergründen, ob nach all den Leiden die Seele noch lebt.

»Es gibt aber auch die weiße Rentierflechte, die Rentierflechte der Sonne. Sie leuchtet selbst in der finstersten Nacht. Sollte die Zeit I H N dann mit dieser Flechte bekleidet haben, dann mache ein großes Feuer und bringe I H M die sieben schneeweißen Bullen als Opfer dar. Deinem Sohn trage auf, diesen Ort heilig zu bewahren. Wirst du keinen Sohn haben, trage dies den Menschen auf. An solchen Orten leben die S E E L E N.«

Petko stand auf, nahm seinen dürftigen Proviantbeutel mit den Essensresten, blickte Aljoschka ruhig ins Gesicht, ohne den Blick zu senken, und fügte noch hinzu:

»Als der Kummer über mich gekommen war, ich erinnere mich noch, hast du gesagt: ›Vater, dein Herz möge größer sein als der Himmel.‹ Und nun sage ich dir: Sohn, möge dein Herz größer sein als der Himmel, damit in ihm neben Stolz auch Platz ist für Mitgefühl.« Ohne zurückzuschauen, ging er zum Schlitten. Aljoschka schaute ihm nach und senkte langsam den Kopf.

Das kleine Herz des Menschen und der unendlich weite Himmel … Nicht als Vorwurf hatte der Alte ihm seine früheren Worte so ergänzt, sondern ihm ein Gefühl aufgetragen, das er bisher hintenangestellt hatte. Man sagt, Mitgefühl ist die Mutter der Liebe.

Beim Morgentee war Wanu aufgefallen, dass der Alte lebhafter geworden war, in seiner ganzen Haltung, seinem Gesicht und seinen Bewegungen war Freude zu erkennen. Wanu musterte ihn mehrmals ganz genau, konnte aber nichts anderes erkennen, als dass sein alter Freund heute besonders aufgekratzt war.

Dieser Morgen war für Petko ein besonderer – er verspürte heute, dass ihm eine Freude spendende Kraft zufloss. Noch vor dem Aufstehen hatte er im Bett mit offenen Augen gelegen und konnte nicht verstehen, was ihm geschehen war. Ein Jahr des Kummers lag hinter ihm und beim morgendlichen Erwachen heute war es ihm, als wäre er aus dem Jenseits zurückgekehrt. Seine Brust hatte sich geweitet, mit vollen Zügen wollte er atmen, wollte glauben, dass nun das Nachtdunkel gewichen war, dass ihm von oben das goldene Licht der Sonne und gesunde, frische Luft zuströmten. So musste sich wohl ein Blümchen fühlen, das im Herbst eine Unwetternacht überstanden hat und nun den eisigen Tau von seinem Blütenkelch abschüttelt und seinen noch frostkalten Stängel aufrichtet. Das Blümchen ist nun wieder ganz und gar, von den im Erdboden verborgenen Wurzeln bis oben hinauf zu den Blütenblättern, durchdrungen vom leidenschaftlichen Wunsch, sich mit allem Lebendigen zu verbinden.

Und mit einem Mal hatte Petko verstanden: Er wollte das Gleiche – sich verbinden, sich anders, auf neue Weise mit jenen verbinden, mit denen er das Leben gemeinsam verbracht hatte. Keiner soll jemanden verdrängen, jemanden abwehren müssen, nicht einer allein soll der Starke sein. Stärke braucht nur das Raubtier, das im Nachtdunkel einem Schwachen Leid zufügen will. Der Mensch ist kein Wolf … Und es ist überhaupt nicht notwendig, dass der Mensch, um zu überleben, stärker sein muss als viele andere.

Der von der ihn erfüllenden Freude aufgewühlte Alte fuhr sich mit beiden Händen über das Gesicht, als wollte er sich von den Spinnweben der Trauer freimachen. Wanu und selbst die Frau hatten bemerkt, dass der Alte etwas Wichtiges sagen wollte und Hilfe brauchte. Und so war sie nun nicht darauf aus, den Tisch schnell wegzuräumen. Sie sah, dass die Tasse des Alten halb leer war, und goss ihm heißen Tee nach. Wanu, der sich auf die Kissen zurückgelehnt hatte, richtete sich auf, um zu zeigen, dass er dem Freund zuhörte.

Petko langte nach seiner Tabaksdose, um sie aber sogleich wieder zu vergessen.

»Heute war mir so, als hätte ich meine Wange auf den Rand der Erde gelegt und zum ersten Mal gesehen, wie die Sonne aufsteigt. Und ich habe verstanden: Der Tod lieber Menschen ist nicht der Tod der Sonne. Ich bin euch sicher über mit meinem Kummer. Wenn dem so ist, dann verzeiht mir …«

Seine eingefallenen Wangen hatte eine leichte Röte überzogen, seine klaren Augen lächelten. Nicht jeder alte Baum lebt wieder auf, wenn eine Axt tiefe Narben in ihn geschlagen hat oder durch eine Sturmbö lebensbringende Wurzeln zerrissen oder verletzt sind. Wenn aber im zeitigen Frühjahr auf einem Baumkrüppel wenigstens drei Zweige erblühen mit Blättern der Erinnerung, der Liebe und der Hoffnung, dann darf man die Welt göttlich nennen.

»Ich habe auch etwas anderes verstanden«, brachte Petko nachdenklich vor und fragte den Freund: »Denkst du, dass ich noch viele Dinge haben muss?«

Aber es war offensichtlich, dass Petko keine Antwort erwartete, denn der wusste schon selbst, dass ein einsamer Mensch nichts braucht außer der Sonne.

Wanu konnte sich zu keiner Antwort entschließen, er verstand nicht recht, was der Alte vorhatte. Um eine Reaktion zu zeigen, nickte er unbestimmt. Petko war aber mit seinen Gedanken beschäftigt und bemerkte dies gar nicht.

Nachdem die Frau den Tisch weggeräumt hatte, ging Petko aus dem Zelt. Draußen schien die Sonne, viele Frühlingsbäche plätscherten, plauderten lustig untereinander, als hätten sie sich zu einem ausgelassenen Kinderspiel verabredet. Die Vögel lärmten, pfiffen, sangen, und dem Alten schien es, dass diese Kinder des Himmels untereinander darüber zwitscherten, worüber die Menschen schon lange nicht mehr redeten.

Gestern hatte die Gemeinschaft zum ersten Mal ihre Tschums wieder an jenem Ort aufgestellt, wo Petko vor einem Jahr seine Schlitten zurückgelassen hatte. Sie standen im Schatten dreier mächtiger Bäume, die aus einem gemeinsamen Stamm entsprossen waren. Von dort aus schienen die Schlitten heimlich die Menschen und ihren Besitzer zu beobachten, um ihr weiteres Schicksal vorauszuahnen. Vielleicht würden sie, die so viele Wege, lange Schlittenzüge und kurze Wege, hinter sich gebracht hatten, noch viele Tage und Jahre hier stehen – verrotten und zerfallen müssen und in die Erde übergehen – zuerst würde Gras die Kufen überwuchern, dann Moos und Rentierflechte sich auf den Stützen breitmachen. Aber vielleicht …

Petko war nicht arm gewesen und Frau Lamdo nicht faul und so waren die erwartungsvoll dastehenden Steilwandschlitten auch nicht beladen mit **Säcken, gefüllt mit getrocknetem Moos**. Frau Lamdo hatte viel Mühe darauf verwandt, die Mitgift für ihre Tochter vorzubereiten, genauso wie ein Vogelweibchen für ihr Nest sorgt. Die Mitgift würde ausreichen auch für zehn Töchter, und eine jede würde sich so kleiden können, dass sie sich stolz den Leuten zeigen konnte.

»Die Vögel haben es gut – sie verstehen einander, weshalb sie auch so wundervoll singen«, dachte Petko und überlegte mit Wehmut, ob die Nachbarn ihn heute so verstehen würden, wie er sich das erhoffte. Er ging zu seinem Schlitten, zog unter dem Sitzfell den Schneeklopfer hervor und ging zu Wanu. »Komm mit«, forderte er ihn auf und deutete mit einer Kopfbewegung zu den wartenden Schlitten. Dass die **Schlitten** auf ihn warteten, daran hatte Petko keinen Zweifel. Wanu folgte ihm wortlos. Ihm fiel auf, dass sein Freund heute anders ging als sonst.

Die Schlitten standen in einer Reihe, ganz genau ausgerichtet. Kurz vor ihnen verlangsamte Petko seinen Schritt und senkte unwillkürlich seinen Blick, als wäre er sich einer Schuld bewusst. In diesen Schlitten ruhte seine Vergangenheit, hier war sein Glück beigesetzt, der Atem und die Wärme vergangener Tage. Jedes kleine Ding kam von dort, wohin es keinen Weg zurück gab. Er hatte das Gefühl, man brauchte nur etwas anzufassen, und sogleich würde alles aufschreien vor Schmerz und Trauer über das Dahingegangene. Diese Dinge waren zu Waisen geworden – diejenigen, für die sie bestimmt waren, waren nicht mehr da. Er musste sie nun ein letztes Mal berühren, sich von ihnen verabschieden und ihnen seinen Segen für ihr neues Leben auf den Weg geben, was die Menschen nicht unbedingt bemerken mussten. Dies würde er tun im Bewusstsein, dass es auf der Erde nichts gab, was kein eigenes Schicksal und Gedächtnis hätte, und auch die Dinge waren davon nicht ausgenommen.

Wanu konnte sich nicht entschließen, eine Frage an den Freund zu richten, denn ihm schien, dass der sich schon unabänderlich zu etwas entschieden hatte. Er blickte sich um und sah, wie der alte Chassawa zu ihnen schritt, und auch Aljoschka hatte seine Schritte hierher gelenkt. Alles sprach dafür, dass auch die Frauen der Gemeinschaft in einer besonderen Erwartung zu sein schienen. Sie hatten sich zusammengefunden und schauten schweigend in Richtung der Männer. In ihrer Erinnerung hatten sie andere Tage – damals stand der große und reiche Tschum Petkos fest auf der Erde wie ein Fels, und jede von ihnen empfand es als eine Ehre, am Eichentisch der Frau Lamdo Tee zu trinken. Keine von ihnen hätte gesagt, dass ihre Freundin knauserig sei, da sie so vieles für die Tochter aufsparte. Sie dachte einfach wie jede Mutter, dass die Tochter ihr Leben nicht ärmlich beginnen sollte. Aber nun war Frau Lamdo nicht mehr, ihr Tschum stand nicht mehr und die Tochter … sie war nicht einmal zur Beisetzung der Mutter gekommen. Und jetzt standen hier zehn Schlitten, voll bepackt mit der Aussteuer, so einsam und verwaist waren sie hier zurückgelassen worden, als wären sie mit einer Schuld gegenüber den Menschen und dem Leben beladen.

Petko gab sich einen Ruck und hüstelte leise. Vor ihm standen Schulter an Schulter die Gefährten seines Lebens und ihm wurde plötzlich bewusst, dass sie immer so zusammengestanden hatten, nicht nur jetzt. Sie hatten ihm geholfen, über seinen Kummer hinwegzukommen und das Licht der Sonne wieder wahrzunehmen. Er sollte nun also nicht weiter zögern. Er wandte sich Wanu zu und sagte mit fester Stimme, wie einst, als er kein Greis war, sondern ein Mann und Gebieter: »Ruf die Frauen herbei. Wir brauchen sie jetzt.«

Wanu winkte den Frauen zu und sie kamen zaghaft, eine nach der anderen, und stellten sich erwartungsvoll hinzu. Petko sprach zu allen: »Ich möchte, dass heute kein Schlitten wie eine Waise hier stehenbleibt. Helft mir.«

Petko warf einen kurzen Blick zur Sonne hinauf und ging zum ersten Schlitten. Dieser Schlitten fuhr in jedem **Nomadenzug** immer voran, es war der Frauenschlitten. Petko hatte einst den Schlitten selbst auf seine zierlichen Füße gestellt und die Frau hatte ihn wie eine Braut herausgeputzt. Das war der Schlitten der Tochter, für sie war er bestimmt gewesen. Am Tag der Hochzeit sollte die Tochter, angekleidet so schön wie die Sonne, den Weg antreten in ihr neues Leben, so wie es sich Vater und Mutter vorstellten. In diesem prächtigen Schlitten, ausgeschmückt in den sieben Farben des Regenbogens, hätte sie zum Lager des Bräutigams fahren sollen.

Mit dem ersten Schlitten wäre nun auch zu beginnen. Die Tochter war zuvor nicht gekommen und war auch jetzt nicht da. Petko trat zu diesem Schlitten. Obwohl der Schnee vom Schlitten schon weggetaut war, schlug er mit dem Schneeklopfer gegen die steile Wandung des **Schlittens**, um diesen zu **begrüßen** und auf das Kommende vorzubereiten. Und erst danach löste er vorsichtig, als wäre die Schnur heiß, den ersten Knoten.

Nun wurde es sehr denkwürdig, wie wenn aus wichtigem Anlass ein Grab geöffnet und dessen Ruhe gestört werden muss. Der erste Gegenstand, der Petko in die Hände fiel, nachdem er die Felle der Abdeckung aufgeschlagen hatte, ließ den Alten erschauern – die alte Wiege, das Nestchen der Tochter, aus dem sie davongeflogen war, ohne nun wieder in den Tschum der Eltern zurückzukehren – zu kalt und fremd war ihr die Heimat geworden. Für einen Augenblick drückte Petko seine Lippen an das kalte Holz der Wiege, aus der es nach trockenem Moos roch, nach vergangenem Glück, und über das Rauschen des Blutes in seinen Ohren legte sich das feine, hell perlende Lachen des einst kleinen Töchterchens und eine trunken machende Freude stieg in ihm auf und ließ seine Wangen aufglühen. Den Tränen nahe, griff er nach der Wiege, die vielen an ihr hängenden kleinen kostbaren Glöckchen stimmten eine zarte Melodie an. Nicht seine Augen, sondern sein Herz führte ihn zu dem jungen Mädchen inmitten der Gemeinschaft und mit beiden Händen bot er ihr die Wiege der Tochter dar. »Nimm sie! Sie darf nicht leer bleiben.«

Das Mädchen nahm die Wiege an sich und versteckte sich eilends hinter den Rücken der anderen. Als nächstes holte Petko besonders wertvolles Zaumzeug hervor, aus buntem Stoff genäht, mit Glöckchen aus alten Zeiten behängt, und auch große Glocken – solche, die den Zugrentieren beim Anschirren auf den Kopf gebunden werden. Kaum dass er das Geschirr in die Hände genommen hatte, erklangen die Glöckchen hell zu einer zarten Melodie und alle erstarrten unwillkürlich vor Rührung, so bezaubernd waren die Töne dieser alten Schmuckstücke. Wie herrlich müsste das Leben des Mädchens verlaufen, dessen Nomadenfahrten vom Klang dieser Glöckchen begleitet würde. Die Frauen seufzten betrübt, als Petko mit einer Handbewegung dieses wundervolle Tönen unterbrach. Einen Augenblick verharrte er schweigend, weil er nicht wusste, wem er diese Pracht überreichen sollte. Ihm war so wohl ums Herz, als hielte er keine Dinge in der Hand, sondern ein Stück des goldenen Frühlingshimmels. So etwas durfte nicht tot herumliegen, nicht nutzlos vermodern. Wenn so etwas Prachtvolles unterginge, wofür sollte es sich noch zu leben lohnen?

In seiner freudigen Stimmung schwenkte Petko unvermittelt seine Hände und gleich darauf fiel sein Blick auf die erstaunten Augen des stummen Mädchens, der Tochter Chassawas. Warum war er nicht gleich auf sie gekommen? Wer anders sollte seinen Weg ziehen unter dem munteren Geläut der Glöckchen als sie – die Stumme! Genau ihr, der von Gott oder vom Schicksal Benachteiligten, sollte es zufallen, bis zum Ende ihrer Tage die Lieder der Freude zu hören, für die sich seine eigene Tochter nicht aufgetan hatte.

Petko verlor keine Worte, lachte nur freudig, ergriff das bezaubernde Zaumzeug, so dass die Glöckchen wieder zu tönen begannen, und trug es mit ausgestreckten Armen dorthin, von wo ihm die verwunderten, überirdisch schönen Augen des Mädchens entgegenstrahlten.

Und als er vor sie trat, tat sie erschrocken einen Schritt zurück, und hätte sie ihr Vater nicht aufgehalten, wäre das stumme Mädchen Hals über Kopf davongestürzt. Der Vater hielt sie fest in seinen Händen und sie schüttelte immerzu den Kopf, konnte ihren Blick nicht von den leuchtenden Farben lösen und konnte nicht glauben, dass dies nun ihr gehören sollte und sie auf den endlos langen Schlittenfahrten im Winter nicht mehr allein sein würde. Sie hatte jetzt eine Freude. »Nimm es, Töchterchen, und freu dich daran. Lass die Glöckchen klingen.«

Das Mädchen brach in lautes Weinen aus. Aber die umstehenden Nachbarn lachten froh und wollten mit dem Lachen gar nicht mehr aufhören, ganz wie Kinder, die ihre Freude lange zurückgehalten hatten. Auf den Lärm hin rannten die Hunde herbei und, da sie nicht begriffen, was passiert war, begannen sie zu springen und zu lärmen. Dieser freudvolle, wohltuende und lichtdurchstrahlte Trubel des Lebens überzeugte Petkos Seele mehr als alle Worte, dass das Leben nie ein Ende hat und dass die Sonne, nachdem sie morgens mit ihrer Wange kurz auf dem Rand der Erde geruht hat, für alle Menschen aufgeht – für Waisen, Behinderte, Einsame, für Glückliche und Unglückliche. Alles, was Petko weiter tat, war erfüllt von einer großen Freude am Leben. Die guten, festen Felle zur Abdeckung des Tschums gab der Alte der Frau seines Freundes – sie sollten ihr Wärme und Geborgenheit geben, die sie bis zum Ende ihrer Tage gut gebrauchen würde. Wanus Frau nahm das Geschenk froh entgegen. Petkos Frau Lamdo hatte für den Tschum genauso gut gesorgt wie für ihren Mann. Den Händen von Wanus Frau würde eine längere Erholungspause guttun, zehn Jahre lang würde sie nun keine Felle für den Tschum zusammennähen müssen.

Alle sieben Jaguschkas, die auf einem gesonderten Schlitten aufbewahrt waren, schenkte Petko den Frauen, keine kam zu kurz. Zu allen sprach er und verneigte seinen Kopf: »Trag sie und gedenke Frau Lamdo mit einem guten Wort. Vielleicht werde ich zu Euch zum Teetrinken und Aufwärmen kommen.«

»Komm zu Gast, Petko«, antwortete eine jede mit dankbarem Herzen und verneigte auch ihrerseits den Kopf.

Nichts blieb herrenlos übrig, allen Dingen bestimmte Petko ein neues Schicksal. Chassawa schenkte er zwei Schlitten, einen Männerschlitten und einen Frauenschlitten. Den Frauenschlitten belud er bis obenhin noch mit **Rentierfellen und -füßen.** Als Petko all dies Chassawa überreichte, hielt der seinen Kopf länger als üblich gesenkt. Völlig unangebracht nach Ort und Zeit stieg in diesem die Erinnerung an seine gierigen Kinder wieder auf, die ihn wie Aasgeier angefallen hatten. Diese umherreisenden finsteren Räuber waren nie wieder bei ihm eingefallen und er war sich sicher, dass sie auch nie mehr kommen würden. Und noch eine Erinnerung drängte sich völlig unzeitgemäß auf, eine Erinnerung aus ganz alten Zeiten.

Alles Gute, was einst auf den Tisch kam, war aufgespart und dem Sohn zugedacht worden – er war die Hoffnung und die Freude gewesen, sollte einmal die Stütze sein …

Und alles, was der Sohn liegen ließ, fiel der stummen Tochter, der Behinderten, zu. – Sie war es jetzt, die jeden Morgen das Feuer im leeren Tschum entfachte. Und wo war seine Hoffnung, Stütze und Freude jetzt geblieben? Wo war der Sohn, der so viel in sich hinein gegessen hatte – Süßes, Fettes und Leckeres?

Chassawa schaute um sich, als wollte er den entdecken, den er einst mit Freude aufgepäppelt hatte. Aber um ihn herum standen fremde Menschen, sie schauten auf ihn und aus ihren Gesichtern strahlte ihm Licht entgegen. Um nicht zu weinen, lachte er auf. Und dieses Lachen war seine Rettung. Vor seinem inneren Auge stand das feiste, blasse Gesicht des Sohnes, was er aber lebendig vor sich sah und ihn mit Freude erfüllte, war das Gesicht Petkos, so müde es auch war, vom Wind des Frühjahrs dunkel gegerbt und ausgezehrt vom quälenden Kummer. Er streckte Petko die Hand entgegen. Und als Petko Chassawas Hand nahm, verbeugte Chassawa sich schnell und küsste dessen Hand, hart und rau wie Birkenrinde, drückte sie an seine Stirn und verharrte so für einen Augenblick …

Treffen die Menschen im Wald oder am Waldrand auf zwei alte Bäume, die ihre wetterzerzausten Astarme aufeinandergelegt haben, mit ihren zerfurchten Stämmen einander fast stützen, sprechen sie von zwei Bäumen. Es sind aber zwei Seelen, die gemeinsam der quälenden Finsternis widerstehen und die die Liebe zueinander geheiligt hat. Sie können so die Last ihres Alters tragen und fallen so schnell nicht dem Toben der Stürme und dem harten Winter zum Opfer.

Allen wurde es leicht ums Herz, wie wenn man Wein getrunken hat, ein klein wenig nur, um heiter und froh zu sein. Sollte denn etwa ein Alter, klein wie ein Waldvögelein, der großen Welt zur Last fallen? Sollte sich denn für ihn kein Happen Fleisch und kein Stückchen Brot finden? Sollte für ihn am Feuer kein Platz sein, dass er sich die Hände und den Rücken wärmen konnte? Nein, ihr Alter würde nicht vor Hunger sterben und im Sturm nicht erfrieren müssen. Er war keine Waise.

Ein wunderbares Gefühl der Nähe hatte die Menschen ergriffen, die eben noch in Unruhe waren wegen des unerklärlichen Verhaltens des alten Nachbarn. Jetzt war er ihnen verwandt. Nicht, weil er ihnen Dinge gegeben hatte, die er nicht mehr brauchte. Nein. Er hatte ihnen seine

Hände entgegengestreckt, wie ein hilfloses Kind sie seiner Mutter zustreckt.

Chassawas Tochter hatte alles ringsumher vergessen. Sie saß, an den mächtigen Stamm der drei Bäume gelehnt, und rührte wieder und wieder die Glöckchen an, und niemanden störte dieser friedvolle Klang.

Petko und Wanu hatten auf zwei Schlitten das gepackt, was Petko für sein weiteres Leben brauchen würde. Ihm blieben nun seine Malizas, seine Fellschuhe, das Zaumzeug – diese Dinge bedrückten ihn nicht, lagen ihm nicht auf der Seele. Selbst die **Bekleidung,** die er seit dem Tag des Kummers **nicht mehr abgelegt** hatte, erschien ihm nun rein und leicht, Gesicht und Körper wie frisch gewaschen. Die beiden Schlitten waren leicht, die Alten zogen sie ins Lager. Er blickte sich um und konnte sehen, dass jeder das mit sich davontrug, was er geschenkt bekommen hatte – und er verspürte sogleich eine gewaltige Erleichterung. Wer weiß, ob ein Baum, wenn er die vertrockneten, toten Blätter oder Nadeln von sich geworfen hat, sich nicht genau so sehr freut und dem Verlorenen nicht nachtrauert? Und vielleicht muss auch der Mensch überhaupt, wenn der Tod nicht mehr weit ist, sein Leben ganz ohne Schmerz von allem Überflüssigen frei machen – eingedenk dessen, dass er einst nackt gekommen ist. Und sich nicht nur von Dingen befreien, sondern auch von Wünschen und Ambitionen. Nur nicht von einem einzigen Gedanken – so rein zu gehen, wie er gekommen ist.

Eine stille, unerklärliche Freude hatte Petkos Seele erfüllt, aber er versuchte sie nicht zu ergründen. Wozu denn? Alles war gut. Der Fluss strömt, der Mensch erblickt das Wasser, trinkt, kühlt den heißen Schmerz seiner Seele und fragt nicht danach, woher das belebende Nass kommt und wohin es fließt. Ist es unbedingt immer wichtig zu ergründen, wo die belebende Energie der Freude ihren Anfang nimmt und wo sie ihr Ende hat?

Aus alter Gewohnheit erwachte die Frau früh. Sie wollte, wie sie es früher immer tat, das Feuer anzünden und eine Weile an ihm sitzen, um sich allmählich mit Körper und Seele zu erwärmen. Seit der Hochzeit des Sohnes waren zwei Monate Leben ins Land gegangen und jeden Morgen erwachte sie mit dem Verlangen, aufzustehen und das Feuer zum Brennen zu bringen. Wie jede Frau in der Tundra war Aljoschkas Mutter davon überzeugt, dass das große Leben der Menschen genau damit begann, dass die Frauen in allen Teilen der Welt morgens das Feuer entzündeten und dass erst danach die Männer, die Kinder, die Hunde und Rentiere ihr Tagewerk in Angriff nehmen konnten.

Sie war schon dabei, sich zu erheben, besann sich aber – die Schwiegertochter könnte gekränkt sein, der Sohn könnte schlecht über sie denken – am Morgen gehörte der Platz am Feuer nicht ihr, nicht ihre Hände hatten die Geburt des Feuers zu bewerkstelligen.

Die Schwiegertochter hatte die Gabe, leise wie eine Maus aufzustehen. Und auch dieses Mal vermochte sie es, bei ihren Verrichtungen im herbstlichen Morgendämmern, nichts poltern zu lassen, auch Eimer und Teekessel schepperten nicht. Die Frau zog sich in sich zurück. Sie hatte ihre Freude an der Jungen. Sie machte alles gewissenhaft und gut, ihre Hände waren flink wie Eichhörnchen. Mit halb geöffneten Augenlidern verfolgte die Frau das Tun der Schwiegertochter. Zuallererst räumte sie vom Eisenblech die Asche vom Vortag weg, zurück behielt sie die nur angesengten Holzstücken. Die schob sie so zusammen, dass zwischen ihnen eine ausreichende Mulde blieb. Hier wurde das Feuer geboren. Die Frau lächelte bei sich und freute sich über das Geschick der Schwiegertochter. Sie schloss die Augen und beobachtete nicht weiter …

und vernahm gleich darauf ein leises, verhaltenes Schluchzen. Die Frau hob den Kopf und ließ ihn erschrocken wieder sinken – die Schwiegertochter weinte. Ohne die Tränen abzuwischen, die ihr über die Wangen liefen, ließ sie vom Feuermachen nicht ab. Ihre zusammengekrümmte Gestalt aber schrie stumm von ihrem Leid.

Der Frau lief es kalt über den Rücken: »Licht des Himmels! Hat er sie immer noch nicht angerührt? Hat er kein Mitleid mit ihr?! Was sonst, welcher anderer Kummer ließe sie heimlich weinen … Dieser Sohn, mit niemandem hat er Mitleid, an niemanden denkt er … Was für ein kaltes, böses Herz …«

Und nun erst erinnerte sie sich wieder daran, dass sie vor einem Tag bei der Schwiegertochter gerötete Augenlider bemerkt hatte und der Sohn am Tisch seine Augen wie ein Dieb verbarg. Ja, ein Dieb war er auch. Sie stand auf und ging, trotz der Schwere in ihren Armen und Beinen, direkt zum Mädchen. Es hob den Kopf und an dessen tränennassem, geschwollenem Gesicht sah die Frau, dass das Mädchen schon lange geweint hatte; hier am Feuer hatte sie nicht an sich halten, ihr Schluchzen und ihre Tränen nicht verbergen können.

»Ach, Mädelchen« – still umarmte sie die Schwiegertochter, völlig erzürnt über ihren Sohn. »Weine nicht, deine Tränen fallen ins Gesicht des F E U E R S. Es muss nichts wissen von … unserem Kummer.«

Dass dies ihr gemeinsamer Kummer war, daran hatte die Frau keinen Zweifel. Sie streichelte über die dicken Zöpfe und ihre Finger stießen auf das kalte Kupfer des in die Zöpfe eingeflochtenen Schmucks. Nun war sie ganz und gar entsetzt. Dass das Mädchen den Schmuck nicht abgenommen hatte, zeigte, dass es auf Hilfe wartete. »Wie konnte ich alte Dumme das vergessen – das Mädchen nimmt den falschen Zopf erst ab, wenn sie zur Frau geworden ist … Blind und taub bin ich geworden.« – In ihrem Freudentaumel hatte sie das Klingeln des Metallschmucks nicht wahrgenommen, das ihr ein Alarmzeichen für den Kummer der Schwiegertochter hätte sein sollen. Die Frau umarmte noch einmal das zitternde Mädchen und sagte ihr fest entschlossenen, so wie sie es schon zu anderen Zeiten ihres Lebens getan hatte: »Merke dir mein Wort: Der Platz am Ofen gehört dir für immer. Niemand anders wird ihn einnehmen. Wenn dies nicht so geschieht, dann soll das F E U E R meine grauen Haare samt dem Kopf verbrennen.«

Als sie das gesagt hatte, ging sie in ihre Hälfte des Tschums, machte ihr Bett und setzte sich ans Feuer in Erwartung, dass der Sohn erwachte. Sie muss das W O R T finden, das stärker als das war, was der Sohn sagen würde. Der Platz am F E U E R ist heilig, solche Plätze gibt es nur wenige. Und sie hatte recht daran getan, dass sie diesen Platz dem guten Mädchen versprochen hatte. Für den Sohn aber … ob für ihn dieser Platz so heilig war wie für sie selbst, die sich ihr Leben lang vor dem F E U E R verneigt hatte, ohne sich um aschebeschmutzte oder angesengte Händen zu sorgen?

Aljoschka kam langsam aus dem Bett hoch. Die Art, wie er schwieg, ohne Mutter und Frau anzusehen, zeigte der Frau, dass er ihre Worte gehört hatte. Das machte aber nichts, war sogar besser, als den Kummer zu verstecken.

Als das Wasser im Teekessel aufsiedete und die Schwiegertochter den Tisch vor den Mann stellte, ging sie auf die Seite der jungen Leute und setzte sich an ihren alten Platz. Die ersten Tassen wurden schweigend geleert, aber die Frau wusste: Je länger man schwieg, desto schlechter. Sie stellte ihre Tasse auf der Untertasse ab und sagte: »Sohn, schau mir in die Augen!«

Aljoschka reagierte nicht sofort, stellte aber schließlich seine Untertasse auf den Tisch. Diese Worte hatte die Mutter nur ein einziges Mal benutzt, vor langer Zeit, und danach nicht wieder, um den Sohn nicht an längst Verflossenes zu erinnern …

In der ersten Zeit nach dem Schulabschluss war Aljoschka das Leben in der Tundra als hart und langweilig erschienen. Der Kampf darum, dass die Familie satt zu essen hatte, war für ihn widersinnig und ohne Bedeutung. Er hielt es hier nicht mehr aus. Im Herbst, als die Kinder der Lagergemeinschaft den Weg in die Schule antraten, packte er den Koffer und ging, ohne sich nach der Mutter und den kleinen Brüder, die ihm nachsahen, umzuschauen, zum Hubschrauber, der mit Schulkindern zum Bersten vollgepfropft war. Er ging und hörte hinter sich die leisen und zaghaften Schritte der Seinen, aber weder die Mutter noch die Brüder riefen nach ihm. Als er den Hubschrauber erreicht hatte, drehte er sich um und sah, dass die Mutter die Kinder stehen ließ, bang zu ihm kam und ihm zum Abschied die Hand reichte. Er drückte die Finger der Mutter und spürte, wie sie zitterten, und da sagte die Mutter: »Sohn, schau mir in die Augen!«

Er schaute … und sah den langen Winter, die Kälte, die nächtlichen Wachen bei der Herde, die Schlingen für die Hasen und die Rebhühner, die Fallen für die Polarfüchse, das Feuerholz. Damit es im Tschum warm ist, braucht es viel Feuerholz und dafür braucht es viel Männerkraft. Er ließ den Koffer zu Boden fallen, seufzte auf wie ein Erwachsener und sagte: »Gut, Mutter, gehen wir.«

Die Brüder stürzten zu ihm, klammerten sich an seine Beine und brachen in lautes Weinen aus. Die Mutter und er konnten sie kaum zur Ruhe bringen und mussten an sich halten, um nicht selbst in Tränen auszubrechen.

Aljoschka hatte nun also seine Untertasse auf den Tisch gestellt. In Ordnung, die Mutter hatte schon recht, man sollte sich auch mal wieder in die Augen schauen, aber vielleicht doch je eher, desto besser. Und warum wie die Tiere der Nacht in der Dunkelheit herumstochern, besser wäre, an die Sonne zu gehen, und die Mutter würde ihm wie einst wieder helfen. Er schaute sie direkt und unverhohlen an, und ungewollt, ganz ungewollt musste er erkennen: Vor ihm saß nicht jene Mutter, die einst immer wieder zum Schulbeginn von ihm Abschied genommen hatte, ohne zu klagen. Die konnte ganz allein Feuerholz machen – sägen und hacken, die Nacht durch sitzen, um die Herde zu hüten, und auch eine Falle konnte sie zur Not fertig machen. Jetzt aber blickte ihn eine gealterte, müde Frau an. Aljoschka senkte die Augen, wie schon vor vielen Jahren, auf dem Weg zum Hubschrauber. Er fühlte nicht nur eine

Schuld vor der Mutter, er hatte wieder einmal alles verraten, was ihr teuer war.

Und sie bedauerte den Sohn und sprach zu ihm nicht streng, wie sie es vorhatte, sondern nachsichtig: »Sohn, du bist ein Mann, ich aber eine Frau. Ich kann nicht der Spur deines Geistes folgen. Du weißt selbst, die verschlungenen Spuren eines Tieres zu entwirren ist keine Frauensache. Aber … kann ich dich als Mutter etwas fragen?«

»Ja, Mama.«

»Heute morgen hat deine Frau beim Feuermachen geweint. Warum?«

Aljoschka wagte nicht zu antworten. Er verbarg seine zitternden Hände unter dem Tisch und sagte schlicht und einfach: »Ich liebe sie nicht, Mama.«

»Ich liebe? … Was soll das heißen? Deine Frau ist kein süßes Leckerstück, kein fetter Fleischhappen, den man mag oder nicht. Die Frau ist deine Hälfte, ihr Leben ist die Hälfte deines Lebens. So war es immer.«

»Aber Mama …«

»Was soll das – ›Aber Mama‹? … Einmal hast du mich schon dem Gespött der Leute ausgesetzt. Und jetzt willst du das wieder tun? Wie viel Zeit ist vergangen und du nimmst die Frau nicht.«

Bei diesen Worten flammte das Gesicht des Mädchens auf, Tränen rannen über ihr Gesicht. Sie wandte sich ab zur vorderen Hälfte des Tschums und nahm sich das Geschirr vor, das eigentlich sauber war, putzte es erneut und stellte es neu auf. Die Tränen taten aber, was sie wollten – sie liefen und liefen. Diese Tränen, das Schweigen des Sohnes, das ungute Schweigen im Tschum überhaupt, das immer wieder zeigte, dass die Dinge hier schlecht standen, der eigentlich frohe Morgentee, den sie unter Schimpfen eingenommen hatten, ohne an die Heiligkeit des Essens zu denken, von all dem krampfte sich das Herz der Frau schmerzvoll zusammen.

Was sollte man aber machen … Der Sohn war kein kleines Hündchen, bei dem sich die Augen noch nicht geöffnet hatten, man konnte ihn nicht am Schlafittchen packen und am Hundepfahl festbinden – sitz hier, dies ist dein Platz, hier hast du alles – Essen, Wärme und Freude.

»Mama, ich habe sie nicht angerührt und … Ich kann sie auch selbst zu Mutter und Vater zurückbringen.«

»Aha … zurückbringen … Was für ein kluger Bursche du bist. Sag mir doch mal, wer dir die Fellschuhe nähen wird, die Löcher flicken, für Feuerholz und Wasser sorgen, damit du Kluger Tee trinken und Fleisch essen kannst? Wer? Wieder die hier?« – die Mutter streckte ihre zitternden, krummen Finger vor. »Meine Hände? Und sag mir, wer wird die Kinder zur Welt bringen? Damit du im Alter nicht wie ein einsamer Hund stirbst. Wer? Etwa auch ich?!«

»Mama …«

»Nein, ich bin dir nicht die Mutter«, schrie die Frau, »Ich fühle mich nicht als Mutter. Du willst, dass ich auf allen Vieren umherkrieche und dir alles nachräume. Es reicht. Ich will mich in eine stille Ecke für das Alter zurückziehen und von dort aus deine Kinder wachsen sehen.«

»Hör auf, Mama.«

»Ich höre nicht auf … ach Liebe … pfui! Für das Leben braucht man keine Liebe. Wichtig ist nur, dass man kein Hund ist. Du bist ein Mann – du bestimmst im Leben. Mann und Frau kommen nicht zum Spielen zusammen. Du ernährst sie und die Kinder, sie hält den Tschum warm und sie kleidet dich ein. So haben wir gelebt. War es nicht so?! Aber du spielst und wartest, damit auch ich mit dir spiele. Aber überleg doch mal genau, ob ich noch die Zeit für Spielchen habe?«

Sie neigte ihren Kopf, auf dem sich reichlich Grau zeigte, über den Tisch. Eine Weile saß sie so, um dem Sohn Zeit zur Besinnung zu geben und um das Wort zu finden, das einzige, das treffende. Aber Aljoschka schwieg. Die Mutter hatte ihn mit ihrer Wahrheit nicht verwundert oder erschüttert, alles war so, wie sie es gesagt hatte. Ja, das ist die große Wahrheit des harten, schweren Lebens, in dem Mann und Frau fest miteinander verbunden sind wie im Gespann das Leittier und das mitziehende Ren. Geht einer von beiden zu Boden, kann der andere den

Schlitten allein nicht von der Stelle ziehen – das GESPANN DES LEBENS kommt nicht von der Stelle. Soll das wirklich alles so jämmerlich primitiv sein? Für ein solches Leben wird dem Menschen nicht viel abverlangt, tierische Instinkte würden ausreichen, man hätte es dann zu tun mit Mäusemenschen, Wolfsmenschen, Wurmmenschen …

»Du schweigst lange, Sohn.« Die Mutter hatte jetzt den Kopf auf die Hände gestützt und schaute ihn an, wie schon zu Beginn des Gesprächs, in Erwartung einer Antwort, die er nicht zu geben wusste.

»Ich schweige, weil ich überlege.«

»Überlege. Du hast auf den Schultern keinen Moosbuckel, sondern einen Kopf. Aber du weißt selbst nicht, was du willst. Du lebst selbst nicht und lässt uns nicht leben. Nimm die Frau, aber wenn du … nicht willst, dann … lege ich dich selbst auf sie.«

Aljoschka sprang abrupt auf, schob mit dem Fuß den Tisch beiseite und ging ins Freie. Vor dem Tschum stand ein angeschirrtes Gespann, die Rene schüttelten sich heftig und geräuschvoll, so dass lästige Stechfliegen und kleine Mücken wie Wassertropfen abgeschüttelt wurden. »Könnte ich auch alles so abschütteln«, dachte Aljoschka bissig und warf sich auf den Schlitten. Die Rentiere stürmten schnell los, er wollte es aber noch schneller und schrie wütend auf die Tiere ein, um nicht loszuheulen; trieb sie voran – schneller und schneller. Der heiße Fahrtwind fuhr ihm kräftig rauschend in die Ohren, kühlte aber seine Wangen nicht, brachte ihm keine Erleichterung und auch keinen vernünftigen Gedanken, an den er sich hätte klammern können.

»Ich leg dich selbst auf sie« – die kränkenden Worte der Mutter hallten in ihm nach. Laut lachen wollte er über sie, aber statt des Lachens stiegen ihm Tränen hoch, unmännlich, kraftlos. Nach diesem Gespräch würde im Tschum Schweigen einziehen, wie es im Winterwald zwischen den Bäumen herrscht, die der Frost voll in seinem eisernen Griff hat. Was soll's … Trotz allem – die Liebe gehört zum Leben, sie ist die Seele alles Lebendigen, steht über allem. Das, was die Mutter anbot, war ein Leben, wie es die Mäuse führten. »So ein Leben will ich nicht«, dachte Aljoschka unnachgiebig, während er die Rentiere jagte, »nicht ich habe die Liebe erfunden. Und es ist nicht meine Sache, sie zu begraben.«

Als Aljoschka an einem weiten, lichten Wald entlangfuhr, der sich noch unerwartet sommerlich heiter zeigte, bemerkte er am Waldrand zwei nicht allzu hohe Bäumchen, die nebeneinander standen, so dicht, dass man von weitem denken mochte, dass es zwei Wipfel auf einem Stamm seien. Aljoschka stoppte das Gespann, ging zu den Bäumchen und besah sie aufmerksam. Aber nein, sie hatten keinen gemeinsamen Stamm, jedes Bäumchen stand für sich. Doch unter beiden zeigten sich ihm, halb bedeckt von trockenem Gras, schmächtige Lärchenwinzlinge, die nach allen Seiten dünne, gelbe Zweiglein reckten. Ein Gedanke durchfuhr ihn plötzlich und so ging er weiter von einem Baum zum anderen, immer tiefer in den Wald hinein. Und selbst mitten im tiefen Wald, wo die Bäume scheinbar völlig frei waren von Vorschriften, vermutete und fand er Baumfamilien. Hier der Vaterbaum, mit weit ausladenden, mächtigen Ästen, stark und unverwüstlich, sein Nadelgewand war jung und glänzend, der Wipfel ragte weit empor, die Nadeln dort oben erinnerten an graue Strähnen mit bläulichem Schimmer. Und da machte er den mütterlichen Baum aus. Sein Stamm duftete nach Sonne und leicht nach Milch, die Rinde war warm, doch viele Äste zeigten sich knorrig und verstümmelt. Schon manchen Winter hatten sie eine Schneelast zu tragen gehabt, mussten Stürme und Schneegestöber abfangen, damit die Baumkinder unter ihnen nicht vor der Zeit verkümmerten. Einige von ihnen waren schon hochgewachsen – erwachsene Kinder, aber auch ganz kleine Baumsprösslinge waren da, die ihn an Neugeborene in der Wiege denken ließen. Aber besonders in ihren Bann gezogen hatten Aljoschka zwei grazile, zierliche Bäume mit ausgereifter gelblicher Rinde, an der hier und dort, wie Sommersprossen, blütenweiße, zottelige Büschelchen von Rentierwolle hingen. Von schönem, ebenmäßigem Wuchs, wiegten die beiden Bäumchen ihre Zweige sacht im Wind, als wären sie in einen geheimnisvollen, von Zärtlichkeit erfüllten Tanz versunken. Unter ihnen an ihren Stämmen gab es keine

Nachkömmlinge, aber sattgrüne kleine Sträucher, an denen saftige, feuerrote Preiselbeeren prangten.

Um weiter den Anblick dieses Paares zu genießen, setzte sich Aljoschka ganz in der Nähe auf einen umgestürzten, entwurzelten Baum und überlegte: »Was hat die beiden zueinandergebracht, wenn nicht die Liebe?« Der eine von ihnen musste nicht für den anderen Fäustlinge und Fellschuhe nähen, der andere nicht auf die Jagd ziehen und die Familie ernähren. Aber sie standen beieinander, liebten einander und wärmten einander in dunkler Nacht, erwachten gemeinsam und lebten zusammen in der Freude am Hereinbrechen der Tage und an der Sonne. Unendlich lange würden sie so leben. Und er selbst? Letzten Endes würde er liebelos altern, keiner würde mit ihm gemeinsam den neuen Tag und die Sonne begrüßen und es würde auch niemand mit ihm auf den ersehnten, wundersamen Herbst warten, in dem die Blätter nicht verwelkten und die Blumen nicht verblühten. Doch diesen Herbst hatte er allein ersonnen, so wie er sich aus Schmerz, Verzweiflung und Kränkung heraus vieles ausgemalt hatte. Jeder Herbst brach mit der gleichen Grausamkeit herein. Alle Hoffnungen erfroren unter dem Schnee …

◆

… Im Tschum kam die Frau nicht gleich auf die Beine, das Gespräch mit dem Sohn hatte ihr viel Kraft genommen, sie war völlig hilflos. Das Nest für ihr Leben, das sie mit freudvoller Hoffnung hergerichtet hatte, drohte zu zerfallen, bevor es überhaupt fest gefügt war. Ihre Träume von einem Tschum, der mit Leben und vom Lachen der Enkelkinder erfüllt war – alles war davongeweht worden wie dürre Grashalme, nichts hatte sich gehalten. Ach Sohn … Was man zum Leben brauchte – alles war da: ein gedeckter Tisch, Essen und Trinken, man musste nicht zu Fuß gehen und auch keine Hunde vorspannen, nicht hungern und nicht an Händen und Füßen frieren und es blies einem auch nicht kalt in den Rücken.

Niedergedrückt durch eine unerklärliche Müdigkeit, ging die Frau ins Freie und setzte sich auf den erstbesten Schlitten. Sie warf einen Blick in Richtung Sonne und sah, dass deren Tageslauf erst begonnen hatte. Ihr schien, dass ihr heute die Kraft fehlte, den Tag zu überstehen bis zum Abend, wenn sie sich in ihr Bett zurückziehen konnte. Dort, in der Nacht, konnte sie schwach sein, ratlos, durfte sie sich eingestehen, wie unerträglich schwer auf ihren Schultern und ihrer Seele diese überfordernde Bürde lastete – das Leben.

Noch nie und von keiner Arbeit hatte sie sich so erschöpft gefühlt. Schwerer aber noch lag auf ihrer Seele die Kränkung. Weshalb und wem zuliebe hatte sie die Söhne großgezogen? … Um jetzt hier zu sitzen und zu erkennen, dass all die Tränen und all der Schweiß umsonst vergossen waren, dass ihre schwachen Frauenkräfte nichts vermochten gegen das heraufziehende, dem Auge verborgene fürchterliche Unheil. Sie hatte mit den Kindern mitgefühlt, als sie klein waren und in ihrer Wiege schrien, mitgefühlt, als sie größer geworden waren und in das fremde Leben zogen. Und soweit sie zurückschauen konnte – immer wieder hatte sie mit ihnen mitgefühlt. Aber jetzt – wo waren die, die mit ihr Mitgefühl hatten?

Der Spätherbst und die Jahre des Alters haben viel gemeinsam. Stürme, Ängste, wild strömender Regen – wo man sich doch sehnt nach Wärme und Geborgenheit, zumindest ein wenig Zuflucht finden will auf der sicheren Seite des Lebens, sich bergen möchte im lauschigen Dickicht heimeliger Büsche, wo man seine gebrochenen Flügel der Hoffnung herabhängen lassen, sich der Barmherzigkeit Gottes, dem Gericht Gottes hingeben kann und weinen, weinen, weinen … Und niemand, außer ihm, dem Barmherzigen, würde bemerken, dass du weinst, denn über die Wangen rinnen Tränen und Regentropfen, und wer sollte unterscheiden, was deine Tränen sind und was die Tränen des Himmels. Wie sie mit ihrer zitternden Hand wie in einen Kelch Träne um Träne auffing, bemerkte die Mutter nur das, was in ihrer Seele lebte, und nicht die Welt außerhalb. Aber sie umgab die kristallklare Zeit des jungen

Herbstes. Überzeugt von ihrer ewigen Jugend und vom ewigen Leben, dämmerten die Bäume wohlig vor sich hin, ein leiser Wind riss ihnen die Blätter nicht ab, sondern ließ sie, noch warm, ganz sacht auf den goldenen Teppich heruntergleiten, und still vergnügt und ergeben schmiegten sie sich an die Brust der Mutter Erde.

Der Himmel hatte sich mit einem Federbett aus mächtigen Wolken in den Farben des Regenbogens bezogen, die an ein Feld voll wunderlicher Blumen denken ließen. Im benachbarten See plätscherte matt eine Welle und nahm Abschied von ihrem Ufer bis zu besseren Tagen. Es war keine Vorbereitung auf den Herbst des Lebens – die Erde begab sich zur Ruhe, in einen Schlaf voll freudvoller Träume, um im Frühjahr im Vorgefühl auf ein noch besseres Leben wieder zu erwachen. Niemand außer der vom Kummer niedergeschlagenen Frau fühlte Alter und Tod. Die Welt begab sich ganz einfach in eine willkommene Ruhepause.

Ihre Tränen waren getrocknet, müde zuckte sie mit ihren Schultern und wollte schon aufstehen, ganz ergeben ihrem widrigen Los, um sich mit einem Seufzer wieder an ihre schwere Arbeit zu machen, auch wenn ihre Seele noch nicht zu sich gefunden hatte. Doch plötzlich hielt sie inne …Überraschend zart, rein und fröhlich drang eine bekannte Melodie zu ihr, vernahm sie ein vertrautes, liebes Lied – »sürli-sürli-sürli«. Nicht weit von ihr, hinter einem herbstlich bunt gefärbten Hügel hatte die Bachstelze ihr Lied angestimmt, ein kleines graues Vögelchen mit einem schmucken schwarzen Lätzchen über der Brust. Dieser Vogel sang das Schicksal. Die meisten Menschen, die dem Gesang der Bachstelze lauschen, sind von ihm angetan, besonders aber die Frauen. Zumeist verkündet sie das Schicksal eben den Frauen. Wenn die Bachstelze ihr langgezogenes freudloses und trübseliges »tüsi-tüsi« anstimmt, dann darf die Frau darauf warten, dass ihr Haar früh ergraut und ihr Herz von beständig nagender Trauer erfüllt wird, darf den Herbst ihres Lebens vor der Zeit erwarten, Regen und viel Arbeit werden sie plagen. Für die Frau heißt das: Halte dein Herz fest in den Händen und sieh deinem Schicksal entgegen. Beginnt die Bachstelze aber kurz und aufgeregt zu rufen »y! – y!« und fliegt dabei mit vorgestrecktem Hals schnell von Moosbuckel zu Moosbuckel, heißt das für die Frau: Erwarte eine Nachricht, jemand ist unterwegs zu dir. Womit er aber kommt, das weiß Gott allein. Jetzt aber sang die Bachstelze beharrlich »sürli-sürli-sürli« – ihr lieblichstes Lied –, und konnte damit gar nicht aufhören. Beim Zuhören hatte man das Gefühl, als würde sie unermüdlich leuchtend bunte Kügelchen der Freude um sich herum ausstreuen.

Die Frau lächelte und flüsterte der Bachstelze ganz unwillkürlich zu: »Mein lieber Vogel, Schicksalskünderin, verheißt du mir Sonne und Freude? Mir Alten? Nein, du solltest mir nicht ›sürli‹ singen, du hast doch noch ein anderes Lied – das Lied des Herbstes und der Einsamkeit.« Sie lehnte sich mit dem Rücken an den Schlitten und blickte mit Tränen in den Augen dorthin, von wo das einfache, beseelte Lied der Bachstelze tönte. »Sing mir ein Klagelied, Bachstelze – ›tüsi-tüsi‹. Der Herbstregen fällt mir auf den Kopf, auf mein graues Haar, und wäscht mir das Grau nicht weg. Meine Wangen und Lippen leuchten nicht mehr so rot wie die Moltebeeren. Ich mache mich für lange trübe Regentage bereit – ›tüsi-tüsi‹.« Aber die eigensinnige, ungehorsame Bachstelze sang ganz und gar nicht jenes Lied, um das sie die Frau bat. Sie war erfüllt vom brennenden Verlangen nach Sonne und so blieb sie zum hundertsten Mal bei ihrem zarten, helltönenden »sürli-sürli-sürli«, so hell wie der Klang des silbernen Glöckchens, das ein Kind nach seinem Spiel an einem Zweig der Rosmarinweide vergessen hatte.

Allmählich trockneten die letzten Tränen auf den Wangen der Frau. Vielleicht hatte die Bachstelze recht – es war nicht an der Zeit, Grau und Herbst herbeizurufen, das geht sowieso nicht an einem vorüber. Der Schicksalsvogel versprach ihr doch Freude! Jeder Frühling und jeder Herbst ihres zurückliegenden Lebens war erfüllt gewesen von seinen Liedern. Warum sollte man ihm dieses Mal nicht glauben? Ja, »sürli« – das ist Freude und Sonne für unsere Tage, auch wenn es die alten Tage sind. »Sürli« ist Licht für unser Schicksal, auch wenn es ein trauriges Schicksal ist. »Sürli« – das sind Tränen der Rührung für unsere Augen,

»sürli« gibt den einsamen Herzen Hoffnung, ist wie ein Tropfen kühlen Wassers für den Dürstenden.

Ja und überhaupt, man musste doch auch nicht den Sohn zur Hast antreiben und ihn nicht auf die Frau zwingen. Das Leben richtet es klüger ein, im Guten, ohne böse Schreie. Ins Herz der alten Frau war wieder Hoffnung eingezogen, kommende Frühlingszeiten leuchteten herauf. Auch für den Sohn würden sie kommen. In seinem ganzen Leben würde er noch so viele Male den Frühling erleben, dass er sich einst nicht mehr erinnern würde, dass es diese traurigen und verworrenen Tage einmal gegeben hatte.

Der Sommer, den man wie immer am Fuß der Großen Berge verbracht hatte, war vorüber und es begannen die langen herbstlichen Nomadenzüge. Die Rentiere hatten sich gütlich getan an Gräsern und Blumen, mit Leichtigkeit zogen sie nun die halb leeren Schlitten. Die Vorräte an Essen und Brot waren bei vielen aufgebraucht und daher zog man etwas eher als sonst heim zu den ureigenen Weidegründen. Der Rückweg sollte nicht über den Bergrücken führen. Ihn zu übersteigen hatte man sich nicht entschlossen, denn nicht jedes Mal geht die **Durchquerung des Herzens der Berge** gut und freudvoll aus.

Die Großen Berge vertragen nicht den Lärm der Menschen, das Trappeln der Rentiere und das Kläffen der Hunde. Die Durchfahrt ist zudem auch schwierig, denn der Weg führt am Ufer des langen, schmalen Talsees Tyja-To entlang. Bei Unwetter rücken die finsteren, steil in den Himmel aufstrebenden Gipfel mit ihren Häuptern zusammen und richten ihre Blicke ins Tal in die Tiefe des Sees hinunter – im Tal wird es fast nachtfinster. Die Antlitze der Gipfel sind von tiefen, jahrhundertealten Falten und Narben durchfurcht – den Spuren ihrer mächtigen Gedanken. Durch diese Rinnen, durch Bergsenken und Schluchten stürzen die unerschöpflichen, nie versiegenden Tränenströme der Häupter der Gipfel als überbordende flinke Quellen und wilde Bäche talwärts. Für den Menschen ist die Fahrt über diesen Weg schauerlich. Ihm entgegen tost ein immer heftiger werdender, schneidender Sturmwind, der auf der Haut brennt. Hier gibt es keinen Duft von Kräutern und Blumen, kein einsamer Vogel ist zu hören, die Sonne zeigt sich hier nicht, alles ist von Kälte erfüllt – hier gibt es nichts. Hier herrschen die Steine. In Unzugänglichkeit ist hier auf ewig das Herz der Berge verborgen. Der schmale Pfad, der als Weg dient, ist nichts als eine Aufhäufung scharfkantiger Steine, die den Rentieren die Läufe blutig schlagen. Die Wärme des Feuers der Menschen hat hier keine Bedeutung. Das Tönen der menschlichen Stimme und das Poltern der Schritte erscheinen hier ungehörig. Das Herz schlägt langsam und ehrfurchtsvoll. Der Mensch ist hier nur zum Allereinfachsten in der Lage: sich schweigend zu verneigen.

◆

Heute ging es auf die erste Etappe der großen Wanderung. Alle – Menschen, Hunde und Rentiere – hatten einander mit einer frohen Stimmung der Heimkehr angesteckt. Man fuhr dorthin zurück, wo die Berge nicht hoch waren, aber über und über bewachsen mit sonnenwarmer, lebensspendender Rentierflechte. Die Berghänge waren nicht abweisend wie die Großen Berge mit ihren kalten Steinen und ihren schwer bezwingbaren rinnenförmigen Steigen, die sich in Serpentinen an den Hängen entlang schlängeln. Hier auf den heimischen Berghängen rauschen vertraute, duftverströmende **Wälder, die die Menschen wärmen**. Man mochte gern ein kleines Tier sein und dort Unterschlupf haben.

Es wurde Halt gemacht an einem munter plaudernden Flüsschen. Seine Ufer waren bedeckt mit für die Herbstzeit ungewohnt frisch und üppig blühenden Blumen und niedrigem Erlengestrüpp. Die leichten Tschums waren schnell aufgestellt. Der Sommertschum ist einfach wie das kleine Einmaleins. Statt der wärmenden Abdeckung aus vernähten dicken Rentierfellen werden die Stangen mit lichtdurchlässigen Segeltuchplanen bespannt. So lässt sich das Zelt schnell aufbauen und ist innen mit viel Licht erfüllt. Hier kann sich der Mensch, der an weite Landschaften und an einen hohen Himmel gewöhnt ist, leicht, frei und froh fühlen.

Aljoschka liebte aber diese Wanderzüge, auf denen sich die Menschen schnell mal einen Tee aufbrühen, der alle Müdigkeit im Nu verfliegen lässt, noch aus einem anderen Grund. Wenn man aufgebrochen ist auf die Fahrt, lässt man auf dem alten Lagerplatz außer allerlei unnützem Kram auch die Kränkungen, Streitigkeiten und Missverständnisse hinter sich, all das, was sich zwischen Menschen, die lange an einem Ort sitzen, mit der Zeit ansammelt.

Die Mutter und die Frau bauten den Tschum auf und schlugen mit den Äxten Erlensträucher zum Feuermachen. Aljoschka schirrte die Tiere aus und legte das Geschirr zusammen und dabei überkam ihn ein Lächeln. Wie gut, dass sie aufgebrochen waren. Er mochte am liebsten etwas tun, um diese Freude zu verlängern oder sie für immer zu behalten. Nachdem er die Schlitten Seite an Seite aufgestellt hatte, setzte er sich auf seinen Schlitten und zündete sich eine Zigarette an. Seine Brust atmete leicht und frei, die Muskeln waren von der Arbeit angenehm ermüdet. Vom munteren Flüsschen her tönte es wie vielstimmiger Gesang, das Flüsschen zeigte spielerisch seine Stärke und seine Anmut. Bald stimmte es neckisch eine Melodie an, bald hielt es wieder inne. Aljoschka fühlte sich in seiner Seele betört und aufgewühlt, wieder hatte ihn ein unbekanntes Gefühl ergriffen. Er stand auf und ging langsam zum Fluss. Er hatte das hinter Büschen verborgene Ufer noch nicht erreicht, als er Stimmen vernahm. Er hörte seine Mutter: »So ein klares, feines Wasser, der gute Lebenssaft der Erde, sieh mal an, wie munter es plätschert.« Zu hören war, wie sie eine Handvoll Wasser schöpfte und es gleich wieder davonrann, auf der Hand wollte es nicht bleiben.

»Dort oben plätscherten die Flüsschen nicht so fröhlich wie hier. Warum nur?« fragte das Mädchen, während es die leeren Eimer füllte.

»Dort sind sie nicht frei, das liebe Wasser ist dort tief in der Erde eingeschlossen und so können wir es nicht zum Trinken und Kochen haben«, seufzte die Mutter und fügte hinzu: »Na, lass uns gehen.«

Aljoschka lief schnell zurück und als die beiden mit den gefüllten Eimern zurückkehrten, saß er schon auf seinem Schlitten. Bald darauf wallte Qualm in großen Schwaden aus dem Tschum. Aljoschka ging hinein, setzte sich aufs Bett, lehnte sich zurück an die Kissen und sah zu, wie sich die Schwaden zusammenballten, um sich im engen Zeltkegel nach oben zu drängen.

Die Frau und die Mutter waren am Feuer beschäftigt, wobei sie ohne Pause plauderten. Meistens redete die Mutter. Meistens schien es um Kleinigkeiten zu gehen, die für andere ohne Belang waren, aber aus dem Munde der Mutter bekamen sie einen ganz anderen, lebendigen Sinn. Die beiden Frauen lebten miteinander, ohne ihn weiter zu beachten. Mitunter schien es ihm, als wären sie die zwei Arme ein und desselben Organismus, die an beiden Seiten von dessen Körper – dem Feuer – rege tätig waren.

Seit dem einschneidenden Tag, da die Mutter gedroht hatte, ihn auf die Frau zu legen, hatte sich alles verändert. Ganz gleich, was sie unter sich ausmachten, wie sie sprachen, welche Worte die Mutter wählte – die junge Frau lebte auf, als hätte sie eine Spende frischen, pulsierenden Blutes erhalten. Ihre Augen waren nun morgens nicht mehr gerötet unter geschwollenen Lidern, sie flimmerten nicht mehr wie schwache Nachtsterne, sondern strahlten aus voller Kraft. Abends saß sie lange an Näharbeiten, die Mutter trieb sie nie an, bedrängte sie nicht. In den langen weißen Nächten hörte er die leisen Stimmen beider bis Mitternacht. Wovon mochten sie reden? Manchmal wollte Aljoschka aufstehen und sie belauschen.

Bis jetzt hatte er das Mädchen noch nicht angerührt. Abends richtete sie das gemeinsame Bett, wenn sie sich aber hinlegte, zog sie unter dem Kopfkissen die Jaguschka hervor, die sie tagsüber nie trug, und legte sich unter sie, um sich dann zur Ecke hin abzuwenden. Wenn Aljoschka nachts erwachte, hielt er den Atem an und horchte, ob sie nicht weinte. Nein, sie atmete gleichmäßig und leicht, so wie ein Mensch atmet, der ganz einfach glücklich und zufrieden ist.

Anfangs verstimmte ihn das. Die Mutter dachte nicht im geringsten daran, die Frau zurückzubringen, obwohl er einige Male bissig darauf angespielt hatte. Dies endete schließlich damit, dass er sich keine Gedanken mehr machen wollte über die beiden. War es denn etwa Männersache, in die Frauenseelen hineinzukriechen, sie würden schon von selbst aufhören mit der Vorgaukelei … Aber den Frauen stand es nicht im geringsten im Sinn, etwas vorzugaukeln. Sie leisteten schwere Arbeit – wie zwei Hände, die zusammengehören. Sie taten sie sorgsam und gut. Das Mädchen offenbarte sich als fröhlich und lustig, oft hörte er beide zusammen lachen, die eine hell, die andere etwas gedämpfter. Es war mit beiden so, als würden zwei Bäche zueinanderfließen, um ein gemeinsamer Fluss zu werden. Aljoschka erlebte all dies und es kamen ihm Zweifel, ob er denn überhaupt so recht hatte, wie es ihm schien.

Die Liebe … Krönung der Gefühle … Der Gedanke über das alles erfüllende große Gefühl des Lebens der Menschen war ihm den ganzen Sommer über immer wieder gekommen, immer wieder musste er darüber nachdenken. Jetzt, da er hören wollte, worüber die Frauen sprachen, und doch nichts hören konnte, flammten die Zweifel von neuem auf, ob er im Recht war.

Die Steine im Fluss – wie funkelnd schön sie sich dem Auge darbieten, wenn das klare Wasser über sie hinwegschnellt. Doch wenn in der Sommerhitze das Wasser mit seiner lebensspendenden Kraft fehlt, die Blumen und Kräuter an den Ufern des Flusses dahinwelken und auch der Bach selbst austrocknet, zeigen sich die Steine von einer fahlen grauen Kruste überzogen. Was wäre, wenn auch in zwei Jahren diejenige, die er so sehr ersehnte, immer noch nicht gekommen sein würde? Der Fluss seiner Liebe trocknet aus – wie verkrustet wird dann seine Seele sein?

Aljoschka richtete sich im Bett auf. Ihm war plötzlich so, als ob sich um sein Herz herum oder in ihm selbst eine Leere aufgetan hätte, so wie im Vogelnest, wenn der letzte Nestling davongeflogen ist und nur ein paar Flaumfedern zurückgeblieben sind. Wie konnte die Leere des Nestes ausgefüllt werden? Welcher Vogel würde hier Zuflucht nehmen, seine müden Flügel entspannen, Wärme finden? Er ließ sich zurücksinken und brannte sich eine Zigarette an. Die Frauen hantierten wie üblich noch lange, aber auch von den anderen Tschums her war Geschäftigkeit zu hören. Auch dort fand man nicht gleich zur Ruhe, man hörte hier und dort Axtschläge, die Frauen machten das Feuerholz für den kommenden Tag fertig, hackten biegsame, duftende Rosmarinweiden-Sträucher mitsamt ihren Blättern ab. Jetzt waren die Tage gekommen, wo Rauch im Zelt unbedingt gebraucht wurde – wie man zum Leben die Luft zum Atmen braucht: Alles, was den Sommer über neu genäht worden war, musste jetzt im Rauch braun gegerbt werden. Bekleidungsstücke, die nicht im **Rauch gegerbt** worden waren, taugten nicht zum Tragen.

Der Kattunvorhang war noch nicht herabgelassen, oben im Tschum stand ein leichter Nebel blauen Rauchs. Vom Boden unterhalb der Kopfkissen stieg das süße Aroma von Kräutern auf, die beim Zeltaufbau nicht zertreten worden waren, und noch ein unsagbar anrührender Duft – vielleicht war das der Schweiß der Erde. Jenseits des Vorhangs zirpte ein verwunderter Grashüpfer, der wohl im Gras geschlafen hatte, als das Zelt aufgestellt wurde, und nun, da er in eine Falle geraten war, seine Stimme erhob. Aljoschka lächelte. Er hatte sich daran erinnert, was die Nenzen über die Grashüpfer erzählen. Die Nenzen mögen die im Gras schwer zu entdeckenden Grashüpfer nicht und nennen sie »Sonnenschlecker«. Vielleicht rührt dies daher, dass niemand genau sagen konnte, wovon ein so eigenartiges Wesen überhaupt lebt.

Die Spinnen jedenfalls ernähren sich von Beeren. Bei ihrem Tschum treiben sich oft ganze Scharen von Spinnen herum – in den Augen der Nenzen ein Reichtum. Die Tschumbewohner beobachten durch den leicht geöffneten Tschumvorhang die Spinnen und sind bereit, ihren Reichtum vor Fremden zu schützen. Die Nenzen lieben und achten die Spinnen, weil sie von ihrer Arbeit leben. Aber die Grashüpfer – die machen den ganzen Sommer lang nichts anderes, als ihre Zunge zu wetzen und herumzuzirpen. Und was anderes könnten sie fressen als die Sonne? Aljoschka erinnerte sich daran, wie die Kinder des Lagers mit den Grashüpfern kämpften, um die Sonne davor zu bewahren, aufgefressen zu werden. Besonders im Herbst gab es Grashüpfer in Hülle und Fülle und von ihrem Gezirpe dröhnte es in den Ohren. Mit Knüppeln bewaffnet, nahmen die Kinder den Kampf auf. Die grünen Grashüpfer mit den Augen im grünen Gras zu verfolgen und sie zu fangen war schwierig. Aber was tat man nicht alles, damit die Sonne am Leben blieb, wenn man doch sah, dass die Sonne von Tag zu Tag weniger strahlte. Im Schweiße ihres Angesichts jagte die Kinderhorde den lieben langen Tag den Grashüpfern nach und zerriss sich dabei die Hosen. Wer im Hemdschoß oder in der Mückenschutzmütze mehr erlegte grüne Kadaver heimbrachte als die anderen, hatte sich das Lob der Erwachsenen verdient. Menschen, die unbeschwert in Saus und Braus lebten, wurden von den Nenzen verächtlich als »Sonnenschlecker« tituliert – Sonnenfresser.

Aljoschka hatte Freude an seinen Erinnerungen, musste aber auch gleich tief durchatmen: Was die Nenzen schon seit langer Zeit von den Grashüpfern erzählten, war nicht nach seinem Geschmack, vor allem nicht der darin enthaltene Sinn. Nicht deshalb, weil er jetzt die Wahrheit über die Grashüpfer kannte und es ihm nachträglich leid tat um die sinnlos erschlagenen, harmlosen Seelen, die ganz im Gegenteil die Sonne gerühmt hatten. In jedem Heim, in dem es Sonne gibt, kann es auch solche »Sonnenschlecker« geben. Im Dickicht des Alltags sieht man sie allerdings nicht ohne weiteres – sie, die gierig ihre Mäuler aufreißen und Licht und Wärme in sich aufsaugen, selbst aber niemandem Wärme und Licht geben.

Ohne zu wissen warum, fühlte sich Aljoschka plötzlich nicht sehr wohl. Die Erinnerung an die Grashüpfer, die ihm aufgeleuchtet war, erschien ihm jetzt in einem zweifelhaften Licht, widerwärtig, wenn er dazu seinen eigenen Tschum besah und – genauer gesagt – sich selbst. Zwei Frauen arbeiteten unermüdlich, so wie die Spinnen es tun, hielten die Seele des Heims rein und gaben ihr Wärme, hüteten das Feuer, umsorgten ihn, Aljoschka, so, dass sie ihm fast wie zwei zusätzliche Händepaare auf jeder Seite waren – er fühlte, dass eine Scham in ihm zu nagen begann. Der Mensch trägt sein Leben über einen Namen, und schlecht ist, wenn ihm außer seinem ureigenen Namen noch ein zweiter angehängt wird, der wie ein Brandmal wirkt: Sonnenschlecker – Sonnenfresser … Aljoschka ging aus dem Tschum, setzte sich auf einen Schlitten. Mit zitternden Händen steckte er die nächste Papirossa an … Sollte dies alles bekannt werden, würden ihn die Lagernachbarn und auch alle Welt mit diesem Schandnamen rufen. Wie wird er mit diesem Brandmal zum HEILIGEN ORT fahren, sobald der Tag kommt? Sollte er gesenkten oder erhobenen Hauptes dorthin fahren? Nicht nur einmal, sondern dreimal hatte er zum Herzen der Berge zu fahren. Und würde ihm, dem niederträchtigen Sonnenschlecker, das größte aller Geheimnisse, das GEHEIMNIS DER MENSCHLICHEN SEELE offenbart? Was würde er zu hören bekommen, wenn er schon ein alter Mann am Ende seines Lebensweges sein würde, – das hymnische, jubilierende, unsterbliche Lied der Seele oder das gramvolle Heulen eines einsamen wilden Tieres, das sich selbst im Weg ist?

Unter der Schwere seiner Gedanken senkte sich Aljoschkas Kopf unwillkürlich auf die Brust, die breiten Schultern zuckten und sanken nach unten, als läge die Last des schändlichen Namens schon auf ihnen. Der Mensch kann reifen über Jahre hinweg, das Reifen kann sich aber auch jäh vollziehen. Die Scham über sich selbst wurde ihm schon unerträglich, begann ihm in der Seele zu brennen, alles in ihm verkrampfte sich, schmerzte. Wie sollte sich das mit seinem Gewissen vereinbaren, dass die kleinen, schmächtigen Frauen eine unmäßige Bürde auf ihre Schultern genommen hatten, die er, der Mann und Gebieter des eigenen Tschums, zu übernehmen schwankte und die er schließlich lässig von seinen kräftigen, breiten Schultern abgeworfen hatte. Wie ein übles, widerliches Wesen wollte er sein Leben im Windschatten ihrer zarten, zerbrechlichen Schultern verbringen; ihren weichen, angstvollen Herzen hatte er nicht wenig Bitternis bereitet, Tränen waren seinetwegen geflossen, wo er doch keiner einzigen ihrer Tränen wert war.

Dass dieser solide Tschum so fest wie ein starker, am Flussufer wachsender Baum auf der Erde stand, dazu hatte seine Seele keinen Beitrag eingebracht. Auch, dass aus dem warmen Innern des Zeltes kein Weinen drang, sondern Lachen, war nicht sein Verdienst. Er war einer, der die Sonne fraß, auf Kosten anderer lebte … aber anderen Licht und Wärme zu geben hatte er nicht gelernt. Wem war es in seiner Nähe warm geworden? Der Mutter oder der, die weggezogen war? Womöglich hatte Ilne all das, was zwischen ihnen war, schon am nächsten Tag vergessen und hatte sich so auch all die Jahre an nichts erinnert und würde dies auch nie tun. Aber die, deren zartes, reines Lachen aus dem Tschum zu hören war, hatte er nicht nur erniedrigt, sondern zudem auch nicht einmal bemitleidet dafür, dass er sich all die Sommernächte verächtlich von ihr abgewendet hatte. Der Sommer war davongegangen, diese wunderbare, unbeschwerte und lichte Zeit. Er aber hatte sich unsinnig und wichtigtuerisch in Gekränktsein und Trübsal verstiegen und diese Zeit zu seiner Schande so verlebt wie ein dummer Frosch im Tümpel seines selbstgefälligen Dünkels.

Aljoschka richtete den Kopf auf und blickte lange vor sich, erkannte seine Heimat – sein kleines Nomadenlager – und zugleich erschien es ihm auch neu. Drei Tschums waren verblieben, es waren nun wieder so viele wie zum Ende des letzten Winters. Zwei Tschums hatten sich vor zwei Tagen wieder von ihnen getrennt. Der alte Chassawa hatte aber nicht vor, wieder wegzugehen. Er hatte Fahrbullen des alten Petko eingespannt und war den ganzen Sommer mit ihnen mitgezogen.

Das kleine Lager bereitete sich auf die Nachtruhe vor. Die Hunde hatten sich unter die Schlitten gelegt und sich zu einem Knäuel zusammengerollt. Die Stimmen verstummten nach und nach, und auch das Flüsschen hatte sein ungebändigtes Lied gedämpft, als fürchtete es sich, die ermatteten Menschen in ihrer Ruhe zu stören. Nur in seinem Tschum unterhielten sich die beiden Frauen noch, wobei sie immer wieder ins Flüstern fielen. Die Mutter hatte schon mehrere Male aus dem Tschum herausgeschaut. Bestimmt war es ihnen schon nach Tee zumute, aber sie brachten es nicht über sich, das Teetrinken ohne ihn zu beginnen. Aljoschka war klar, dass sie dies nicht aus Angst taten, nein, auf ihn zu warten war für sie Gesetz.

Früher hätte ihn das nur wütend gemacht, aber nun kam ihm merkwürdigerweise die Schamröte bei dem Gedanken, dass er die Frauen warten ließ und sie, so hungrig sie auch sein mochten, das Essen nicht anrührten, bevor er nicht den ersten Bissen gegessen hatte. So war es schon beim Vater gewesen, Aljoschka erinnerte sich ganz deutlich daran. Die Mutter setzte sich nicht an den Tisch, bevor das Familienoberhaupt nicht begonnen hatte, die erste Tasse zu trinken. Erst danach setzte sie sich dazu, und niemand konnte danach mit Gewissheit sagen, ob sie überhaupt etwas gegessen hatte. Dieses alte Bild aus seiner Kindheit erinnerte Aljoschka an die Zeiten, da die Mutter ihm wirklich Mutter war und keine Fremde, als die sie ihm eben erschien. In der Erinnerung sah er sich als kleinen Jungen. Hinten an seinem Gürtel mit den schönen glänzenden Knöpfen hatte er einen Bogen festgemacht. Ihn hatte der Vater angefertigt. Den ganzen Tag lang hatte Aljoschka mit dem Bogen auf die kleinen grauen Vögel geschossen, die von Busch zu Busch schwirrten. Um jeden Preis, den Tränen nahe, wollte er wenigstens den kleinsten von ihnen treffen, um vom Vater die Worte eines mageren Lobs zu hören.

Lob und derbe Liebesbezeigungen des Vater waren das, wonach sich der kleine Junge am meisten sehnte. Beim Sitzen auf dem Schlitten verlor Aljoschka das Zeitgefühl – so gern hätte er jetzt wieder die Vaterliebe aus der Kindheit gehabt. Er stellte sich vor, dass er jetzt als Junge in den Tschum hineingeht und dort auf dem Bett der Vater sitzt, stämmig und unverrückbar, und sich den Sohn greift, um ihn unter seinen warmen Arm in die Achselhöhle zu drücken, und der kleine Aljoschka fällt in den Schlaf des erschöpften Jägers, die Mutter holt dann den schläfrigen Jungen von dort hervor und legt ihn ins Bett.

Aljoschka seufzte schmerzlich auf und verspürte unverhofft eine solche Erschöpfung, als hätte er einen langen, schweren Weg hinter sich gebracht und kehrte nun eben erst heim, sicher darüber, hier eine gute Ruhe zu finden. Gleich würde er aufstehen und, ermüdet an Körper und Geist und ausgezehrt vom langen Weg, dort hineingehen, wo er erwartet wurde von der Mutter … und auch von seiner Frau. Der Mann hat das Recht auf den Weg, von dem er zurückkehren kann, und gut ist es, wenn er erwartet wird.

Aljoschka erhob sich, rüttelte die Schultern, um seine unsichtbare Bürde abzuwerfen, und ohne Hast, Meter um Meter ging er voran, sein Schritt wurde fester. Auf halbem Weg hielt er inne, weil er sich noch einer Gewohnheit des Vaters entsann. Immer bevor der das Zelt betrat, hatte er üblicherweise drei Mal gehüstelt, um sich anzukündigen. Aljoschka erinnerte sich, dass die Mutter auf das Hüsteln hin immer losgestürzt war, um das Feuer anzufachen – kräftig und einladend sollte es zur Begrüßung des Familienoberhaupts brennen.

Im Tschum herrschte Stille, als wenn dort alle schliefen. Aber er wusste, dass dem nicht so war. Am Feuer würden gleich in erwartungsvoller Erstarrung zwei geduldige Frauen knien.

Eine heiße Aufwallung nahm Aljoschka den Atem, doch er ermannte sich und hüstelte drei Mal, und mit seinem ganzen Herzen fühlte er, wie die zwei Frauen von ihren Plätzen aufsprangen und zum Feuer seines Heims huschten, damit es ungestüm und hell loderte, wenn er, das Familienoberhaupt, hereintrat.

Er lief nun weiter und verspürte die Kraft seiner Schritte. Am Eingang verharrte er und schöpfte Atem. Dann schlug er den Eingangsvorhang auf, indem er ihn weit hinter seinen Rücken zurückwarf. So tritt in den Tschum herein ein Mann in der Blüte seiner Jahre. Und das Erste, was er wahrnahm, waren zwei hell vom Feuer angestrahlte Frauen, halb aufgerichtet standen sie, die Augen niedergeschlagen. So tut es die Frau, wenn in den Tschum der Mann, Familienoberhaupt und Gebieter eintritt.

Erläuterungen – Kleines ABC des nenzischen Lebens

Im Handlungstext wird auf die Erläuterungen durch halbfette Auszeichnung verwiesen.

Nenzen (von nenz. ненэй ненэч – wahrer Mensch): Unter den zahlenmäßig kleinen Völkern des Nordens Russlands stellen die Nenzen das größte dar – 44 640 Menschen (nach der Volkszählung 2010; 1926 waren es 15 456 Einwohner). Sie leben in Gebieten, die an die eurasische Küste des Nördlichen Eismeeres (Arktischer Ozean) grenzen, beginnend im Westen von der Kola-Halbinsel bis zur Halbinsel Taimyr, und zwar in folgenden Gebieten: im Autonomen Kreis der Jamal-Nenzen (im Oblast Tjumen – Region der Halbinsel Jamal), im Autonomen Kreis der Nenzen (im Oblast Archangelsk), im Rayon Taimyr der Dolganen und Nenzen, im Autonomen Kreis Taimyr der Dolganen und Nenzen, im Munizipalen Rayon Taimyr der Dolganen und Nenzen (in der Region Krasnojarsk) sowie kleinere Gruppen auf der Kola-Halbinsel, im Autonomen Kreis der Chanten und Mansen/Jugra und in der Republik Komi. Nach den gegenwärtig gängigsten Theorien über die Herkunft der Nenzen seien deren Vorfahren im 1. Jahrtausend v. u. Z. während der sogenannten Großen Völkerwanderung aus Südsibirien (Sajangebirge) nach Norden vorgedrungen. Weiterhin sollen zu ihren Vorfahren indigene Stämme gehört haben, die bereits in der subpolaren Zone angesiedelt waren. Die Sprache der Nenzen ist das Nenzische, das zur samojedischen Gruppe der Familie der Uralsprachen gehört (eine weitere Gruppe dieser Familie ist das Finno-Ugrische mit Finnisch, Estnisch und Ungarisch). Die Geschichte der nenzischen Schriftsprache begann erst mit der Herausgabe erster Bücher Ende des 19. Jahrhunderts auf der Basis des kyrillischen Alphabets. 1931 wurde für das Nenzische ein lateinisches Alphabet entwickelt, 1937 wurde auf ein angepasstes kyrillisches Alphabet umgestellt (das gegenüber dem russischen Alphabet die zusätzlichen Zeichen ӈ, ' und " enthält). Im Unterschied zu verschiedenen Sprachen anderer kleiner Völker des Nordens ist das Nenzische heute nicht in seiner Existenz gefährdet, es wird aktiv gesprochen und auch als Amtssprache verwendet.

Als die typische Lebensgrundlage der Nenzen gilt die nomadisierende Rentierzucht, der heute ca. 4 500 – 5 000 Menschen nachgehen, Fischfang und Jagd ergänzen den Lebensunterhalt.

2016 wurden im Autonomen Kreis der Jamal-Nenzen und im Autonomen Kreis der Nenzen insgesamt 887 Tausend Rentiere gehalten. Der größere Teil der Nenzen ist heute sesshaft und in Siedlungen oder Städten angesiedelt, unter anderem als Folge des Baus von Siedlungen mit festen Häusern während der Sowjetzeit, begründet damit, dass die nomadische Lebensweise als rückständig angesehen wurde. Als Problem für die Erhaltung der traditionellen Kultur der Nenzen wird die durch das sowjetische Bildungssystem begründete Praxis diskutiert, Schulkinder, die in abgelegenen Regionen ohne Schulen leben, neun Monate im Jahr in Internatsschulen zu unterrichten ohne Kontakt zu den Eltern, wodurch die Kinder der nenzischen Kultur und Lebensweise entfremdet werden. Eine weitere existenzielle Bedrohung der nomadischen Kultur ist aus der Erkundung und Förderung der reichen regionalen Erdöl- und Erdgasvorkommen erwachsen (Fragmentierung oder auch Zerstörung von Weidegebieten, Sperrung von Zugrouten für die Rentierherden, Umweltverschmutzung). Auf der Halbinsel Jamal wird das Erdgas gefördert, mit dem über die Nordstream-Erdgasleitungen 1 und 2 Teile Europas versorgt werden. – In Nachbarschaft zu den Nenzen der Tundra lebt eine kleinere ethnische Gruppe in der Taiga – die **Waldnenzen**, die nicht nicht im engen Austausch mit den Tundranenzen stehen und die eine eigene Sprache (Waldnenzisch oder Nekschanisch) sprechen, die – im Unterschied zum Nenzischen – vom Aussterben bedroht ist.

Um das Leben in der Abgeschiedenheit der Tundra meistern zu können, beherrschen die Nenzen zahlreiche Handwerke – Holzverarbeitung (u. a. Anfertigung von Schlitten sowie Stangen und Fußbodenbrettern für die Tschums), die Gerberei, Sattlerei und Lederverarbeitung, Schneidern und Kürschnerei, Schlachten, die Anfertigung von Fischernetzen u. a.

»Das kegelförmige Zelt der Nenzen *Tschum*, ihr schwerer Überwurf aus Rentierfell *Maliza*, der Einsatz von Hirtenhunden und die Züchtung der Hunderasse *Samojed-Husky (Samojedenhund, gelegentl. ›Samojedenspitz‹)* sind Leistungen der Nenzen, die von anderen Rentierhaltern übernommen wurden.« (nach Nippa, Annegret (Herausg.): Kleines abc des Nomadismus 2011)

Bekleidung, die er lange nicht abgelegt hatte Die Körperhygiene der Nomaden des hohen Nordens ist durch die speziellen Lebens- und Klimabedingungen zum Teil anders basiert als bei Menschen, die ständig in festen Häusern leben. Zwar gibt es in manchen Faktoreien Dampfbäder und können die umherziehenden und in Tschums lebenden Nomaden im Tschum warmes Wasser zubereiten und sich dieses über den Körper gießen. Dampfbäder sind aber nicht überall verfügbar und verlangen nach einer Fahrt über eine größere Distanz. Warmwasserzubereitung verlangt nach ausreichenden Brennholzvorräten, die nicht immer verfügbar sind. – Hier kommen den Nenzen die besonderen Eigenschaften der Rentierfelle zu Hilfe. Die Fellhaare haben die Struktur hohler

Röhrchen, die in hohem Maße Feuchtigkeit (Schweiß) in sich aufnehmen können. Ferner wird der hygienische Zustand der Kleidung auch durch deren Lagerung im Freien bei Minustemperaturen erreicht (Gefriertrocknung). Die so getrockneten Felle lassen sich durch Ausschütteln und Ausklopfen reinigen. (Siehe auch: im Rauch gegerbtes Leder).

Begrüßung der Schlitten: siehe: wartende Schlitten

Bett An den Außenseiten des Tschums, wo die Höhe nicht zum Sitzen ausreicht, befinden sich die Schlafplätze. Sie bestehen aus Fellen, die auf einer Untermatte aus Weidengerten liegen und gegen die Kälte von unten schützen, darüber eine Art von Matratze, Laken, Bettzeug mit Kopfkissen – traditionell deckte man sich mit Fellen zu, jetzt häufig mit Bettzeug aus Leinen oder Baumwolle. Die Schlafplätze sind mit Vorhängen vom Rest des Innenraums abgetrennt. Im Tschum hat man traditionell keine Stühle, man sitzt auf den Betten oder auf den Fußbodenbrettern. Zum Essen wird ein Tisch mit kurzen Beinen vor die Betten gestellt, der nach dem Essen wieder weggetragen wird.

Bülte (norddeutsch): flaches Hügelchen in Mooren, in der Tundra enthalten die Bülten zumeist einen Eiskern, auf der Oberfläche wachsen Torfmoose; »Moosbuckel«.

Der Eine Petko spricht hier offensichtlich von einer Idolfigur, die einen der nenzischen Götter, z.B. Num, das für die Nenzen höchste Wesen, symbolisiert. Num stellt ein körperloses und formloses Wesen dar und wird als Schöpfer der Erde angesehen. Nach Vollendung seiner Schöpfung hat er sich nicht weiter um das Schicksal seiner Schöpfung gekümmert, er hat dies den Geistern (nach anderen Quellen: seinen sieben Söhnen) überlassen. Ihm wurde/wird im Frühjahr und im Herbst ein weißer Rentierbulle als Opfer dargebracht. – Im Unterschied zum Hausidol (siehe auch: kleine grauhaarige Alte) handelt es sich bei diesen Idolfiguren um überlebensgroße Figuren aus Stein oder Holz, die im Siedlungsgebiet der Nenzen an manchen für diese heiligen Orten zu finden sind. Diese Idole sind zwar figürliche Darstellungen, bilden aber keinen Gott ab, sondern vermitteln nur zu diesem. Sie werden für den Verband eines ganzen Geschlechts aufgestellt, aber auch für einzelne Familien oder Einzelpersonen. – Von den Missionaren der Russisch-Orthodoxen Kirche, die die Nenzen zum Christentum bekehrten, wurden viele den Nenzen heilige Stätten samt den dort stehenden Idolfiguren zerstört, die Nenzen stellten sie wieder her.

Durchquerung des Herzens der Berge »[…] nicht jedes Mal geht die Durchquerung des Herzens der Berge gut und freudvoll aus«: Der Weg über die Gipfel des Polar-Urals führt durch Bruchstein-Gelände, das für den Rentierzug unwegsam ist; die Rentiere laufen Gefahr, sich in den Steinspalten die Läufe zu brechen. Zudem kann eine Fahrt durch das Territorium anderer ethnischer Gruppen zu Konflikten führen.

Faktorei Hier: in abgelegenen Jagdgebieten Russlands eingerichtete, staatlich lizensierte, stationäre Handels- und Versorgungstützpunkte zum Aufkauf von Rentierfleisch, Pelztierfellen und dgl. sowie zur Versorgung der Jäger mit Waren des Jagdbedarfs, Bekleidung, Lebensmitteln, Tabak und Haushaltsbedarf; außerdem ist dort medizinische Hilfe verfügbar. Per 1. Januar 2019 waren im Register der Faktoreien des Jamal-Nenzischen Autonomen Gebietes 57 Faktoreien eingetragen.

Fellschuhe (russ. кисы – kisy, nenz.: пива"): von den Nenzen aus dem Fell von Rentier-Unterschenkeln angefertigte Stiefel, die bis zum Knie oder auch bis zum Oberschenkel reichen, mit fester, mehrlagiger Sohle, teilweise auch mit Absatz.

Frau, Alter Im Text von Anna Nerkagis Novelle fällt speziell bei den Frauen, aber auch bei den älteren Männern auf, dass deren Name nie oder selten angeführt werden. Nach nenzischer Sitte werden Erwachsene nicht mit ihrem eigenen Namen angesprochen, dies würde als Beleidigung aufgefasst. Es ist üblich, Erwachsene mit dem Verwandtschaftsgrad, eventuell unter Zufügung des Namens des ältesten Kindes anzusprechen (z.B. »Mutter Aljoschkas«).

ganz allein Dass Chassawa mit dieser Unglückssituation allein zurechtkommen musste, lag nicht nur daran, dass seine stumme Tochter ihm aufgrund ihrer Sprechbehinderung nicht voll zur Seite stehen konnte, sondern generell daran, dass für das Wohl der Familie zuallererst der nenzische Mann verantwortlich ist und die Entscheidungen allein zu treffen hat.

Geister Die Christianisierung der geographisch peripher siedelnden Nenzen erfolgte zumeist nur oberflächlich, die Nenzen gingen pragmatisch mit der von den Missionaren angedienten neuen Lehre um, indem sie eine synkretistische Mischreligion entwickelten. Die Grundlage der religiösen Vorstellungen der Nenzen bildete ursprünglich ein ausgeprägter Glaube an die Beseeltheit der

Phänomene der Umwelt. Den Naturerscheinungen, den Wäldern, Bergen, Flüssen, Seen usw. wurde jeweils ein bestimmter Herrscher in Gestalt eines Geistes (Herrengeist) zugeordnet, der von den Nenzen um Unterstützung angerufen wird.

Gespannzug (russ. аргиш – Argisch, nenz. мюд – mjud): mehrere Schlitten, jeder mit vorgespannten Rentieren, die alle zusammen mit Seilen oder Riemen zu einem langen Zug verbunden sind.

Große Berge Uralgebirge (nenz. Нгарка пэ"), hier ist speziell der nördlichste Abschnitt der Ural-Kette gemeint – der Polarural.

Großes Leben Gemeint ist mit dem »Großen Leben« zumeist das Leben in Russland außerhalb der Siedlungs- und Wanderungsgebiete der Nenzen (im »Großen Land«) mit seiner ganz anderen Lebensweise, anderen Wertvorstellungen und Traditionen, die oft im Widerspruch zur überkommenen Lebens- und Gedankenwelt der Nenzen stehen. **Das kleine Leben** Leben der Nenzen in ihren angestammten Gebieten entsprechend ihren Traditionen. – Aljoschka will aus Liebe heiraten und nicht nach den Traditionen der Nenzen verheiratet werden – er denkt und handelt in dieser Situation zunächst nach den Vorstellungen des Großen Lebens und verweigert sich einer Hochzeit nach den nenzischen Traditionen, wozu das Schlachten von vier Rentierkälbern und große Feiern mit vielen Gästen im Tschum der Braut und im eigenen Tschum gehören. Seine Mutter ist den nenzischen Traditionen verpflichtet und gerät in Widersprüche. Da sie mit der Braut aus dem Lager der Schwiegereltern ohne Feier abfährt, sieht sie sich entgegen ihren Vorstellungen nach den Regeln des Großen Lebens handeln.

Gürtel Der Gürtel ist ein unabdingbarer Bestandteil und ein Attribut der Bekleidung der Nenzen und wird von Männern, Frauen und Kindern von klein auf getragen und erfüllt eine ganze Reihe von Funktionen: Er hält die Kleidung zusammen, hält somit die Wärme, ermöglicht, die Form der (siehe auch: Maliza) zu verändern, wodurch z.B. ein sackartiger Raum vor der Brust ausgebildet werden kann, in dem bestimmte Dinge geschützt aufbewahrt und transportiert werden können (z.B. der Tabaksbeutel). In der Vorstellungswelt der Nenzen hat der Gürtel die Bedeutung der Verbindung des sakralen (reinen) Oben mit dem materiellen (körperlichen) Unten. Er ist ein wichtiges Statussymbol, weist die männliche Würde, die Herkunft des Trägers und seinen Wohlstand aus, und ist mit zahlreichen Verzierungen und Ornamenten versehen. Der Gürtel wird den ganzen Tag über getragen, abgenommen wird er vor allem zum Essen und Schlafen. Er hat eine große symbolische Bedeutung: Ein Mensch mit einem gepflegten Gürtel zeigt, dass er ordentlich, aktiv und bereit zur Arbeit ist, ein Mensch ohne Gürtel oder einer, der seinen Gürtel verloren hat, verliert sein Ansehen. Der Gürtel des Mannes dient der Befestigung der wichtigsten Dinge, die für das Leben der Nenzen und ihren Alltag unabdingbar sind: Messer mit Scheide, Amulette, Reißzähne von Tieren, die der Mann erlegt hat (insbes. von Wolf und Bär) – als Schutz gegen böse Geister, Schleifstein zum Schärfen des Messers, Riemen für den Leitstock, Knöpfe, eine Knochenahle u. v. a.

Gus (Fellgus) (nenz. auch совик – Sowik oder сокуй – Sokuj genannt): Weite Überziehkleidung der Männer, die im Winter bei großer Kälte, Schneesturm und für Fahrten über größere Entfernungen über die (siehe auch: Maliza) angezogen wird, mit dem gleichen Schnitt wie die Maliza, d.h. ähnlich einer Kutte, aber vorn geschlossen; ebenso aus Rentierfell, die Fellseite liegt aber außen; mit weit nach unten reichenden Schößen, gleichfalls mit einer angenähten Kapuze. Bekleidet mit Maliza und Gus kann ein Nenze notfalls auch im Schneesturm ausharren. Für die wärmere Zeit des Jahres gibt es Gus aus Stoff (siehe auch: Stoff-Gus).

gut gekühlt gelagert Der im Sommer gefangene Fisch wird zum Teil im Tundraboden vergraben und durch den Permafrost gekühlt. Durch die fortschreitende Klimaerwärmung sind hier Veränderungen eingetreten, es muss nun, je nach lokaler Situation, z.B. tiefer gegraben werden.

Heiliger Schlitten (auch: Schlitten der Götter, Schlitten der Geister (nenz. хэхэ-хан oder хаэӈан – Cheche-chan bzw. chaengan): Schlitten mit einem mobilen Schrein, in dem Darstellungen verschiedener nenzischer Götter, der Ahnengeist des jeweiligen Geschlechts (das Familienheiligtum) und andere bedeutsame und für die Familie wichtige Gegenstände, sowie Waffen, u.a. alte Speere, Säbel und Gewehre, aufbewahrt werden. Jedes männliche Familienoberhaupt hat einen eigenen Heiligen Schlitten für die Familie. Gab es im Geschlecht früher einen Schamanen, wird dessen Abbildung in einem kleinen Schlitten aufbewahrt, der oben auf den Heiligen Schlitten gestellt wird. Damit soll der Geist des Schamanen auch nach dessen Tod die Nachkommen während ihrer Schlittenzüge begleiten.

Heldenlied Jarabz (von nenz. яр – jar – Weinen), wörtlich: Klagegesang. Eines der Genres der nenzischen Literatur, das zwei Ausprägungen hat – Helden- und Alltagsepos. In der Ich-Form verfasstes Sagenepos, das vom Erzähler singend und deklamierend vorgetragen wird, begleitet von Mimik, Gestik und Körperbewegungen, und in dem über das schwere Leben, die Leiden und die Schicksalsschläge des Helden berichtet wird. Trotz der Bezeichnung »Klagegesang« handelt sich aber nicht um ein Klagelied, die Helden des Jarabz durchleben viele Prüfungen und werden schließlich zu Göttern. In der Form des Alltagsepos ist das Jarabz auch heute noch aktuell. Themen der Jarabz können sein: kriegerische Auseinandersetzungen mit anderen Sippen wegen des Raubs von Rentierherden oder von Frauen, Kampf mit dem Feind und Sieg über ihn, Zusammentreffen mit anderen Völkern des Nordens (die sich sowohl friedlich wie auch kriegerisch entwickeln konnten).

Ilne nenzischer weiblicher Vorname, Betonung Ilné

im Rauch gegerbtes Leder Die traditionelle Bekleidung der Nenzen besteht zum größten Teil aus Tierfellen/-häuten, die ohne Gerbung verderben würden. Die Nenzen nutzen zum Gerben das natürliche Gerbverfahren der Rauchgerbung. Dazu wird die aus Fellen/Häuten neu angefertigte Bekleidung im oberen Bereich des Tschums aufgehängt und wird ein offenes Feuer mit Zweigen der Rosmarinweide (nenz.: неру – neru, lat. Salix rosmarinifolia) entfacht. Durch die Raucheinwirkung verwandelt sich die ursprünglich weiße, vom Fleisch befreite rohe Tierhaut in haltbares und geschmeidiges Leder brauner Farbe. Die bei der Rauchgerbung eingebrachten Gerbstoffe (Tannine) verleihen dem Leder auch eine desinfizierende Wirkung, was die Körperhygiene begünstigt.

Jaguschka (russ. ягушка, nenz. паны): lange, mantelartige Winteroberbekleidung der nenzischen Frauen aus Rentier- und anderen Fellen, ohne Kapuze, vorne zu öffnen, geschmückt mit Applikationen aus farbigem Tuch oder Fellmosaik.

Jaminja (auch Ja-Munja) Göttin des Schoßes der Erde oder Ja-Nebja – Mutter Erde): Urmutter, Frau des Gottes Num, des Begründers der Welt. Sie ist Beschützerin der Ehe, sendet den Eheleuten die Nachkommenschaft und segnet die Frau bei der Geburt. Wie Num hat auch sie die Gewalt über Blitz und Donner, Wolken und Gewitterstürme.

Jarabz siehe: Heldenlied Jarabz

kleine grauhaarige Alte (nenz.: мяд' хехе oder мяд' хэхэ): Hausidol. Es handelt sich bei dieser Figur um die figürliche Darstellung eines guten Hausgeistes (hier in der Figur einer Puppe, kann auch die Gestalt eines nachgebildeten Tieres haben oder aus Stein sein), dem die Nenzen zuschreiben, weise zu sein und Gutes für die Menschen im Tschum zu bewirken. Dementsprechend bringen sie ihm eine große Achtung entgegen. (Nach anderer Auffassung handelt es sich um die figürliche Darstellung der Göttin Jaminja.) Die Bewohner des Tschums oder Hauses wenden sich an dieses Hausidol mit unterschiedlichsten Bitten, die die Rentiere, die Jagd o.a. betreffen. Das Hausidol wird auch zur Unterstützung von Geburten oder der Genesung herbeigeholt. Jedes Mal, wenn sich eine solche Bitte/Hoffnung erfüllt hat, wird für das Hausidol als Zeichen der Dankbarkeit eine neue Bekleidung genäht und über die alte gezogen. Diese primitiv anmutenden Figuren werden aus einfachen Materialien angefertigt, z.B. aus Ästen, Stoff- und Fellstücken, ihr einfaches Äußeres erweckt nicht unbedingt den Eindruck der ihnen zugeschriebenen guten Eigenschaften.

Kolchos landwirtschaftliche Produktionsgenossenschaft (Sowjetunion)

Krankheiten der Rentiere Ursache des berichteten massenhaften Rentiersterbens sind Epidemien. Sehr häufig handelt es sich um Nekrobazillosen. 2016 kam es auf der Halbinsel Jamal zu einem Milzbrandausbruch. Eine der Ursachen waren erhöhte Sommertemperaturen (2016 erreichte die Lufttemperatur auf Jamal bis zu 35 °C). Im Erdboden befindliche Milzbrandsporen (Überlebensform von Anthrax-Bakterien, die während früherer Milzbrand-Epidemien – 1941 und früher – in den Boden mit den Ausscheidungen infizierter Rentiere bzw. mit Rentierkadavern gelangten) konnten sich dadurch zu aktiven Bakterien wandeln.

Leitstock (russ.: хорей – Chorej, nenz.: тюр – tjur): ca. 4 m langer dünner Holzstock, mit dem die Rentiere des Gespanns dirigiert, angetrieben und zum Halten gebracht werden.

Maliza (nenz. мальця): Nenzische Männeroberbekleidung – weite, knielange Kutte aus Rentierfell (Fellseite nach innen), die vorn geschlossen ist (ohne Knopfleiste oder Reißverschluss) und daher über den Kopf angezogen wird. Alltagskleidung der Rentierhirten im Winter und häufig auch im Sommer, mit einer angenähten Kapuze aus doppeltem Rentierkalbfell (Fellseiten innen und außen), mit Schnurzug für den Bereich des Gesichts, an den Ärmeln sind Fausthandschuhe aus Fell angenäht. Oberhalb der Handschuhe haben die Ärmel Schlitze, um die Hände aus den Handschuhen zum Arbeiten nach außen bringen zu können. Die Maliza wird mit einem Ledergürtel zusammengehalten und ist im Oberteil sehr weit gehalten, so dass innen vor der Brust auch Bedarfsgegenstände oder ein Hund untergebracht werden können. Die Maliza kann auch als Bettdecke oder Schlafsack verwendet werden.

Monat der Großen Finsternis Monat des nenzischen Kalenders, der auf den Dezember/Januar fällt. In diesem Monat steigt die Sonne nie über den Horizont, es herrscht die finstere Polarnacht, die Kälte nimmt von Tag zu Tag zu, der Eispanzer auf Seen und Flüssen wächst. Die Rentierherden sind zum Überwintern in weniger kalte Gebiete getrieben worden. Mit dem letzten Tag des Monats der Großen Finsternis endet das nenzische Jahr.

Monat der Kleinen Finsternis Monat des nenzischen Kalenders, der auf den Oktober/November fällt. In ihm zeigt sich die Sonne noch über dem Horizont, die Tage sind aber schon kurz, die Nächte lang. Die Kälte nimmt zu, Flüsse und Seen gefrieren. Sobald das Eis trägt, werden Eislöcher geschlagene und dort Netze eingebracht, es beginnt die Saison der Eisfischerei.

Njawe (nenzisch) Freund

Njuks (aus der Komi-Sprache) Rentierfellstücke, mit denen der Tschum (siehe da) abgedeckt wird.

Nomadenzug Die Notwendigkeit der Nomadenzüge ergibt sich aus den jahreszeitlich wechselnden Umweltbedingungen und dem Futterangebot der Natur für die Rentiere. Im Frühjahr ziehen die Rentierzüchter mit ihren Herden auf die Sommerweide, die entweder nordwärts in der Nähe des Nordpolarmeeres (Arktischen Ozeans) liegt, wo der vom Meer wehende Wind Insekten/Mückenschwärme fernhält, oder aber – wie hier geschildert – weiter oben im Vorland der Gipfel des Polarurals, also in einer Höhe, in der es nur wenige Insekten gibt. Im Herbst kehrt man zurück zur Winterweide in die Ebene, in die Nähe der Wälder, die die Winterstürme dämpfen. Auf der Winterweide scharren die Rentiere das Futter mit den Hufen unter dem Schnee hervor. Je nach dem Futterdargebot der Weiden werden die Standorte von Zeit zu Zeit gewechselt. Da die Rentierherden, gemessen an den verfügbaren Weideplätzen, mitunter sehr groß sind, müssen sich die Rentierzüchter an bestimmte Weidegebiete halten, die sie nach altem Gewohnheitsrecht der Naturnutzung oder nach Vereinbarungen nutzen.

Rauchloch (nenz. мукаданзи – Mukadansi): Öffnung an der Spitze des Tschums (siehe da) für den Austritt des Rauchs oder des Ofenrohrs.

Rentierflechte Echte Rentierflechte (russ. Кладония оленья; nenz. сэр" нядэ, lat. Cladonia rangiferina (irrtümlich: Isländisch Moos): in der Tundra, der Waldtundra und in lichten Wäldern des Nordens beheimatete Flechte weißlicher Farbe, wächst in Form niedriger, auf dem Boden aufliegender Sträucher. Sie können, allein oder zusammen mit anderen Flechten, große Teppiche bilden. Sie ist ein wesentliches Nahrungsmittel der Rentiere vor allem in der Winterszeit, Tagesbedarf pro Tier ca. zwei Kilogramm (Trockenmasse). Um die Flechten freizulegen, scharren die Rentiere den Schnee beiseite. – Im Text des vorliegenden Romans ist die Rede von »weißer« und »schwarzer Rentierflechte«. Dabei handelt es sich nicht um biologische Arten. Es handelt sich sich um mythologische Zuschreibungen, im nenzischen Mythos von der weißen und der schwarzen Rentierflechte ist die Rede von der weißen R., die an heiligen Orten im Herzen der Großen Berge (Uralgebirge)als göttliche Kleidung der Herren der Berge wächst und selbts in dunkler Nacht leuchtet. Die schwarze R. gilt als Zeichen der Trauer um eine verstorbene Seele, die in ihrem Leben zu wenig Liebe erfahren hat, sie stand in Verbindung mit dem Schwarzen Feuer, das ihr die Seeleverbrannt hat(ähnlich wie es Chassawa geschah – er »hat den Teufel in seine Seele gelassn«).

Rentierfüße Das sehr strapazierbare Fell der Rentier-Unterschenkel wird u.a. genutzt, um Fellschuhe und Steigfelle für Skier herzustellen.

Säcke, gefüllt mit getrocknetem Moos Manche Nenzen beladen ihre Schlitten mit Säcken, die mit getrocknetem Moos vollgestopft sind, um den Anschein zu erwecken, dass sie vermögend sind und viel besitzen.

Schlafecken Mit einem Vorhang abgegrenzte Bereiche im Innern des Tschums (siehe da) zu beiden Seiten des Eingangs, an der Außenwand des Tschums mit Abstand zur Feuerstelle.

Schlitten (auch: Narte) Die Nenzen bauen unterschiedliche Schlitten für verschiedenste Zweckbestimmungen und Aufgaben – Schlitten für Männer, Frauen oder Kinder, zum Transport der Zelte, der Zeltstangen, der Lebensmittel, für unreine Dinge (siehe: Unreiner Schlitten), für Kultgegenstände (siehe: Heiliger Schlitten) u.a., einige Schlitten auch in Sommer- und Winterausführung. Ein Nomadenzug bringt mit sich, dass alle für die bevorstehende Zeit zum Leben erforderlichen Dinge – Zelt und Zeltstangen, Bekleidung, Lebensmittel, Hausrat, Werkzeug usw. – sicher auf die Schlitten gepackt und zum nächsten Ziel (Etappenziel oder langfristigen Standplatz) transportiert werden müssen, wo das Zelt wieder aufgebaut und eingerichtet wird. Die Schlitten werden von Rentieren gezogen (sog. Zugrentieren – im Unterschied zu den frei in der Herde laufenden Tieren), je nach zu ziehender Last werden ein bis sieben Rentiere nebeneinander eingespannt (»fächerförmig«), das linke Ren ist das Leittier, das vom Schlittenführer mit einem Leitstock in die erforderliche Richtung gelenkt wird. Die anderen Tiere des Gespanns sind mittels Leinen mit dem Leittier verbunden und folgen dessen Bewegungen. Bei den Nomadenzügen werden mehrere Schlitten mit Seilen oder Lederriemen hintereinander zu einem Schlittenzug verbunden und werden weitere Tiere rechts und links in den Schlittenzug eingespannt. Mit den Schlitten fahren die Nenzen nicht nur im Winter über Schnee und Eis, sondern auch in der warmen Jahreszeit über die Erdoberfläche, was erleichtert wird durch die Bodenvegetation (z.B. Moose) und den Eisenbeschlag der Kufen. Auf den Nomadenzügen werden mit den Rentieren und Schlitten auch Bäche und Flussfurten durchfahren. Die Schlitten dienen den Nenzen nicht nur als Fortbewegungsmittel. In Nähe der Tschums abgestellt stehen Lastschlitten, auf denen große Ballen mit vor Witterung schützender Umhüllung (meist Rentierfellen) festgebunden sind. Dort werden unterschiedliche Güter gelagert, die im Tschum keinen Platz finden. – Motorschlitten haben in jüngerer Zeit Verbreitung gefunden, können aber die Aufgaben der traditionellen Schlitten nur zum Teil übernehmen, steile Abhänge oder Furtquerungen sind auf ihnen nicht problemlos zu bewältigen.

Schlitten der Zeit Petko ist durch den Tod seiner Frau, die Aufgabe des eigenen Tschums und durch das Ausbleiben der Besuche seiner jüngeren Tochter seelisch sehr niedergedrückt. Er hat kein eigenes Feuer mehr, was für einen Nenzen einen schwerwiegenden Mangel seines Daseins bedeutet. Er denkt, dass er nicht mehr wie früher arbeiten kann und möglicherweise als unnützer Mensch angesehen wird. Er fühlt sich gealtert und ist sich lange unsicher über das Verhältnis der Nachbarn des Lagers zu ihm. Nach dem Konflikt mit Wanus

Frau denkt er, im Tschum seines Freundes nicht länger bleiben zu können, so dass er im Freien zu leben beginnt und auf seinem Schlitten nächtigt. Im Gespräch mit Aljoschka äußert er sich, wie absehbar ihm sein Tod erscheint. »Auf dem Schlitten der Zeit leben« ist sein bildhafter Ausdruck für dieses Gefühl des erwarteten Todes.

Schnupftabak Bei den Nenzen verbreitete Konsumform des Tabaks, früher auch in Deutschland üblich gewesen. Der Tabak ist feinzerkleinert, wird in die Nasenlöcher gesaugt und wirkt auf die Nasenschleimhäute. Unter den im Hohen Norden herrschenden Witterungsbedingungen ist das Schnupfen von Tabak praktikabler als das Rauchen von selbstzudrehenden Papirossy oder von Zigaretten, die schnell feucht werden. Das Anbieten von Schnupftabak, z.B. an Gäste oder bei Unterwegsbegegnungen in der Tundra ist ein Höflichkeitsritual unter nenzischen Männern.

Schwarzfisch siehe: Weißfisch und Schwarzfisch

Seetaucher Eine in den polnahen Regionen der Nordhalbkugel (insbes. in der Tundra und Taiga Kanadas, Alaskas, Grönlands, Skandinaviens und Russlands) zahlreich verbreitete Familie von Schwimm- und Tauchvögeln mit fünf Arten. Charakteristisch für die Seetaucher ist ein unmäßig lautes, melodisches Heulen, mit dem sie zur Brutzeit ihr Revier markieren – einer der lautesten Tierrufe in der arktischen Region.

Silbernes Horn des Jungbullen Neumondsichel

Sirtja (auch Siirtja, Sihirtja) Den Überlieferungen der Nenzen zufolge ein mythisches Volk kleinwüchsiger Menschen, das die Nenzen bei ihrer Wanderung vom Süden aus der Sajan-Region nach Norden in der subpolaren Tundra angetroffen haben sollen. Von ihnen heißt es, dass sie das Tageslicht fürchteten und unter der Erde im dunklen Innern eines Berges lebten (möglicherweise beherrschten sie neben anderen besonderen Fähigkeiten auch den Bergbau).

Sowchos staatlicher Landwirtschaftsbetrieb (Sowjetunion)

Sowjet (russ. – deutsch: Rat): gewählte Volksvertretung zur Zeit der Sowjetunion. Die Bezeichnung »Sowjet« für die lokalen Machtorgane bestand in Russland nach dem Zerfall der UdSSR noch bis 1995 fort. Hier im Text wird mit

»Sowjet« umgangssprachlich verkürzt die örtliche Verwaltung (Vollbezeichnung: Exekutivkomitee des lokalen Sowjets der Deputierten der Werktätigen) bzw. deren Vorsitzender benannt.

Stoff-Gus aus Stoff genähte weite Überzieh-Männeroberbekleidung, ähnlich einer Kutte, aber vorn geschlossen, mit angenähter Kapuze; kann auch als Schlafsack oder Bettdecke genutzt werden (siehe auch: Gus)

Tag der Krähe Festtag der Nenzen zum Frühlingsbeginn, findet um den 7. April statt. Die Krähen sind die ersten Vögel, die im Frühjahr zurückkehren.

Teetisch (nenz. толь – Tol) Beim Essen sitzt man auf dem Fußboden oder auf der Bettstatt an einem Teetisch mit kurzen Beinen. Tee wird solange nachgeschenkt, bis der Gast die Tasse verkehrt herum hinstellt. Bei Tisch wird nicht gesungen – es heißt, dass durch den Gesang alles »versungen« wird. Eine Hilfe für die Hausfrau beim Abräumen des Tisches, Abwaschen oder Abtrocknen des Geschirr ist nicht erwünscht; dies könnte zu einem Unglück für die Hausherrin führen, der Tisch könnte arm werden, das Glück sich von der Gastgeberin zum Gast wenden. Auch die nenzischen Männer und Söhne dürfen das Geschirr in dieser Weise nicht anrühren, ansonsten könnte der Klang des Geschirrs das Wild vertreiben. Es ist nicht üblich, dass der Esstisch vor Beendigung des Mahls verlassen wird. Wenn Gäste in Eile sind, muss die Gastgeberin den Tischrand festhalten, damit der Gast nicht den Wohlstand der Familie davonträgt.

Tschum (russ.: чум, nenz.: мя”): Traditionelles kegelförmiges Zelt der indigenen Völker Sibiriens, bestehend aus einer Tragkonstruktion aus 20 bis 50 (je nach Zeltgröße) dünnen Holzstangen, schnell aufzubauen (im Winter in einer bis anderthalb Stunden, im Sommer in 20 bis 30 Minuten. Die Kegelform des Tschum lässt im Winter den Schnee nach unten abrutschen. Außen wird das Zelt im Winter mit zwei Lagen Rentierfellen abgedeckt, im Sommer nur mit einer Lage (früher wurde alternativ auch Birkenrinde genutzt, heute oft industriell gefertigtes Material, z.B. Segeltuchplane). Im Winter wird der Boden des Tschums mit Brettern ausgelegt. Im Zentrum des Tschums befindet sich ein offenes Feuer oder ein aus Steinen aufgebauter Herd (im Sommer) oder aber ein Metallofen (im Winter); der Rauch wird oben durch ein Rauchloch an der Zeltspitze bzw. ein Ofenrohr abgeführt. In der Randzone des Tschums können durch das Aufhängen von an horizontalen Stangen aufgehängten Stoffvorhängen Schlafbereiche abgeteilt werden, z.B. für die Frauen, Männer oder für Gäste. Waagerechte Stangen werden angebracht, um bestimmte Lebensmittel (z.B. getrocknetes Fleisch, Fisch) oder zu trocknende Bekleidung u. a. aufzuhängen.

Unreiner Schlitten (nenz. сябу – sjabu oder ся"мэй-хан – sja"mej-chan): Schlitten, auf dem die nach nenzischem Verständnis unreinen Dinge transportiert werden, d.h. die Vorräte an Feuerholz, die Dinge, die mit den »unreinen Füßen« der Frau in Berührung kommen – die Fußbodenbretter des Tschums, die unter den Bettstellen liegenden geflochtenen Matten aus Weidengerten, das Ofenblech sowie der Sack mit den Schuhen und der Unterbekleidung der Frauen, außerdem die die unreinen Dinge »neutralisierenden« Gegenstände aus Metall wie der Ofen, die Teekessel, Töpfe.

Untertasse mit Tee In Russland und so auch bei den Nenzen trinkt man Tee oft aus der Untertasse, u.a. deswegen, weil der Tee so schneller kühl wird.

Wälder, die die Menschen wärmen Die Nenzen ziehen im Herbst aus der Tundra in Regionen, in denen die Wälder kalte Sturmwinde aufhalten. Wärme finden sie in den Wäldern auch in Form von Holz zum Beheizen ihrer Tschums.

wartende Schlitten, Begrüßung der Schlitten In der Vorstellung der Nenzen sind alle Gegenstände belebt, so dass auch ein Schlitten nicht einfach nur dasteht, sondern auf seinen Besitzer wartet und von diesem schließlich mit einem Schlag des Schneeklopfers auf den Schlitten begrüßt wird. Als belebt angesehen werden auch die auf dem Schlitten gelagerten Dinge, von denen es in der Erzählung heißt, sie seien Waisen geworden.

Weißfisch und Schwarzfisch Die Nenzen teilen die Fische anders als in Deutschland ein: Zu Weißfisch werden Fischarten gerechnet, die aufgrund ihres hohen Fettgehaltes unzubereitet verzehrt werden können (Große Maräne, Zwergmaräne, Weißlachs, Stör, Muksun, Arktische Maräne u. a.). Der gefrorene Fisch wird lediglich in dünne Scheibchen geschnitten (sog. Stroganina), mit einer Salz-Pfeffer-Mischung gewürzt und noch gefroren gegessen, was als Delikatesse gilt. Alle anderen Fische werden als Schwarzfisch bezeichnet.

Zeit In der Vorstellung der Nenzen ist die Zeit ein belebtes Wesen (siehe auch: Geister), ebenso gilt dies auch für viele andere abstrakte oder materielle Dinge, z. B. das Feuer, die Rentierschlitten.

»Der große Zauberer des Nordens heißt Juri Rytchëu.« *Crescendo*

»Mit seinem Blick für das Wesentliche, seinem Einfühlungsvermögen in psychologische Vorgänge und seiner unsentimentalen, mit kleinen dramatischen Höhepunkten versetzten Erzählweise schlägt Rytchëu den Leser in seinen Bann und weckt Hochachtung für die Menschen dieser Gegend.« *Deutsches Allgemeines Sonntagsblatt*

Wenn die Wale fortziehen
Teryky
Unter dem Sternbild der Trauer
Die Suche nach der letzten Zahl
Unna
Im Spiegel des Vergessens
Die Reise der Anna Odinzowa
Der letzte Schamane
Der Mondhund
Gold der Tundra
Traum im Polarnebel
Polarfeuer
Alphabet meines Lebens
Die Frau am See
Die Kraft der Schamanen

»Vieles, was über kleine Völker geschrieben wird, ist eine Fantasie von Leuten, die durch ein Fernglas auf das Ufer schauen.« *Juri Rytchëu*

DIE GRÖNLAND-SAGA

Eine Reise ins Herz der Arktis: die große Roman-Saga über die Geschichte Grönlands.

Der Raub der Stammesmutter
Arluks große Reise
Sorés Heimkehr

WEITERE WERKE

Vor dem Morgen

Eine Inuit-Großmutter und ihr Enkel erleben Traum und Schrecken des Winters auf einer Polarinsel.

Das Haus meiner Väter

Dies ist die Geschichte des Inuit-Jungen Agorajaq, seiner zwei weißen Väter und seiner drei Onkel.

Nicht alle Eisbären halten Winterschlaf

Mit Witz und Poesie erzählt Riel von den Abenteurern, die ihr Glück in Grönland suchen – und finden.

Zu viel Glück auf einmal

So weit die Eiswüste ist, so unerschöpflich ist ihr Schatz an Geschichten.

»Das Wissen, das Jørn Riels Bücher vermitteln, ist eindrücklicher als ein Museumsbesuch. Näher kann man den Ureinwohnern nicht kommen, ihren Sitten und Tabus, ihren Göttern, dem harten Kampf um Nahrung und Wärme und ums Überleben.« *Gazette der Gemeinschaft für Seefahrt*

Kukum

Als Almandas Blick auf den jungen Mann in dem Kanu fällt, beginnt für sie eine neue Zeitrechnung. Sie folgt dem ruhigen, freundlichen Thomas in ein neues Leben, zu seiner Familie und dem Volk der Innu. Geborgen in einer Gemeinschaft, die ganz zu der ihren wird, lernt sie zu jagen, zu lieben und zu überleben. Der Rhythmus des Waldes und die Wege des Flusses bestimmen die Schritte der Innu, doch nach und nach beanspruchen immer mehr Siedler das Land für sich. Die Sägewerke vernichten die Wälder, die Flößerei verstopft die Flüsse, und die Innu werden in eine Welt gezwungen, in der sie sich nicht zurechtfinden. Einfühlsam erzählt Michel Jean die Geschichte seiner eigenen Urgroßmutter, seiner Kukum, und die Geschichte der Ersten Völker, die in den offiziellen Berichten nicht vorkommt.

»Wir lauschen der Stimme dieser fast hundertjährigen Frau, als ob wir ebenfalls im Herzen des Waldes um ein Lagerfeuer sitzen.« *Un Dernier Livre*

»Anhand des Schicksals dieser starken, freiheitsliebenden Frau beschreibt Michel Jean auch das Ende der traditionellen Lebensweise der Nomadenvölker im Nordosten Amerikas.« *Falter*

»Ein überraschend warmer Roman. Er breitet sich zunächst aus wie die Tannenzweige im Zelt, die den weichen Boden zum Schlafen bilden. Michel Jean erzählt plastisch von der Schönheit und der Feindseligkeit der Natur.« *Kurier*

Unter Jägern und Schamanen

1921: Knud Rasmussen will zusammen mit einer Gruppe von Wissenschaftlern die bislang unerforschten Regionen Nordkanadas kartografieren – vor allem aber will er den Menschen begegnen und ihre Mythen und Geschichten aufzeichnen. Über ein Jahr lang besucht er verschiedene Inuit-Gemeinschaften und macht die Bekanntschaft mit dem großen Schamanen Awwa und dessen Familie. Awwa ist der letzte der Schamanen, denn auch die christlichen Missionare sind bis hoch in den Norden vorgedrungen. Das Leben der Inuit steht vor dem großen Umbruch. Ab 1923 führt Knud Rasmussens große Forschungsreise entlang der legendären, fast 6000 Kilometer langen Nordwestpassage bis zur Beringstraße. Mit nur einem Hundeschlitten unterwegs, ist die dreiköpfige Expeditionsgemeinschaft ganz auf sich gestellt.

»Rasmussens Tagebuch der Thule-Fahrt bleibt das spannende Zeugnis der großen ethnografischen Reisen zu den Inuit. Mit ihm und seinen Gefährten reist man zu den letzten Schamanen, großartigen Erzählerinnen und lebensfrohen Nomaden. Wer die Magie der arktischen Kultur erleben will, stößt unweigerlich auf Rasmussen.« *Magazin der Bundeszentrale für politische Bildung*

»Ein sehr lebendiger Expeditionsbericht über eine Kultur im Wandel.« *Buchkultur*

Im Land der zornigen Winde

Der tuwinische Erzähler Galsan Tschinag mit dem persönlichsten seiner Bücher. Im Austausch mit der Völkerkundlerin Amélie Schenk ist dieses außergewöhnliche Werk entstanden: eine Liebeserklärung an das Nomadenleben, ein tiefer Blick in die Geheimnisse einer untergehenden Kultur, eine rückhaltlose Bilanz der Wanderungen zwischen Ost und West.

Das Ende des Liedes

Alle, mit denen Schuumur spricht, meinen, dass es unklug sei, nach dem Tod seiner Frau mit den vier Kindern allein zu bleiben. Er jedoch flieht vor seiner Jugendliebe Gulundschaa und will seine Jurte so schnell wie möglich abbrechen. Aber seine dreizehnjährige Tochter, die zu früh erwachsen werden musste, hat genug von der Einsamkeit.

Die Karawane

Über zweitausend Kilometer führt Galsan Tschinag 1995 einen Teil seines in den Sechzigerjahren zwangsumgesiedelten Volkes zurück, zu den Weideflächen und Jagdgebieten im Hohen Altai: eine biblisch anmutenden Karawane. In Geschichten und Tagebuchnotizen berichtet Tschinag von der Verwirklichung seines Traums mit ungewissem Ausgang.

Tau und Gras

Galsan Tschinag erzählt hier die Geschichten, die der Stoff seiner Kindheit sind und die sich in seine Erinnerung eingegraben haben. Geschichten von seiner weitverzweigten Familie, von Festen, Heimsuchungen, Krieg und Liebe. Geträumte Wirklichkeit und als Realität erlebte Märchen verbinden sich und münden in einen Gesang an den Altai.

Mehr über Autor und Werk auf *www.unionsverlag.com*

Dojnaa

Als ihr Ehemann eines Tages wegbleibt, entdeckt Dojnaa ihre Unabhängigkeit wieder und stellt fest, dass es nicht unbedingt die Ehe braucht, um Liebe und Glück zu finden. Dojnaas Geschichte, auf den ersten Blick fern und fremd, überwindet alle Grenzen und wird zur eindringlichen und heutigen Erzählung über die Sehnsucht nach Liebe und Erfüllung.

Auf der großen blauen Straße

Als der Junge aus der mongolischen Steppensiedlung in Deutschland ankommt, gibt es viel zu staunen und zu lernen … Nach Tau und Gras setzt Galsan Tschinag die Kette seiner Lebensbilder fort: funkelnde Geschichten, in denen er die Zeit und ihren Geist einfängt und die Menschen auf seinem Weg unvergesslich werden lässt.

Der singende Fels

Zum ersten Mal erzählt Galsan Tschinag über seine Arbeit als Heiler, der das Wissen seines Volkes nach Europa bringt. Mit Klaus Kornwachs, Technikphilosoph, tauscht er sich unter der Gesprächsleitung von Maria Kaluza aus. In diesem Trialog ohne Scheuklappen suchen sie Verwandtschaften und stellen die Unterschiede fest.

Der Wolf und die Hündin

Ein Wolf und eine Hündin haben sich zusammengetan, sind ein Paar, die Hündin ist hoch trächtig. Doch nun werden sie von Menschen verfolgt, von Jägern und Schamanen. Es wird eine lange, qualvolle Flucht, die, die beiden wissen es, im Himmel der Wölfe enden wird …

Der Mann, die Frau, das Schaf, das Kind
Ein Mann, eine Frau, ein Schaf – eine Begegnung, nicht auf dem Land, sondern im Hausflur eines großstädtischen Hochhauses. Die junge, gut aussehende Frau hat in einem Fernsehquiz ein Schaf gewonnen, doch was soll sie in ihrem schäbigen Wohnblock damit anfangen? Das Schaf ist am falschen Ort, aber sind es nicht vielleicht auch der Mann und die Frau?

Gold und Staub
In diesem funkelnden, ebenso heiteren wie nachdenklichen Roman führt Galsan Tschinag uns in den innersten Kreis seines Lebens in der mongolischen Steppe. Ein Jahrhundertgedanke hat sich in seinem Hirn festgesetzt: Mit einer Million Bäume will er die Steppe begrünen. Doch dabei tun sich zahlreiche Hindernisse auf.

Liebesgedichte
»Ein Gedicht lebt, wie jedes Kunstwerk auch, von einem inneren Bild«, schreibt Galsan Tschinag im Nachwort seiner Liebesgedichte. Mit seinen starken, poetischen Wendungen spricht er sein Gegenüber im Herzen an. Die meisten dieser Gedichte haben keinen Titel - Tschinag überlässt es uns selbst, den passenden zu wählen.

TSCHINGIS AITMATOW, JURI RYTCHËU, GALSAN TSCHINAG
Die Kraft der Schamanen
Aitmatow, Rytchëu, Tschinag: Die drei großen Autoren der asiatischen Steppen und Berge haben sich – jeder auf seine Weise – mit der Realität des Schamanismus in ihren Ländern beschäftigt. Diese Anthologie versammelt aus ihren Werken Szenen von der Arbeit und Wirkung von Schamaninnen und Schamanen, die ihr Leben prägten.

Mein Altai

»Altai, das sind die Himmel stützenden Berge, die sturzsteilen Schluchten, die ruhenden Täler. Das ist das Ineinanderfließen von Himmel und Wasser, Sonne und Gras. Altai, das ist der Reichtum unzähliger Generationen, das Schicksal der Tuwiner.« Galsan Tschinag erhebt seine Stimme zu einem Lobgesang auf seine Heimat, den Altai.

Kennst du das Land

In der Nomadenjurte aufgewachsen, ist dem jungen Studenten Galsan Tschinag in Leipzig alles fremd: das Essen mit Messer und Gabel, der Umgangston der Menschen und der Himmel über der grauen Stadt. Aber mit unbändigem Wissensdrang stürzt er sich auf alles, was er hier lernen kann. Lebhafte Szenen eines weltumspannenden Lebenswegs.

Kennst du den Berg

Nach Jahren in der Fremde kehrt Galsan Tschinag bang und freudvoll in die Mongolei zurück. Gänzlich gibt er sich einem neuen Leben hin, dass ihn durch die Lehrstätten seines Landes führt und durch politische Erdbeben leitet. Er bereist die Weiten der Steppe, begleitet von einem unstillbaren Wissensdurst und seiner Liebe zum Nomadentum.

»Galsan Tschinag ist der Dichter einer Landschaft, deren Extreme ihresgleichen suchen. Das Karge und auch das Liebliche prägen seine Steppen- und Gebirgsbilder. Ins Grenzenlose weiten sich seine Räume. Seine Nomaden erfahren sie in Gewittern und Stürmen als Experten der Ortlosigkeit.« *Badische Zeitung*

Tschingis Aitmatow im Unionsverlag

Der weiße Dampfer
Der Junge sieht in der Ferne einen weißen Dampfer, der ihn in seinen Tagträumen zum Vater bringt.

Das Kassandramal
Eine rätselhafte Erscheinung bringt die Menschheit in Aufruhr.

Goldspur der Garben
Die Kolchosbäuerin Tolgonai erzählt am Totengedenktag dem Feld von ihrem Leid.

Kindheit in Kirgisien
Aitmatow erzählt von seiner ebenso reichen wie schweren Jugend.

Liebesgeschichten
Drei der schönsten Liebesgeschichten der Weltliteratur.

Frühe Kraniche
Von der Schönheit und Härte des Lebens in der kirgisischen Steppe.

Der Schneeleopard
Weder für den Schneeleoparden noch für den Journalisten scheint es einen Platz zu geben auf dieser Welt.

Der Junge und das Meer
Kirisks erste Robbenjagd wird zum lebensgefährlichen Abenteuer.

Tiergeschichten
Tschingis Aitmatow betrachtet die Welt mit den Augen der Tiere.

»Alafenischs Geschichten entführen in eine wunderbare und wundersame Welt.« *Hannoversche Allgemeine Zeitung*

DIE AMIRA-ROMANE

Vierzig junge Männer möchten die schöne Amira heiraten. Das sind so viele, wie die Halskette ihrer Großmutter Perlen hat. Die Großmutter gibt Amira den Rat: »Wähle den, der dir die schönste Geschichte erzählt.«

Amira – Prinzessin der Wüste
Amira – Im Brautzelt

WEITERE WERKE

Die acht Frauen des Großvaters
Geschichten, die die Tradition des Beduinenstammes weitertragen.

Das Kamel mit dem Nasenring
Wenn sich Weltgeschichte und Nomadenleben begegnen.

Der Weihrauchhändler
Eine Geschichte von der Kraft der Liebe.

Das versteinerte Zelt
Der Wandel der Zeit macht auch vor den Zelten nicht halt.

Die Feuerprobe
Eine Geschichte, die wie ein Zauber klingt, aber wahr ist.

Die Nacht der Wünsche
Eine kluge Haremsdame öffnet dem machtgierigen Sultan die Augen.

Die Memed-Romane

Wie aus Memed, dem schmächtigen, ängstlichen Knaben, ein Räuber, Rebell und Rächer des Volkes wird.

Memed mein Falke
Die Disteln brennen
Das Reich der Vierzig Augen
Der letzte Flug des Falken

Die Insel-Romane

Der Romanzyklus einer paradiesischen Insel in der Ägäis, die zum Spielball der Weltpolitik wurde.

Die Ameiseninsel
Der Sturm der Gazellen
Die Hähne des Morgenrots

Weitere Werke

Der Baum des Narren
Auch die Vögel sind fort
Salman
Die Ararat-Legende
Der Granatapfelbaum
Salih der Träumer
Zorn des Meeres
Töte die Schlange
Das Lied der Tausend Stiere
Der Wind aus der Ebene
Das Unsterblichkeitskraut
Eisenerde, Kupferhimmel